KB111517

그 남자가 죽었을까

| 일러두기 |

1. 이 책에서 번역한 작품들의 저본은 다음과 같다.
   * 하마오 시로의 「그 남자가 죽였을까」, 「무고하게 죽은 덴이치보」, 「그는 누구를 죽였는가」는 『日本探偵小說全集 5』(創元社, 1985)를 저본으로 삼았다.
   * 기기 다카타로의 「망막맥시증」, 「잠자는 인형」, 「취면의식」, 「문학소녀」는 『日本探偵小說全集 7』(創元社, 1985)을 저본으로 삼았다.
2. 인명과 지명에 한해서 초출시 괄호 안에 원문을 표기하였다.
3. 고유 명사의 우리말 발음은 〈일본어 외래어 표기법〉을 따랐다.
4. 본문의 각주는 기본적으로 역자 주이며, 원주는 본문에 표기하였다.

일본 추리 소설 시리즈

7

그 남자가 죽였을까

하마오 시로 · 기기 다카타로

조찬희 옮김

이상

차례

그 남자가 죽였을까

하마오 시로

1

　만일 제가 여러분과 같은 탐정소설가였다면, 이제부터 말씀드릴 이 사건을 한 편의 흥미로운 탐정소설로 구성해 발표할 것입니다. 그러나 일개 법률가에 지나지 않은 제가 어설프게 이상한 소설을 써 봤자 세상 사람들의 웃음거리만 될 뿐이니, 오늘이 자리에서 사건을 있는 그대로 이야기해 보겠습니다. 그리고이 사건을 말씀드린 후에 아직 이 세상에 공개된 적 없는 기이한수기를 읽어 드리겠습니다. 아시다시피 저는 법률가이자 변호사로 이 사건과 관련이 있습니다. 그렇기 때문에 저는 이 사건을통해 알게 된 사실 이외의 어떠한 상상도, 추측도 보태지 않고말씀드릴 것입니다. 여러분이 쓰는 소설만큼 재미가 있을지는 모르겠습니다만, 만일 그렇다면 누구든 한 편의 소설로 완성해 발표하시면 어떨까요. 그럴 만한 가치가 충분한 이야기입니다.

　먼저, 사건의 추이를 순서대로 말씀드리겠습니다. 아마 이렇게 말씀드리면 바로 아실 텐데요, 그 사건은 바로 작년 여름 어느 날 밤, 소슈(相州)* K 마을에서 벌어진 참극입니다. 당시 거의 모든 도내(都內) 신문이 이 사건을 크게 다루었기 때문에 여러분도 물론 잘 알고 계실 것입니다. 하지만 다시 한번 기억을 상기시키기 위해서 이 자리에서 처음부터 이야기해 보겠습니다. 작년 8월 16일 밤, 정확히 말하면 8월 17일 오전 1시 반경, ―기억하시는 분이 있을지 모르겠는데, 이날 도쿄 지역에서는 저녁부터 큰 폭풍우가 몰아쳤습니다― 평소 도쿄 근교 피서지로 인기가 있는 K 마을의 어느 별장에서 무시무시한 참극이 일어났습니다. 원래 K 마을은 예전부터 해수욕과 피서지로 유명했을 뿐만 아니라 최근 들어 중상류층의 주거지까지 들어서게 되면서 매우 번화하게 되었습니다. 특히 여름철이 되면, 도쿄 근교의 도시 중 가장 빨리, 가장 많은 사람이 몰리는 곳이기도 합니다. 그 번화한 지역의 일각에서 느닷없이 참극이 일어났으니, 사람들이 받은 충격은 대단했습니다.

참극이 일어난 곳은 오다 세이조(小田清三)라는 젊은 실업가의 별장이었습니다. 비극의 주인공은 오다 가의 현재 주인인 세이조(당시 33세)와 그의 아내 미치코(道子, 당시 24세), 이 두 사람이었지요. 이 두 사람이 하룻밤 사이에 참혹하게 목숨을 빼앗긴 것입니다.

본래 오다 가문은 선대가 무역상을 해서 상당한 재산을 모았

---

* 현재 가나가와 현의 옛 지명이다.

는데, 세이조는 중학생 시절 아버지를 여의고 그 후 어머니 손에 자랐습니다. 선천적으로 그리 건강한 편이 아니어서 대학을 다니다가 중간에 그만두었고, 사건 당시에는 요양에만 전념하고 있었습니다. 물론 재산이 많은 집안의 가장이었으므로 꽤 바쁘기는 했겠지만, 그때는 거의 모든 일을 어머니에게 맡기고 본인은 K 마을의 별장에서 대부분의 시간을 보냈습니다. 한 가문의 도련님으로 귀하게 자란 탓에, 그 계급 특유의 제멋대로인 면은 있었습니다. 하지만 워낙 말수가 적은 성격이어서 다른 사람과 싸우거나 한 적은 없었다고 합니다. 또한, 아주 친한 친구도 없어서 한마디로 말하면 부자이면서도 한편으로 외로운 사람이라고 할 수 있을 것입니다. 더구나 재작년 말부터는 안 좋았던 폐병이 더욱 심해진 데다가 신경 쇠약까지 걸려서 아내와 함께 계속 K 마을에서 지냈습니다. 도쿄에는 전혀 올라오지 않았죠.

그의 아내 미치코는 몇 년 전 돌아가신 가와카미(川上)라는 유명한 대학교수의 따님입니다. 타고나기를 총명하게 타고난 데다가, 상당한 미인이었습니다. 여러분 중에서도 어쩌면 만난 적이 있는 분이 계실지 모르겠는데, 소문에 따르면 K 마을로 간 뒤에 'K 마을의 여왕'이라고 불릴 정도였다고 합니다. 뭐라고 형용하면 좋을까요. 법률가인 저로서는 표현할 길이 없으나, 어쨌든 상당히 아름답고, 심지어 시쳇말로 표현하면 성적 매력이 넘치는 사람이었던 모양입니다. 그녀의 미모는 이미 여학교 재학 당시부터 유명했기 때문에, 그녀를 한 번 본 사람은 모두 그녀를 찬미하고 나섰다고 해도 과언이 아닐 정도라고 합니다. 그런 까닭에, 그녀 주의에는 그녀의 찬미자라고 할 만한 젊은 남자들이 늘 많이 모여 있었습니다. 게다가 그녀는 아버지를 여의고 나서 자유로워졌기 때문에, 그녀를 둘러싼 젊은이들 ─특히 남자들이 오롯이 늘어나기만 했습니다. 그 남자들 중 젊고 독신인 데다가 음악을 좋아하는 한 백작이 있었습니다. 사람들은 그가 그녀와 함께 긴자(銀座) 거리를 걷는 것을 수차례 목격했습니다. 또 어느 정치 거물의 아들이자 문학을 좋아하는 한 청년은 그녀와 함께 가끔 극장에 모습을 드러내며 많은 사람의 부러움을 샀습니다. 상황이 이렇다 보니, 그녀가 나중에 어떤 사람의 아내가 될 것인지 또한 상당한 관심거리였습니다.

그녀는 대학교수의 딸로 태어나 아름답고 총명하며 음악과 문학을 알고, 심지어 이렇게 많은 사람과 교제를 하면서도 품행 때문에 비난을 받은 적이 단 한 번도 없었습니다. 그런 그녀였기에, 사람들은 백작 부인이든 정치 거물의 며느리든, 아니면 대실업가의 눈에 들어 그 아들의 아내가 되든 모든 게 그녀 마음먹기 나름이라고 여겼습니다.

그렇기 때문에, 지금으로부터 약 3년 전, 그녀가 난데없이 오다 세이조와 결혼한다고 했을 때, 많은 사람이 매우 놀랐습니다. 물론 한쪽은 상당한 자산가였고, 한쪽은 상당한 지위가 있는 가문의 딸인 데다가 절세미인이니, 절대로 어울릴 수 없는 인연은 아니었습니다. 사람들이 의외라고 느낀 건 이 부분이 아니었습니다.

이 두 사람은 결혼 전까지 서로 모르는 사이였습니다. 즉, 이 결혼은 그야말로 옛날 중매 결혼 같은 것이었습니다. 미치코의 성격을 잘 아는 사람들이 놀란 것도 무리는 아니었습니다. 그렇게 모던한 여자가 어째서 그런 결혼을 할까. 사람들은 정말 의아하게 생각했습니다. 미치코와 교제하며 자신감에 넘쳐 있던 사람들의 실망은 말할 것도 없었습니다.

많은 사람이 매우 놀랐지만, 양가는 이 혼담을 척척 진행했고, 얼마 되지 않아 한 쌍의 젊은 부부가 탄생했습니다.

미치코를 잘 아는 사람 중 몇몇은 이건 미치코의 의지가 아닐 것이다, 있어 보여도 없는 것이 돈이란 것이니, 아마도 미치코가 가문의 희생양이 되어서 자산가의 집으로 시집을 가는 것이라고 말했습니다. 이 또한 절대로 근거 없는 설은 아닐 것입니다. 특히 총명한 여자일수록 그런 부분에 관해 꽤 고민하기 마련이니까요.

2

결혼 후 1년 정도는 아무런 소문도 퍼지지 않았습니다. 그리고 오다 부부는 지극히 평온하고 평화로운 삶을 사는 것처럼 보였습니다. 하지만 단 하나, 미치코가 여전히 젊은 남자들과 어울려 다니는 모습은 사람들의 미간을 찌푸리게 했습니다.

결혼한 지 1년 정도가 지났을 때, 세이조가 심각한 가슴막염에 걸려 반년 정도 몸져누웠는데, 그때부터 부부는 대부분 K 마을로 내려가 있으면서 하인과 함께 조용한 결혼생활을 하게 되었습니다.

바로 그즈음부터 이상한 소문이 나기 시작했습니다. 그건 바로, 미치코가 매우 비참한 결혼생활을 하고 있다는 소문이었습니다. 간단히 말하자면, 그녀의 남편인 세이조가 미치코를 전혀 사랑하지 않고 이해해 주지도 않는다는 것이었습니다. 말만 꺼내도 병든 사람 특유의 짜증을 내면서 아내에게 욕설을 퍼붓고 심지어 손을 올리는 일까지 여러 차례 있었다고 합니다. 실제로 오다 가의 하인들이 주인이 아내를 때리는 것을 몇 번이나 보았다고 했습니다.

미치코가 남편의 난폭함을 감수하고 참으며 살고 있다는 소문도 있었습니다. 이 소문들은 미치코가 타인을 쾌활하게 대하면 대할수록, 하다못해 쾌활한 척하는 것처럼 보이면 보일수록 동정심을 불러일으켰습니다. 단, 그녀가 몇몇 사람에게 자신의 외로운 결혼생활에 관해 이야기하며 속마음을 털어놓았다는 이야기도 돌았지만, 어찌 되었거나 이 소문은 일반 사람들에게까지 널리 퍼졌고 이 소문을 이상하게 여기는 사람은 아무도 없었습니다. 그리고 개중에는 재산을 노리고 중매 결혼을 한 결과가 어떤 것인지 이제야 확실히 깨달았다고 느낀 사람도 있었습니다. 사람들은 미치코에게 동정심을 느낌과 동시에, 그녀의 남편과 재산 때문에 미치코를 희생양으로 삼은 그녀의 엄마에 대한 호의를 잃어갔습니다.

그런데 그 후로부터 반년 정도가 지나자, 이번에는 미치코에 대한 안 좋은 소문이 나기 시작했습니다.

애초에 세이조가 아내를 학대한다는 소문이 있기는 했지만, 미치코의 평소 처신을 보았을 때, 그가 아내를 전혀 속박하지 않는다는 것 또한 사실이었습니다. 즉, 아내를 완전히 무시하고 있었기 때문에 그런 태도를 보인 것인지도 모릅니다. 하지만 설령 남편이 미치코의 이런 행동을 개의치 않았다고 하더라도, 세상 사람들은 그것을 무시할 수 없는 지경에 이르렀던 것입니다.

미치코가 늘 가정을 차가운 감옥처럼 여겼음에도 불구하고 지금까지 잘 버텨왔다는 사실은 그녀를 향한 동정을 불러일으키기 충분했지만, 다른 한편으로 사람들은 그녀의 품행을 문제 삼아 소문에 불리한 근거를 부여했습니다. 이제 세상 사람들은 그녀가 젊은 학생들과 교제하는 것을 끊임없이 비난했습니다. 개중에는 누구누구가 그녀와 특히 친하다는 등의 구체적인 이야기를 하는 사람도 나왔습니다. 그런데도 그녀는 이런 소문을 전혀 들어본 적 없는 것처럼 행동했습니다. 그리고 이 사실에 대해 그녀보다 더 냉담한 사람은, 아니, 적어도 냉담해 보였던 사람은 남편 세이조였습니다.

그녀의 품행이 과연 어땠을지는 그 참극이 아니었더라도 폭로되었을 것입니다.

남들 입방아에 오르내리는 이런 상황 속에서도, 이 어울리지 않는 당대 부부는 K 마을에서 아무 일도 없다는 듯이 지내고 있었습니다. 그 사건이 일어나기 전, 오다 가의 상황은 대체로 이러합니다.

그렇다면, 다시 작년 8월 16일로 돌아가 보겠습니다. 이날 오후, K 마을 오다 씨 댁에는 두 명의 남자 손님이 있었습니다. 두 사람은 모두 오다 부부와 2, 3년 전부터 알고 지냈는데, 한 사람은 도모다 고(友田剛)라는 스물다섯 살 K 대 대학생이었고, 다른 한 사람은 고데라 이치로(小寺—郎)라는 모 대학 학생으로 당시 스물네 살이었습니다. 도모다는 오다 세이조가 다녔던 학교 후배로 상당한 가문의 아들이었습니다. 이 당시 그 또한 K 마을 외곽에 집을 빌려 살고 있었는데, 그 날은 혼자 있기 적적해서 점심 무렵에 오다 가를 방문한 상태였습니다. 고데라는 미치코의 아버지가 근무하던 대학의 학생이었는데, 그는 도모다와 조금 다른 환경에서 자란 사람이었습니다. 이는 나중에 알게 된 사실인데, 고데라의 아버지는 예전에 미치코의 아버지에게 큰 신세를 진 사람이었습니다. 그의 아버지는 태생적으로 고집불통인데다가 소송광이었다고 할까요? 무턱대고 법률문제를 일으켜 싸우기 일쑤였는데, 그러다가 시골에 있는 얼마 안 되는 재산까지 전부 탕진한 끝에 이치로가 아직 중학생이었을 무렵 죽고 말았습니다.

그 후 어머니까지 잇따라 돌아가셨기 때문에 이치로의 친척들은 적어도 이치로가 대학에 들어갈 때까지는 도와줘야 한다고 했습니다. 결국, 미치코의 친정에 부탁해 이치로를 도쿄로 올려 보내 대학 입학까지 시켰다고 합니다. 그래서 사건 당시, 그는 시골 중학교를 졸업한 뒤 겨우 3년째 접어든 시기였고, 여러 사람의 도움으로 도쿄에 있는 대학에 다니면서 교외 하숙집에서 살고 있었습니다. 마침 그날은 여름방학 기간이기도 했고, 오다 부부와는 전부터 잘 알고 지내던 사이였기 때문에 하루 들렀다 갈 요량으로 K 마을에 수영을 하러 와 있었습니다. 여기서 잠깐 짚고 넘어갈 건, 그 당시 도모다와 고데라 이 두 사람이 공교롭게도 미치코와 아주 친한 사람들이라는, 아니 친하게 지낸다고 소문이 났던 사람들이라는 점입니다.

한편, 그날 오후 도모다와 고데라는 미치코와 함께 바다에 나가 수영을 했는데, 앞에서도 말씀드렸듯이 그날은 저녁부터 심한 폭풍우가 몰아쳤습니다. 저녁 무렵부터 날씨가 심상치 않아지자, 두 사람은 미치코의 주의를 받아 서둘러 물에서 나왔습니다.

그날 세이조는 평소와 다르게 건강해 보였다고 합니다. 두 손님이 바다에 다녀오자 세이조가 제안했습니다.

"마침 네 사람이 모였으니 마작을 하는 것이 어떨까?"

이 두 손님은 평소에도 K 마을에 있는 오다 가에 자주 드나들었기 때문에 마작을 상당히 잘하는 듯했습니다. 네 사람은 그 자리에서 바로 마작을 시작했습니다.

저녁 식사 후, ―이는 나중에 조사한 사람들의 말이 모두 일치했는데― 다섯 시 반경에 시작되어 30분 정도 하고 끝났다고 합니다. 즉, 네 사람이 저녁식사를 끝내고 바로 식탁에 둘러앉아 '펑', '치'*를 시작한 셈입니다. 그때 날씨는 훨씬 더 안 좋아졌고 거센 폭풍우조차 몰아치고 있었습니다.

* 마작에서 동일한 패 3개가 확보될 경우 '펑', 같은 종류의 수패로 연속된 3가지가 있을 경우 '치'라고 한다.

저는 마작에 대해 잘 모르지만, 이 놀이를 하려면 아무리 잘 하는 사람이라고 해도 꽤 많은 시간이 필요하다는 말을 들은 적이 있습니다. 그날 밤, 그들은 무조건 두 번 이기는 사람이 나올 때까지 —이를 파초완(八圈)이라 하는 것 같습니다만— 대전을 계속한다는 룰을 정하고 게임을 시작했다고 합니다. 그런데 파초완이 끝났는데도, 여전히 비가 거세게 내렸고 좀처럼 그칠 기미가 보이지 않았습니다. 때마침 미치코가 크게 이겼는데, 가장 크게 진 세이조가 그날따라 승부욕에 불타서 다시 스초안(四圈)을 하고 제안했습니다. 그렇게 게임이 계속되었고, 결국 씨얼초완(十二圈)까지 하게 됩니다.

그렇게 해서 게임이 완전히 끝나자, 밤이 꽤 깊은, 열두 시 가까이 되었다고 합니다. 바람이 그치기는 했지만 여전히 비가 내리고 있었기 때문에, 주인 부부는 두 사람에게 계속 자고 갈 것을 권했다고 합니다. 도모다는 K 마을에 살았기 때문에 거절하고 차를 타고 돌아갔지만, 고데라는 기차도 이미 끊겼고 날씨도 안 좋았기 때문에, 오다 가에서 자고 가기로 했습니다.

하녀들의 진술에 따르면, 주인이 이제 잘 것이니 너희들도 들어가서 자라는 말을 들은 것이 열두 시 조금 넘는 시각이었다고 합니다. 그래서 그 집의 두 하녀인 오타네(お種)와 오하루(お春)는 대기하고 있다가 각자의 방으로 물러갔는데, 그때 또한 앞서 말씀드렸듯이 거센 비가 줄기차게 내리고 있었습니다.

그렇다면 여기서 잠깐 오다 가의 저택 구조에 관해서 말씀 드리겠습니다. 이 집은 전체가 일본식 건물로, 2층에는 주인 부부의 침실과 남편의 서재가 있고, 그 바로 아래층에 두 개의 손님 방이 있습니다. 그리고 서재 바로 아래에 있는 방이 그날 밤 고데라가 묵었던 방인데, 그 방에서 복도를 따라가면 다른 방이 하나 더 있고, 부엌을 통해 밖으로 나가면 또 다른 건물이 있는데 그곳에는 진베(仁兵衛)라는 해군 출신 하인이 있었다고 합니다.

아무튼, 그때까지 졸린 눈을 비비며 대기하던 두 하녀는 주인의 허락을 받고 바로 방으로 물러가 이불을 꺼내, 하인들이 모두 그렇듯, 바로 깊은 잠에 빠졌습니다.

얼마가 지나고 오하루보다 나이가 많은 오타네라는 하녀가 갑자기 잠에서 깼습니다. 꽤 오래 잤다는 느낌과 함께 저절로 눈이 떠졌기 때문에, 습관처럼 머리맡에 있는 주인님이 주신 알람 시계를 보았습니다. 그런데 시각은 고작 한 시 반을 가리키고 있었고, 여전히 비가 내리고 있었습니다.

오타네가 안심하고 다시 자려고 한 그 순간, 갑자기 사람의 비명 같은 것이 들렸습니다. 그 후 바로 이어서 2층의 장지문이 쓰러지는 듯한 소리가 들렸습니다.

하마터면 비명을 지를 뻔했지만, 오타네는 허둥지둥 잠옷을 걸쳐 입고 2층 계단으로 살금살금 올라가 숨을 죽이고 서 있었습니다. 잠시 후, 머리를 살짝 내밀어 상황을 살피니, 사람이 신음하는 것 같은 소리가 또다시 들려왔습니다. 오타네는 결국 안 되겠다 싶어서 옆에서 세상 모르고 자고 있는 오하루를 흔들어 깨웠습니다. 오하루도 설명을 듣더니 부들부들 떨기만 했습니다. 결국 두 사람은 하인을 깨우기로 했습니다.

그런데 앞서 말씀드렸듯이 하인을 깨우려면 부엌문을 열고 나가서 다른 건물로 가야 합니다. 비가 세차게 내린 그 한밤중에 여자 둘이서 하인을 깨우는 것은 무리였습니다. 그래서 결국 두 사람은 복도 끝 방에서 자고 있는 손님을 깨우기로 했습니다.

두 사람은 덜덜 떨면서 간신히 고데라가 자고 있는 방까지 갔습니다. 방문 밖에서 작은 목소리로 고데라의 이름을 두세 번 불렀지만, 대답이 없어서 과감하게 장지문을 열었습니다. 그런데 그곳에서 자고 있어야 할 고데라는 없고 침대에 이불만 남아 있었습니다. 두 사람은 얼떨떨한 표정으로 방 안으로 들어가 보았는데, 그때 마침 그 방 바로 위에 있는 2층 방에서 사람이 쓰러지는 것 같은 소리가 났습니다. 두 사람은 비명을 지르며 그곳에서 뛰쳐나와 필사적으로 하인 진베를 흔들어 깨웠습니다. 마흔 살 남짓 된 혈기왕성한 해군 출신 하인은 서둘러 큰 지팡이 하나를 집어 들고서 잽싸게 달려 나와 두 하녀를 안심시키고 2층으로 올라갔습니다.

참극이 외부에 공개된 것은 바로 그때였습니다. 가장 처음 2층으로 올라간 진베와 조심스레 그 뒤를 따른 두 하녀는 그곳에서 소름끼치도록 무서운 광경을 보았습니다.

계단 바로 앞이 부부의 침실입니다만, 장지문이 활짝 열려 있어서 ─열려 있다기보다는 오히려 장지문 한 짝이 튕겨져 나가서─ 밖에서도 방을 훤히 들여다볼 수 있었습니다. 방 한편에 자단나무(紫檀) 탁자가 있는데, 그 탁자 위의 전기스탠드가 5촉 정도 되는 어둑어둑한 빛으로 방을 밝히고 있었습니다. 천장에 매달아 놓은 모기장은 두 군데 정도가 마구 찢긴 채 한쪽이 축 늘어져 있었고, 찢어진 모기장은 방구석에 처박혀 있었습니다. 책상 쪽을 머리맡으로 하여 이불 두 채가 깔려 있었는데, 마주봤을 때 왼쪽에 있는 이불 위에서 미치코가 자고 있었습니다. 아니, 피투성이가 된 채 꿈틀거리고 있었습니다. 가슴 위 상반신은 벗겨진 상태였고, 허리끈으로 보이는 끈으로 두 손이 뒤로 묶여 있었으며, 그 끈의 끝부분은 목에 감겨 있었습니다. 풍만하고 하얀 유방 언저리에서 피가 흐르고 있었는데, 미치코가 꿈틀거릴 때마다 그 피가 질척질척 늘어졌습니다.

그 이불 옆에 나란히 깔린 이불 위에서는 세이조가 거의 기는 자세로 책상에 머리를 대고 엎어져 있었습니다. 미치코는 거의 죽은 것 같아 보였지만, 세이코는 단말마의 고통을 느끼고 있는 것 같았습니다.

이렇게 말씀드리니 긴 시간에 걸쳐 일어난 일 같지만, 진베와 하녀가 본 찰나의 느낌은 1초도 되지 않는 시간이었습니다. 아니, 오타네가 잠에서 깨고 나서 이 광경을 보기까지의 시간조차 아주 짧은 시간이었다는 것은 말할 것도 없습니다.

주인이 그렇게 쓰러져 있는 것을 보고 진베는 서둘러 주인의 옆으로 달려가 뒤에서 그를 안아 일으켰습니다. 일으켜보니 주인의 옷은 피투성이인 데다가 입에서 피를 토하고 있었으며 오른쪽 가슴에서도 피가 계속 흐르고 있었습니다.

진베가 주인을 일으키자 주인은 진베의 얼굴을 똑바로 바라보며

"고데라……. 고데라……가." 하고 마지막 힘을 온몸에 담아 소리쳤습니다.

그러자 그 절규를 들었는지, 이제껏 죽은 줄 알았던 미치코가 갑자기 신음소리를 내며 또렷하게 말했습니다.

"이치로……"

진베뿐만 아니라 이때 그곳에 있었던 다른 두 하녀들도 두 사람이 내뱉은 말을 확실하고 명확하게 들었습니다. 부부는 그 말을 남긴 지 얼마 되지 않아 거의 동시에 숨을 거두었습니다.

'고데라'라는 말을 듣고 나서야 진베는 고데라가 어디에 있는지 생각했습니다. 그가 흠칫 놀라서 주위를 둘러보니 바로 그 옆방 서재에 한 남자가 조각상처럼 우두커니 서 있었습니다. 두 말할 것 없이, 그 남자가 바로 고데라였는데, 그 당시 그는 피투성이가 된 잠옷을 입고 있었습니다. 그의 잠옷은 마치 격투라도 하고 난 다음처럼 흐트러져 있었습니다. 오른손에 뭔가 번쩍거리는 것을 쥔 상태로 말없이, 마치 명상에 잠긴 사람처럼 어둠 속에 서 있었습니다.

진베는 용감하게 지팡이를 집어 들고 순식간에 고데라의 오른손을 세게 내리쳤습니다. 그러자 흉기로 보이는 물건이 고데라의 손에서 떨어졌고, 그와 동시에 진베가 고데라를 자기 밑에 때려 눕혔습니다. 고데라는 이미 각오를 했는지, 의외로 전혀 저항하지 않았습니다. 진베가 호소오비*로 묶으려고 하자 순순히

---

* 일본 여성이 기모노를 입을 때 두르는 가는 띠.

묶였습니다.

진베는 놀라서 어쩔 줄 모르는 하녀들에게 바로 경찰에 신고하라고 지시했습니다. 이렇게 해서 곧바로 수사기관이 수사를 시작한 셈입니다. 그 사건이 일어난 뒤 어떻게 되었는지는 당시 신문들이 발 빠르게 보도했기 때문에, 여러분도 충분히 알고 계시리라 믿고 자세히 언급하지 않겠습니다만, 한두 가지 중요한 점에 관해 이야기해 보겠습니다.

3

이는 나중에 알게 된 사실입니다만, 검사는 이 사건에 대한 보고를 받고 즉시 예심 판사에게 강제 처분을 요청했고, 현장에 출동한 예심 판사가 사망 원인 조사, 현장 검증 및 흉기 압수와 관련한 모든 것을 진행했습니다. 그렇기 때문에, 지금 제가 말씀드릴 내용은 나중에 수사 결과를 듣고 알게 된 것도 있고, 그 당시 이미 세상에 알려져 있던 것도 있습니다. 따라서 제가 이제부터 말씀드릴 내용은 시간적 순서가 아니라 법률적 순서에 의한 것입니다. 그럼 당시 상황을 있는 그대로 말씀드리겠습니다.

오다 세이조와 오다 미치코의 사인은 물론 타살로 밝혀졌습니다. 그리고 범죄에 사용된 흉기가 상당히 날카로운 칼이었다는 것도 명백해졌습니다. 세이조가 쓰러져 있던 곳에 고인 피는 폐출혈로 인한 것으로 판명되었는데, 그중 치명상은 오른쪽 가슴에

난 자창이었습니다. 이 상처는 잠옷을 입은 채 찔린 것이었고, 그 외 이마 부근에 있던 타박상은 책상에 부딪혀서 난 상처로 결론이 났습니다. 즉, 세이조의 주요 상처는 단 한 군데였습니다.

조금 전 말씀드렸듯이 미치코는 매우 처참하게 죽어갔습니다. 상처는 총 세 군데로, 좌우 가슴에 각각 하나, 그리고 오른쪽 뺨에 가벼운 창상이 있었고, 치명상은 좌흉부에 난 자창이었습니다. 잠옷을 입고 있었지만 허리끈을 경계로 윗부분은 벗겨져 있었고, 두 손은 그녀 본인의 허리끈으로 결박돼 있었습니다. 그리고 묶이면서 생긴 것인지, 묶이고 나서 포박을 풀려고 바둥거리다가 생긴 것인지 알 수 없으나, 양 손목에 찰과상이 있었고 목에 감겨 있던 끈 때문에 목에서도 몇 군데 찰과상이 확인되었습니다.

이렇게 해서 부부가 거의 동시에 숨을 거두었다고 결론이 났습니다.

범인은 물론 고데라 이치로였고 현행범으로 체포되었기 때문에 문제될 여지는 일단 없었습니다. 그의 손에 잭나이프가 들려 있었는데, 이는 오다 세이조가 평소 서재에서 사용하던 물건이었으며, 검증 결과 피해자들의 자창이 이 칼에 의한 것이라는 사실 또한 명확히 드러났습니다.

고데라는 순순히 붙잡혔지만, 경찰에 가서는 아무 말도 하지 않았습니다. 아마 이틀 정도 한 마디도 하지 않은 것 같습니다.

검사는 바로 오다 세이조 부부에 대한 살인 사건 용의자로 고데라를 기소했습니다.

그리고 저는 고데라와 매우 친한 친구였던 아무개라는 귀족에게 이 사건을 의뢰받았습니다. 고데라 이치로라는 남자는 워낙 성격이 온화한 데다가 여자였으면 어땠을까 싶을 정도로 아름다운 청년이었기 때문에, 자신의 배경에 비해서 꽤 여러 부류의 사람들과 교제를 하고 있었는데, 제게 사건을 의뢰한 그 귀족은 그의 외모와 성격을 사랑해서 그랬는지 유난히 열렬히도 그를 비호했습니다. 이 사건이 일어난 지 얼마 되지 않아 직접 제 사무실에 찾아와서는 부디 신경을 써 달라, 힘을 좀 써 달라, 고데라가 사람을 죽였다니 도저히 믿을 수 없다고 말했습니다. 그래서 저도 일단 해 봐야겠다는 생각이 든 것입니다.

하지만 제가 그의 제안을 받아들였을 때는 이미 검사가 기소를 한 상태였고, 몇몇 신문은 침묵으로 일관하던 고데라가 범죄 사실을 완전히 자백했다는 기사를 실었습니다. 여기에 당시 신문이 있습니다. 그중 하나를 읽어보겠습니다.

● K 마을 실업가 오다 부부 살해자 마침내 자백

－ 원인은 치정, 상류 사회의 놀랄 만한 추태 폭로 －

K 마을 실업가 오다 부부를 살해한 현행범으로 체포되었으나 어제까지 묵묵부답이었던 범인 고데라 이치로(24세)가 그 이후 담당관의 엄중한 심문에 끝까지 침묵하지 못하고 어젯밤 결국 범죄 사실을 자백했다. 이로 인하여 언뜻 봤을 때 벌레조차 죽이지 못할 것 같이 생긴 이 미청년이 지탄받아야 마땅할 살인마가 되었다. 그의 자백과 동시에 작금의 상류 사회 가정이 얼마나 난폭함

으로 넘쳐나고 있는지가 낱낱이 폭로되기에 이르렀다.

그가 이 당치 않은 범죄를 저지르게 된 동기는 전적으로 치정에 의한 것이었다. 추하고 도리에 어긋난 사랑이었다. 젊고 아름다운 미치코 부인은 고데라와 1년여 전부터 모든 것을 허락한 사이로 지내 왔다. 고데라와 미치코는 최근 2년 동안 친분을 유지해 왔는데, 미치코는 그 당시 자신을 사랑하지도 않는 데다가 병든 몸으로 평소 아무것도 하지 않는 남편과 외로운 결혼 생활을 유지해 온 터라, 이 사소한 교제로 미청년을 사랑하게 되었다. 한편, 고데라는 미치코가 외로운 결혼 생활을 하고 있다는 사실을 진작부터 알았는데, 이를 가엾이 여기고 있던 중에 마침 미치코가 자신을 유혹하자, 학생이라는 신분을 망각한 채 순식간에 취해서는 안 될 달콤한 술에 취하고 말았다. 아내를 절대로 속박하지 않는 남편의 태도로 이 두 사람의 사이는 점점 더 깊어졌고, 이 둘은 이것을 행운이라고 여기며 밀회를 즐겼다. 어느 날은 미치코가 직접 고데라의 하숙집을 찾아갔고, 어느 날은 단 둘이 도쿄역에서 만나 교외로 나가기도 하는 등 거의 추태의 끝을 달렸다. 이치로의 자백으로 바로 자택 수색이 이루어졌는데, 그때 압수한 미치코의 편지가 백 통이 넘었다고 한다. 그런데 그런 미치코의 마음이 최근 들어서 다른 사람에게 옮겨가기 시작했다. 바람기가 다분했던 미치코는 역시 고데라의 친구였던 도모다 쓰요시(사건 당일 K 마을로 간 학생)를 사랑하게 되었는데, 이것이 바로 이번 사건의 동기가 되었다.

16일 밤, 미치코는 철면피처럼 두 명의 애인을 남편 앞에 앉혀 두고 마작을 하고 있었다. 말하자면, 그때 그녀는 마작이라는 틀 안에서 세 남자를 희롱한 셈이다. 그날 미치코는 도모다와 틈을 봐서 단둘이 몰래 만나기로 약속을 하는데, 그 모습을 우연히 목격한 고데라는 분개한 나머지, 어떻게 해서든 미치코의 진심을 확인하기로 결심하고 뜬눈으로 기회를 노린다. 때마침 한밤중이 다 되어 화장실로 내려오던 미치코를 와락 껴안고 미련을 버리지 못한 채 부정을 강요한다. 하지만 이미 마음이 변한 미치코는 이를 매정하게 거절하고, 그런 미치코의 행동에 살의를 느낀 고데라는 결국 남편까지 함께 해치워 버리기로 한다. 범인은 밤이 깊어지자, 부부 침실에 몰래 들어가 세이조를 칼로 찔러 중상을 입히고 원한이 깊었던 미치코는 서서히 아주 고통스럽게 죽어가도록 일부러 급소를 피해 상해를 입혔다.

이 기사의 경우는 비교적 얌전한 편입니다. 대부분의 기사는 그날 밤의 정황이나 미치코와 이치로의 정사를 선정적인 필치로 다뤄 독자들의 호기심을 불러 모았습니다.

그러나 어떤 신문이든 한결같이 미치코가 참사를 당한 것을 두고 품행이 바르지 않더니 자업자득이라고 수근거렸고, 아내를 잃은 데다가 목숨까지 잃은 세이조에 대해서는 동정론을 펼쳤습니다. 겨우 한두 곳만이 미치코의 친정 가와카미·가(家)를 찾아가 가와카미 부인을 만난 일을 다루었을 뿐입니다. 미치코의 추태는 그렇다고 치더라도, 돈을 위해 딸을 희생시킨 어머니까지 이제 와서 비난의 표적이 되었습니다.

한편, 앞서 말씀드렸듯이 제가 이 사건을 맡았을 때는 이미 검찰에 기소가 된 후였고, 사건은 예심에 회부된 상태였습니다. 아시다시피 그 시기에는 피고인을 만나는 것이 금지되어 있었고, 검사와 예심 판사도 물론 사건 내용에 관해 어떠한 말도 해서는 안 되었습니다. 따라서, 다른 사람들처럼 저 또한 바깥에서 캐내는 것 외에 사실을 알아낼 방법이 없었습니다. 그때부터 저는 할 수 있는 건 전부 했습니다. 예를 들어, 도모다를 만나서 오다 부부의 일상생활에 관해 조사했습니다. 그들의 일상은 세상에 이미 알려진 대로 매우 차가워 보였습니다. 도모다는 미치코에 관해 이야기하면서, 자신은 미치코와 특별한 관계가 절대 아니었다고 주장했고, 특히 그날 밤 미치코와 밀담을 나누었다는 내용에 관해서는 신문에 실린 그대로이며 그것이 전부라고 했습니다. 하지만 고데라와 마찬가지로 미치코가 도모다와 꽤 친하게 지낸 건 사실인 것 같았고, 이에 관해서는 도모다도 완곡히 부정하지 않았습니다. 그뿐 아니라 도모다도 미치코에게 꽤 많은 편지를 받았다고 진술했고, 때때로 마음이 움직일 만한 여러 이야기를 나누었다고 말하기도 했습니다. 어느 날, 미치코는 도모다에게 남편이 너무 냉정하다고 하소연했고, 자신의 두 팔에 뚜렷한 멍자국을 보여주며 동정심을 유발했다고 합니다. 하지만 그 이상의 진전은 절대 없었다는 것이 도모다의 진술이었고, 미치코와 고데라의 관계에 관해서도 자세히 알지 못하는 눈치였습니다. 고데라가 미치코를 많이 사랑하는 것 같았다는 것이 진술의 전부였습니다.

4

본디 신문이라는 매체는 범인으로 추정되는 사람이 잡히기만 하면 바로 그 사람이 진짜 범인인 것처럼 보도하고, 대중 또한 그것을 곧이곧대로 믿는 경향이 있는 것 같습니다. 그러다가 그와 반대로 무죄 판결이 나면, 사람들은 또다시 당국을 공격하며 인권 유린이라는 둥 고문을 했을 것이라는 둥 떠들어대며 분쟁을 일으키고 싶어합니다. 그러나 이는 애초에 피의자가 진범이라고 믿었기 때문에 발생하는 잘못입니다. 저희들 입장에서 말씀드리자면, 이미 검사가 공소를 제기한 후라고 해도 피고인이 범인일 거라고 단언해서는 절대로 안 됩니다. 물론 검사가 진범이라고 단정지은 이상에야 상당한 근거는 있겠지만, 그래도 이는 단순히 검사가 진범으로 확신했다는 사실에 불과하기 때문에 공판이 확정될 때까지 우리는 결코 이 사람을 진범이라고 단정해서는 안 되는 것입니다. 그렇기 때문에, 설령 신문이 진범이라고 확신했다고 하더라도, 우리 쪽에서 살펴봤을 때 매우 의심스러운 경우가 있습니다. 그렇기 때문에 방어가 쉬워지기도 하고요.

사건의 내용이 명백하게 드러나지 않은 이상, 아직 어떻게 될지는 모를 일이기 때문에 저는 상당히 헤매고 있었습니다. 하지만 아무리 생각해 봐도 이 사건의 범인이 고데라가 아닌 인물일 것 같지는 않았습니다.

결국 사건이 공판으로 옮겨가기 전까지 확실한 사정을 알 수 없었죠. 그 흉학한 범행이 일어난 지 약 4개월 후 결국 사건은 예심 판사의 손을 떠나 공판에 서게 되었습니다.

그렇다면 저는 이제껏 알려진 사실만 검토한 채 허무하게 손을 놓고 있어야 할까요. 고데라가 저지른 범죄에 의심스러운 점이 단 한 점도 없었을까요. 저는 그렇게 생각하지 않았습니다. 현명한 여러분들이니 쉽게 눈치를 채셨을지도 모르겠지만, 지금까지 알려진 것만으로는 의심스러운 부분이 몇 가지 있습니다. 제가 피고인을 변호하기로 결심하고 진상을 밝히기 위해 열심히 뛴 것도 바로 그 부분 때문이었습니다.

먼저, 첫 번째 의문은 이것입니다.

살해 동기에 관해서는 설명이 합리적이기 때문에 부정할 수 없다고 칩시다. 그런데 고데라는 미치코의 마음이 도모다에게 옮겨간 것을 알고서 줄곧 화를 냈다고 돼 있습니다. 그리고 살해 동기 또한 그것에 관해 따져 묻자 냉담하게 돌아선 것에 살의를 느껴서라고 되어 있습니다. 그런데 고데라가 범죄에 사용한 흉기는 분명히 그의 것이 아니라 피해자인 오다 세이조의 것이었습니다.

물론 상대가 연약한 여자였지만, 그녀 옆에 남편이 있었습니다. 비록 병에 걸린 사람이기는 했어도, 설마 아내가 살해당하고 있는데 그것을 잠자코 보고만 있었을 리는 없습니다. 따라서, 그 방 안에서 미치코를 죽인 이상, 남편도 같이 처리해야 했다는 것은 뻔한 이야기입니다. 게다가 그 방에 잭나이프가 있는지 없는지 고데라로서는 알 리가 없었을 겁니다. 그 말은 즉, 고데라가 두 사람을 죽이기 위해 적수공권(赤手空拳)으로 그들 방으로 뛰어들어 갔다는 말이 됩니다. 일반적으로 생각했을 때, 조금 이상하지 않나요? 물론 고데라가 오다의 집에 머물기로 했을 시점에는 아직 살해할 생각이 없었을 것입니다. 하지만 살의를 느끼고 나서 가령 5분 정도라도 생각할 시간이 있었다면, 하다못해 손수건 한 장이라도 준비했을 것입니다. 장소에 따라서 빈 담뱃갑 하나도 흉기가 될 수 있습니다. 고데라가 체력이 약하고 여자 같은 남자이기 때문에 이런 일이 일어날 수 있었다고 쳐도, 의심해 볼 여지는 충분하다고 생각합니다. 이 의심이 확실한 것으로 드러난다면, 살의가 있었는지 없었는지 문제 삼을 수 있습니다. 훗날, 피고인이 이 참극을 일으킨 게 확실해진다고 해도, 이는 어떠한 형식으로든 피고인에게 반드시 이득이 될 것입니다.

보통 부부 두 사람을 살해하는 사건의 경우, 남편을 먼저 죽이거나, 남편을 묶어 두고 부인을 먼저 죽이거나 폭행하는 것이 일반적입니다. 그런데 이 사건은 아내의 상반신이 벗겨져 있었고 팔이 뒤로 묶인 상태였습니다. 게다가 소문이 사실이라면, 부부는 거의 동시에 숨을 거두었습니다. 그렇다면 고데라가 복수하기 위해 미치코의 옷을 벗기고 양손을 묶은 뒤 얼굴과 가슴에 상처를 내며 죽이고 있을 때, 세이조는 과연 무엇을 하고 있었는가. 우리는 이 점을 짚고 넘어가야 합니다. 나아가, 미치코가 필사적으로 발버둥을 치거나 비명을 지르지 않았는가. 이것을 어떻게 설명해야 하는가도 짚어 봐야 합니다. 이 점에 대해 피고인은 뭐라고 자백했을까요. 또, 검사나 예심 판사는 어떤 견해를 내놓았을까요.

또 하나 의심스러운 점이 있습니다. 이 점은 오히려 여러 분들이 쓰시는 소설에서 자주 등장하는 것이므로 이미 눈치를 채셨을지도 모르겠습니다만, 그것은 바로 피해자 세이조가 입은 치명상입니다. 세이조는 오른쪽 흉부에 자창을 입었습니다. 그런데 정면에서 상대방의 우흉부를 칼로 찌른다는 것은 범인이 왼손잡이가 아니고서야 한 번에 하기 힘든 작업입니다. 이는 소설에서뿐만 아니라 현실에서도 매우 중요한 부분입니다. 범인이 오른손을 뻗었는데 마침 그곳이 정확하게도 상대방의 가슴이지 않은 이상, 그런 상처를 입히는 건 불가능합니다. 하지만 고데라가 왼손잡이라는 진술은 이제까지 나오지 않았습니다. 따라서 그 상처에 대해서는 다른 가설을 세우는 것이 납득하기 쉬울 것입니다. 그것은 이를테면, 칼을 사이에 두고 두 사람이 싸우다가 (이때 칼은 고데라가 아니라 세이조가 쥐고 있었다고 보는 편이 자연스럽습니다) 세이조가 실수로 자기 자신의 가슴을 찌른 경우입니다. 이는 미치코를 살해했는가와 상관없이, 세이조에 대한 살인죄가 성립하느냐 마느냐라는 문제를 발생시키므로 상당히 중요한 가설입니다. 이렇게 해서 만약 세이조에 대한 살인죄가 성립되지 않는다면, 설령 다른 법률을 위반했다고 하더라도 판결에 중대한 영향을 미칠 것입니다. 왜냐하면, 이 사건은 단순히 한 사람을 죽였는가 두 사람을 죽였는가라는 문제와 전혀 다르기 때문입니다. 간단하고 쉽게 말씀드리면, 만일 고데라가 세이조를 죽이지 않고 미치코 한 사람만 죽였다면, 고데라는 어쩌면 사형을 당할지도 모르고 당하지 않을지도 모릅니다. 이와 반대로, 만일 고데라가 세이조를 죽였다면, 즉 간통한 남자가 본 남편을 죽였다면, 설령 미치코를 죽이지 않았다고 하더라도 사형 선고를 받을 것은 의심의 여지가 없습니다.

고데라는 범죄 사실을 전부 인정했다고 합니다. 그렇다면 고데라는 과연 뭐라고 진술했을까요? 앞에서 소개해 드린 신문 기사만으로는 너무 막연하기 때문에, 저는 하루 빨리 취조 내용이 공개되기를 기다리고 있습니다.

하지만 기다리기만 하면서 손을 놓고 있었던 건 아닙니다. 저는 여러 가지 가설을 세웠습니다. 그렇다면 이제부터 제가 생각한 가설을 말씀드리겠습니다.

만일 피고인이 이 범죄를 완전히 부인했다면 어떻게 될까요? 또, 피고인이 완전 무죄라는 가설은 성립될 수 없을까요?

저는 이에 관해 고민해 본 결과, 성립하지 않으리라는 법은 없다고 생각했습니다. 실무자인 저보다 탐정소설가인 여러분이 오히려 다양한 생각을 하실 수 있겠지만, 그럼 여기서 저는 가설 하나를 들어 보겠습니다.

예를 들어, 이런 건 어떨까요. 오다 세이조, 그가 바로 아내를 살해한 살인자라면…….

오다 세이조가 그날 밤 아내의 부정을 알아 버렸거나, 혹은 이미 알고 있는 상태에서 그날 밤 일어난 어떤 계기로 인해 도발해 분노한 나머지 아내를 참살하기에 이르렀다면?

전부터 아내를 의심하고 있었다고 합시다. 그날 밤 두 사람 사이에 무슨 일이 있있고, 남편은 결국 아내가 불륜을 저질렀다는 사실을 확신했습니다. 하지만 미치코는 자신의 잘못을 뉘우치려는 기색이 전혀 없었습니다. 그런 기색은커녕, 때때로 두 남자들과 이상한 분위기를 내비친 것이죠. 결국 세이조는 아내를 죽이기로 결심합니다. 늦은 밤 아내가 잠들고 조용해지자, 세이조는 아내에게 달려들어 양손을 묶습니다. 그리고 자신을 배신한 아내를 한 번에 죽여서야 성이 차지 않는다며, 최대한 고통스럽게 죽이기 위해 얼굴과 가슴을 구타합니다. 그때 그 소리를 들은 고데라가 방으로 뛰어들어 옵니다. 세이조는 당연히 고데라에게도 화가 나 있었을 테니, 나이프를 휘둘러 찌르려고 합니다. 그리고 격투 끝에 결국 자기 자신을 찌르고 맙니다. 이렇게 생각해 볼 수도 있지 않을까요? 이 가설대로라면, 당연히 고데라는 미치코를 살해하지 않았으므로 미치코에 대한 법적 책임이 없습니다. 세이조에 대해서도 상해 치사 혹은 정당방위가 적용될 뿐, 살인죄는 성립하지 않을 것입니다. 이는 너무나 소설 같은 가설이지만, 저는 한때 이에 관해 진지하게 고민했습니다.

그런데 이 가설을 대입해 봐도 설명 되지 않는 의문이 또다시 발생했습니다. 첫 번째는 그가 아내를 죽이기로, 그것도 천천히 고통스럽게 죽이기로 마음먹었다면, 굳이 집에 손님이 자고 가는 날을 고를 리가 없다는 점입니다. 게다가 그들이 있는 방 바로 아래층에서 고데라가 자고 있었습니다. 서양식 주택이라면 몰라도 일본식 건물 바로 아래에 사람이 있는데, 설령 그가 자고 있었다고 하더라도 시간이 오래 걸리는 살해 방법으로 사람을 죽일 수 있을까요? 아니, 애초에 그런 생각이 가능했을까요? 너무 화가 나서 정신이 나가 있었다고 하더라도 천천히 고통스럽게 죽이자는 생각을 할 수 있었을까요? 세이조가 미치코를 한번에 죽였다면 모를까, 그렇게 처참한 짓을 했다는 것은 적어도 고데라가 현장에 나타날 거라는 예상을 전혀 못했다고 추측할 수 있습니다.

그리고 두 번째, 고데라는 왜 그 시간에 ─즉, 미치코가 결박된 채 부상을 당하고 있던 바로 그 순간에─ 그 방에 뛰어들어 갔을까요. 물론 미치코의 비명을 듣고 달려갔다고 하면 납득이 갑니다. 하지만 그랬다면 미치코는 칼에 찔리자마자 이미 소리를 질렀을 것입니다. 조금 전 말씀드리려다가 깜빡했는데, 미치코에게 재갈 같은 게 물려 있던 흔적은 전혀 없었습니다.

그렇다면 우리는 다시 미치코가 이때 무엇을 하고 있었는지 알아내야 합니다.

그리고 방금 전에도 말씀드렸듯이 저는 세이조가 둘이서 몸싸움을 하다가 우발적으로 칼에 찔려서 죽었을 거라고 추정하고 있는데, 이는 꽤 모호한 생각이기도 합니다.

이런 경우, 아무리 고민을 해 봐도 고데라가 왼손잡이가 아닌 이상 앞뒤가 맞지 않습니다. 그리고 세이조가 아내를 죽이고 자살했다는 가설도 세이조가 왼손잡이가 아니라면 말이 되지 않습니다.

그런데 고데라가 왼손잡이가 아니었던 것처럼 세이조도 왼손잡이가 아니었다고 합니다.

이런 상황이었기 때문에 고데라 무죄설은 꽤 난감한 입장에 놓이게 되었습니다.

하지만 상상력이 풍부한 여러분께서는 이제껏 제가 말씀드린 사실을 바탕으로 이 사건의 의문을 풀 수 있는 가설을 생각하셨겠지요?

저는 이 자리에서 그것이 무슨 가설인지 굳이 이야기하지 않을 것입니다. 탐정소설 작가인 여러분이 반드시 생각해 내야 하는 가설 하나가 아직 남아 있다고, 감히 생각하기 때문입니다.

한편, 그렇다면 왜 고데라는 범죄를 인정한 것일까요. 게다가 사망한 두 사람이 죽기 직전 남긴 말 때문에 고데라가 범인이 아니라는 것을 증명할 가능성은 더욱 낮아졌습니다.

세이조와 미치코 모두 죽기 직전에 '고데라'와 '이치로'라는 이름을 분명히 내뱉었습니다. 만일 이것이 확인되었다면, 문제를 제기할 여지는 거의 없습니다. 하지만 단 한 가지, 미치코가 죽기 전에 고데라라는 이름을 부른 건, 범인이 아니라 자신의 애인을 부른 것 아니었을까. 어쨌든, 그 어떤 것보다 피고인에게 가장 불리하게 작용하는 것은 바로 피고인의 자백입니다. 그 무엇보다 더 유력한 증거가 피고인의 자백인 것입니다. 고데라 이치로는 이 사건과 관련한 자신의 죄를 모조리 인정했습니다.

결국 저는 미치코에 대한 살인죄는 그렇다 치더라도, 세이조에 대한 살인은 혹시 상해 치사 사건이 아닐지 고민에 고민을 거듭했습니다. 그렇게 고심한 저는 예심 최종 판결을 애타게 기다렸습니다.

5

마침내 기다리고 기다리던 결정이 내려졌습니다. 사건은 앞서 말씀드린 대로 결국 공판으로 넘어가게 되었습니다. 저는 정식으로 이 사건의 피고인 고데라 이치로의 변호인이 되었고, 서둘러 자료를 모았습니다. 어느 정도 설레는 마음으로 그 자료를 손에 들었습니다. 저는 연인이 보낸 편지라도 읽는 듯한 기분으로 처음부터 끝까지 정신없이 자료를 읽기 시작했습니다. 날카로운 눈으로 종이 뒷면이 뚫어질 듯, 글자라는 글자는 하나도 빠뜨리지 않고 단숨에 다 읽었습니다.

그러나 어땠을까요. 저는 기록을 전부 읽어 본 뒤 매우 실망했습니다. 신문으로 보도된 내용은 아쉽게도 대부분 사실이었습니다. 피고인 고데라 이치로는 검사정(檢事廷)에서도, 또 예심정(予審廷)에서도 자신의 죄를 모두 인정했습니다. 게다가 이것은 두 남녀에 대한 완전한 살인죄였습니다.

제가 마지막으로 기대를 걸었던 몇 가지 의문은 피고인의 극히 합리적인 자백에 의해 깔끔하게 해결되었습니다. 피고인의 자백은 엉터리라고 보기에 지나칠 정도로 열의가 있었습니다. 그리고 지나치게 진지했습니다. 이 피고인은 심지어 검사와 예심 판사 앞에서 왜 거짓 진술을 해야만 했을까요.

여기 그 당시 진술 기록의 사본이 있습니다. 지금부터 예심정에서 있었던 심문 및 답변 내용을 그대로 읽어 보겠습니다. (원문에는 가나에 탁음이 없고, 구두점도 없지만 이해하기 쉽도록 보통문

으로 읽겠습니다)

문: 그렇다면 피고가 미치코를 죽이기로 결심한 이유가 미치코의 마음이 다른 남자에게 옮겨갔기 때문인가?

답: 미치코를 죽이기로 마음먹은 이유는 이제껏 나한테 잘해 주다가 변심한 뒤 매우 냉담해졌고, 그녀가 도모다를 사랑했기 때문입니다.

문: 피고는 미치코가 도모다를 사랑한다는 것을 알고 있었나?

답: 사건 당일까지 확실한 증거는 없었습니다. 그날 밤 두 사람이 나누는 대화를 듣고 확신하게 되었습니다.

문: 피고가 미치코를 죽이기로 결심한 건 언제였나?

답: 그날 밤입니다. 그 전까지는 마음속으로 고민을 많이 했습니다. 하지만 죽일 생각은 없었습니다.

문: 살의를 느끼게 된 경위를 말해 보시오.

답: 그날 한참 마작을 하고 있었습니다. 아마 아홉 시 반 정도 되었을 때였나, 도모다가 화장실에 갔습니다. 그러자 미치코가 부엌에 무슨 볼 일이 있는 것처럼 뒤따라 방을 나갔습니다. 예전부터 두 사람의 낌새가 수상했기 때문에 저 또한 화장실에 다녀오겠다고 말하고 방 밖으로 나갔습니다. 그리고 일부러 화장실 쪽 어두운 복도를 따라 살금살금 걸어가 봤더니, 구석에서 미치코와 도모다가 뭔가 수군거리며 이야기하는 소리가 들렸습니다. '내일 모레 여섯 시에 늘 만나던 곳에서 봐요'라고 말하는 미치코의 목소리가 확실히 들렸습니다. 도모다의 목소리는 잘 들리지 않았지

만, 저는 그때 두 사람이 손을 잡고 있다는 것을 알 수 있었습니다. 보지는 않았지만 분명히 느꼈습니다.

문: 도모다는 그때 화장실 앞에 서 있었던 건 맞지만, 미치코와 대화를 나눈 적은 전혀 없다고 진술했다. 어떻게 생각하나.

답: 그건 틀림없는 거짓말입니다. 저는 똑똑히 기억합니다. 그리고 그 말을 듣지 않았다면, 그렇게까지 분노하지 않았을 것입니다. 그 말을 들은 순간, 저는 정말로, 진심으로 분노했습니다. 더는 이 세상에 대한 아무런 기대가 생기지 않을 것 같은 기분이었습니다. 하지만 그때까지만 해도 미치코를 죽일 생각은 없었습니다. 그날 밤 저는 복도 손님방에서 자기로 했고 열두 시가 넘어서 잠을 청했습니다. 그러나 분하고 분해서 잠이 오지 않아서 침대 위에서 한 시간 정도를 끙끙거렸습니다. 그런데 이윽고 2층에서 사람이 내려오는 소리가 났습니다. 슬그머니 밖을 들여다봤더니 그 사람은 바로 미치코였습니다. 그녀가 화장실에 들어가는 걸 확인한 뒤 저는 침대 속에서 오만 가지 생각을 했습니다. 아무래도 그녀에게 가서 그녀의 마음을 돌려 봐야겠다는 생각이 들었습니다. 그래서 그녀가 화장실에서 나오기를 기다렸다가 끌어안고 이야기를 했던 것입니다. 저는 그 자리에서 그녀의 마음을 돌리기 위해 할 수 있는 모든 것을 했습니다. 하지만 이미 도모다에게 마음이 떠난 그녀는 더는 제게 돌아오려고 하지 않았습니다. 끝내 그녀는

"애초에 당신은 세이조 몰래 저와 사랑한 것 아니었던가요? 우리는 둘 다 간통자예요. 내가 지금 누구를 사랑하든 당신은 어떤 말

도 할 권리가 없어요. 남편에게 미안한 마음은 들 수 있어도, 당신에게 이런 말을 들을 이유는 없어요."라고 말했습니다. 저도 물론 저에게 권리가 있다는 생각은 하지 않았지만, 말투가 너무 난폭했기 때문에 저도 두세 마디 했습니다. 그러자 미치코는

"내가 당신을 진심으로 사랑했다고 생각하세요? 바보시군요. 내가 당신에게 몸을 맡겼던 것은 당신을 조롱했기 때문이었어요. 이 이상 이러쿵저러쿵 말씀하신다면, 지금 바로 세이조를 깨울 거예요. 날 내버려 둬요."라고 말하며, 저를 뿌리치고 2층으로 올라가 버렸습니다.

저는 할 수 없이 방으로 돌아왔지만 아무리 생각해도 너무나 무례한 처사였습니다. 제가 이제 와서 이런 말할 입장은 아니지만, 한 남자의 아내로서 미치코의 행동이 너무 지나친 것 아닌가 생각했습니다. 결국 도저히 참을 수가 없어서 차라리 미치코를 죽이고 자살하기로 결심했던 것입니다. 사실, 지금까지 미치코를 위해 살아온 것이나 다름없는 저로서는 미치코를 잃은 지금 더는 살 필요가 없다고 생각했습니다.

문: 피고는 미치코를 어디에서 죽일 생각이었나.

답: 침실로 가서 죽일 생각이었습니다.

문: 미치코가 있던 방에서 남편이 자고 있다는 것을 알고 있었나.

답: 알고 있었습니다.

문: 피고는 세이조가 잠든 사이, 은밀하게 미치코를 죽일 수 있을 거라고 생각했나.

답: 그렇게 생각하지 않았습니다. 미치코를 죽이면 세이조가 당

연히 잠에서 깰 거라고 생각했습니다.

문: 그럼 세이조가 일어났을 때 어떻게 할 생각이었나.

답: 처음에는 미치코를 죽이고 세이조가 일어나면 죄를 모조리 자백한 뒤 자살하려고 했습니다. 그리고 세이조의 태도에 따라서 그를 죽여야겠다고 생각했습니다.

문: 피고는 세이조에게 원한이 있었나.

답: 항상 제가 사랑하는 여자를 힘들게 했던 사람이라서 매우 미웠습니다. 하지만 제가 가장 참을 수 없었던 건 세이조가 미치코의 남편이라는 사실이었습니다. 저는 세이조가 미치코의 남편이라는 사실만으로도 세이조의 존재가 몹시 원망스러웠습니다. 이런 제 기분을 이해하실지 모르겠지만, 사실입니다.

문: 당신은 두 사람을 죽일 때 뭐든 물건을 사용해야겠다는 생각은 없었나.

답: 그 당시 찾아보았지만 아무것도 없었습니다.

문: 어떤 방법으로 죽이려고 했나.

답: 그때는 정신이 완전히 나가 있었기 때문에 깊게 생각하지 않았습니다. 단순히 불시에 들어가서 잠든 미치코의 목을 손으로 졸라야겠다고 생각했습니다. 세이조는 환자이기 때문에 머리를 때리기만 해도 어떻게든 결판이 날 거라고 생각했습니다.

문: 두 사람을 죽인 경위를 진술하시오.

답: 저는 침실 밖에서 두 사람이 잠든 모습을 몰래 들여다본 뒤 장지문을 슬그머니 열고 안으로 들어갔습니다. 그리고 모기장 안에서 깊이 잠들어 있는 미치코 위에 승마 자세로 올라타 양손으로

그녀의 목을 조르려고 했습니다. 그 순간 갑자기 세이조가 눈을 뜨더니 '누구야' 하고 소리쳤습니다.

저는 그제야 처음 계획한 대로는 못하겠구나 라는 생각에 "내가 당신에게 매우 죄송한 짓을 했소. 용서해 주시오. 당신에게 사과하겠소."라고 말했습니다. 세이조는 침대 위에서 일어나더니 "뭐야. 자네는 고데라 군이 아닌가. 지금 남의 침실에 들어와 무엇을 하려는 건가."라고 말했습니다. 그래서 저는 "사실 여기 있는 미치코를 죽이고 나도 죽을 마음으로 들어왔소. 당신은 어떻게 생각할지 모르겠지만, 사실 미치코와 나는 오래 전부터 내통하고 있었소. 미치코는 당신을 사랑하지 않아. 당신도 미치코를 사랑하지 않지 않나. 내가 바로 미치코의 진짜 연인이오. 그녀의 소유자는 나란 말이오. 그런데 미치코가 배신했지. 그래서 지금 이 자리에서 그녀를 벌줄 것이오."

문: 그사이 미치코는 가만히 듣고만 있었나.

답: 처음에는 잠에서 깨어나 놀라서 떨고 있는 것 같았습니다. 제가 말을 시작하자, 제가 하는 말마다 '이 거짓말쟁이. 거짓말쟁이!'라고 큰 소리로 비난했습니다. 하지만 사람을 부르거나 소리를 지르지는 않았습니다. 미치코는 그저 남편에게 변명만 할 뿐이었습니다.

문: 계속해서 사건의 경과를 진술하시오.

답: 만일 세이조가 제 말에 조금이라도 귀 기울였다면, 저는 세이조를 죽이지 않았을 것입니다. 그런데 제가 그렇게까지 고백했음에도 불구하고, 세이조는 전혀 귀담아 듣지 않았습니다. 귀담아

듣기는커녕 창백해진 얼굴로 책상 위에 있었는지, 어느새 칼을 들고 휘두르며 갑자기 저를 찌르려고 했습니다. 그의 얼굴이 악마 같았습니다. 저는 울컥해서 순간 주먹을 꽉 쥐고 그의 머리를 쳤습니다. 그는 '악'하고 소리지르며 쓰러졌고, 그러다가 책상 끝에 머리를 심하게 부딪쳤습니다. 쓰러지면서 피를 토하는 것 같더니 그대로 졸도했습니다. 그러는 사이, 모기장 끝부분이 뚝 끊어져 위에서부터 축 늘어졌습니다. 저는 그것을 한 번에 밀어젖혀 버렸습니다. 미치코는 남편이 쓰러지자마자 비명을 지르며 남편에게 달려가 보살펴 주려고 했습니다. 저는 그 순간 미치코의 머리를 잡고 세이조가 들고 있던 칼을 들이대며 죽이겠다고 소리쳤습니다. 하지만 미치코가 더 크게 소리를 치려고 했기 때문에 우발적으로 그녀의 얼굴을 베었습니다. 미치코가 비명을 지름과 동시에 그 자리에서 정신을 잃고 쓰러졌습니다. 지금까지 사랑하고 사랑하던 여자가 잠옷 하나만 걸친 채 얼굴에 상처를 입고 쓰러져 있는 모습을 보니 섬뜩한 기분으로 가득 찼습니다. 그래서 이렇게 한 번에 죽이는 건 성에 차지 않을 것 같아서 조금씩 고통을 주며 죽이기로 했습니다. 그녀가 정신을 잃은 것을 다행으로 여기며, 저는 재빠르게 허리띠를 끌러서 미치코의 양손을 뒤로 묶었습니다. 그리고 급소를 피해 오른쪽 가슴 부위를 찔렀습니다. 저는 그때 제가 위험해질 거라는 생각은 하지 않았습니다. 그러다가 만일 누가 온다면 단숨에 미치코를 죽이고 자살하면 된다고 생각했습니다.

미치코가 고통 때문에 정신이 다시 돌아왔을 때, 저는 미치코가 소리를 지를까 봐 무릎으로 그녀의 얼굴을 꾹 눌렀습니다. 그리고 그녀가 움직이지 못하고 매우 고통스러워하는 동안 온갖 저주를 퍼부었습니다. 미치코는 고통에 몸부림치고 있었는데, 그 사이 세이조의 의식이 돌아와서 움직이기 시작했습니다. 그래서 저는 마음을 단단히 먹고 미치코의 심장 부근을 찔러서 그 여자를 한번에 해치웠습니다.

세이조가 정신을 차리고 일어서려고 했기 때문에 저는 그를 무릎으로 깔아 눌러 단번에 그의 가슴을 찔렀습니다.

정확히 그때 즈음 아래층에서 사람이 올라오는 발소리가 들렸고, 저는 서둘러 일어나서 칼로 죽어야 할지 말지 망설였습니다. 세이조는 아직 완전히 죽은 것 같지 않았고, 다시 일어나려고 했습니다. 정확히 그때, 하인이 급하게 달려와 그를 안아 일으켰습니다. 운운.

고데라 이치로가 예심정에서 진술한 내용은 대체적으로 이와 같았고, 검사 앞에서 진술한 내용도 이와 같습니다.

또한, 예심 판사는 도모다 쓰요시, 하인 진베, 오타네, 오타루를 한 차례식 취조했습니다. 도모다의 진술을 살펴보면, 앞서 인용한 판사의 말대로 미치코와의 육체적인 관계를 절대 부인했고 또 같은 날 밤 미치코와 은밀하게 이야기를 나눈 적도 없다고 말했습니다. 하지만 편지를 교환한 적이 있느냐는 질문에는 있다고 인정했습니다.

물론 진베, 오타네, 오하루에게도 주로 현장에 상태에 관해 자세히 물었습니다.

특히 판사가 힘을 실어 물었던 점은 세이조 부부가 죽기 전에 한 말입니다. 그에 관해서 진베는 다음과 같이 진술했습니다.

제가 주인님을 안아 일으켰을 때 주인님은 아까 말씀드린 대로 거의 죽어가고 있었습니다. 하지만 제가 주인님, 주인님 하고 반복해 부르자 희미하게 눈을 떴습니다. 주인님은 생각보다 큰 목소리로

"고데라……. 고데라다…."라고 말씀하셨습니다. 매우 큰 목소리였기 때문에 잘못 들었을 리가 없습니다. 그때 주인님은 제가 누군지 제대로 알아보신 것 같았기 때문에, 그 말은 물론 저한테 하신 말이었습니다.

주인님이 그렇게 말씀하시자 지금까지 죽은 줄 알았던 안주인님이 뭔가 말씀하시는 것 같았습니다. 그래서 오타네와 제가 안주인님에게 다가갔더니 안주인님도 눈을 뜨고 저를 바라보면서

"…이치로…."라는 한 마디를 하셨습니다. 목소리는 희미했지만 확실히 들을 수 있었습니다. 그렇기 때문에 안주인님도 정신이 없어서 한 말은 아니었습니다. 자신의 옆에 와준 누군가에게 말을 하려고 하신 것이지, 결코 그냥 이치로라는 이름을 부른 것은 아니라고 생각합니다.

오타네도 마찬가지로 같은 진술을 했습니다.

자, 이제 여러분들도 아시다시피, 유감스럽게도 제가 알고 싶

어 하던 것들은 이것으로 얼추 분명해졌습니다. 남편에게 책임을 전가하려고 했을 거라는 가설도 전혀 신빙성이 없습니다.

이것으로 제가 가지고 있었던 의문을 일단 해소되었다고 할 수 있습니다. 피고인의 자백을 뒷받침하기라도 하듯 그의 집에서 미치코가 보낸 편지가 꽤 많이 발견되었고, 이는 상황을 더 나쁘게 만들었습니다. 게다가 그 편지 내용에서 애정이 많이 묻어났기 때문에 미치코와 고데라가 간통을 하고 있었다는 사실은, 참극이 일어난 직접적인 증거로 인정되지는 않았지만, 간접적인 증거로 꽤 유력하게 작용했다는 건 말할 것도 없습니다.

사건이 예심을 떠났을 때 비로소 저는 변호인 자격으로 피고인을 만날 수 있었습니다. 처음 피고인을 봤을 때, 저는 피고인의 외모에 깜짝 놀라고 말았습니다. 과연 미치코 정도의 미인이 애인으로 삼을 만한 외모라고 생각했습니다. 형무소에 수감되고 나서도 건강에는 큰 변화가 없는 것 같았습니다. 건강했고 청춘의 아름다움이 넘치고 넘쳤습니다. 저는 원래 아름다운 청년에게 대부분 호의를 가지는 남자입니다만, 지금의 고데라를 만나고 특히 그 감정이 깊어졌습니다. 법률가로서 얼굴은 결코 믿을 것이 못 된다, 아니, 벌레도 죽이지 못할 것 같은 사람이 오히려더 큰 범죄를 저지른다는 말도 충분히 알고는 있었지만, 왜인지이 남자에게는 호의를 가지게 되었습니다.

저는 먼저 제게 이 청년을 부탁한 모 귀족에 관한 이야기를 하면서, 그 사람을 위해서라도 아무런 쓸모없는 거짓말은 해서는 안 된다고 말했습니다. 그리고 제가 그에게 얼마나 호의를 가지고 있는지 이야기하고, 저를 위해서라도 꼭 사실을 말해야 한다는 것도 설명했습니다. 그리고 법률이 허락하는 범위 안에서 최대한 상세한 사정을 들어 보려고 했습니다.

그는 아름다운 눈썹을 치켜올리며 저와 모 귀족에 대해 깊은 감사의 뜻을 표했습니다. 하지만 그와 동시에 이 사건에 있어서 아무런 기대도 하지 말라고 말했습니다. 그러면서 그는 모든 상황에 대해 이미 각오하고 있으니 안심하라고, 이런 불명예를 안고 죽는다고 해도 자신에게는 이미 슬퍼할 부모도 없다고 애처롭게 말했습니다.

지금도 기억이 납니다만, 그와 마지막으로 만난 날에는 가랑비가 내렸습니다. 그는 이따금 그 아름다운 시선으로 하늘을 올려다보고는

"각오했으니 걱정하지 마세요. 저는 포기했습니다."라고 말하면서 쓸쓸히 이별을 고했습니다. 그런 그를 뒤로 하고 저는 아무 말도 할 수 없는 적막에 시달리며 혼자서 빗속을 터벅터벅 걸어서 집에 돌아왔습니다.

그럼에도 불구하고, 이상하게도 저는 희망을 내던지지 않았습니다. 그래서 다시 한번 할 수 있는 모든 기회를 이용해 도모다를 비롯해 진베 등을 만나 여러 가지를 물어봤습니다. 그렇게까지 했지만, 결국 아무것도 얻을 수 없었고 그렇게 쓸모없는 나날이 지나갔으며 지금은 그저 공판정에서 있을 피고인의 진술을 기다리고 있습니다.

예상대로 고데라는 검사와 예심 판사 앞에서 모든 죄상을 자

백했습니다. 하지만 아직 공판이 남아 있고, 우리나라 법률상 공판은 모든 재판의 중심입니다. 자신이 범행을 저질렀다고 주장하는 피고인에게 다른 이유가 있을지도 모릅니다. 따라서 마지막 공판정에서 이제까지의 자백을 완전히 뒤집을 전혀 새로운 진술을 하지 않으리라는 보장도 없습니다. 물론 이제까지 그런 전례가 많이 있었다는 것을 여러분도 자주 들으셨을 것입니다.

그래서 다소 집요해 보이지만, 저는 다시 이 공판에 한 가닥의 희망을 걸었습니다. 변호인의 이 고통스러운 입장을 여러분도 충분히 이해해 주시리라 믿습니다.

드디어 공판이 열렸습니다. 이때의 공판 분위기 또한 이미 신문에서 요란하게 전부 보도했기 때문에 여러분도 충분히 알고 계실 것이라 믿고 이 자리에서 자세히 말씀드리지 않겠습니다.

제 마지막 기대는 헛된 것이었습니다. 피고인은 이 자리에서도 범죄를 완전히 인정했습니다. 아니, 이는 단순한 인정이 아니었습니다. 추한 사랑에 짓무른 마음으로, 심지어 순수한 청춘의 그 곧은 마음으로 열의와 눈물을 쏟아내면서, 그는 미치코와의 관계에 관해 진술했고 미치코에 대한 고통스러운 마음을 털어놓았습니다. 그의 열정은 법정이 있던 모든 사람을 움직였습니다. 물론 대부분의 사람이 눈썹을 찌푸렸겠지요. 그 용서 받지 못할 범죄와 동기에 절대로 호의를 가질 수 없었을 것입니다. 하지만 사랑에 빠진 젊은이의 마음을 이해하시는 분이 있다면, 이 슬픈 청년의 마음에 약간의 동정을 보낼 것이라고 저는 믿습니다.

그는 어리석게도 —그렇습니다. 어리석게도입니다— 범죄를 전부 인정했을 뿐 아니라 예전보다 지금 미치코가 더 원망스럽다고 자신의 속마음을 털어놓았습니다. 하지만 그의 말투는 만일 미치코가 다시 태어나 피고인에게 똑같은 말을 한다면, 열 번이고, 아니 백 번이고 그녀를 참살할 것 같은 말투였습니다.

다시 말해, 피고인은 미치코를 죽였다는 것, 그리고 세이조를 자신의 손으로 죽였다는 또한 억울해하지 않는 것 같습니다.

제가 온 힘을 다해 지키겠다고 다짐했던 피고인이 공판정에서 어떠한 거리낌도 없이 ―그 당시 검사의 말을 빌자면, 후안무치 비할 것 없는 태도로― 진술했기 때문에 그의 변호인인 저는 고금에 유례없을 정도로 참담함을 느꼈습니다.

그러나 저는 할 수 있는 노력은 모두 했습니다. 저는 도모다 쓰요시, 진베, 오타네, 오하루를 공판정에서 심문할 수 있도록 증인으로 신청했습니다.

지금의 제 공허한 노력은 두 사람이 죽기 직전에 외친 말을 해석하는 것, 그 단 한 가지를 향해 있었습니다. 결국 신청한 증인 중 진베만 진술할 수 있게 되었습니다. 이 증인을 심문한 결과 또한 피고인에게 불리했고, 진베는 예심정에서 한 이야기를 반복할 뿐이었습니다.

저는 재판장의 허락을 받아 미치코가 한 말이 애인의 이름을 외친 것은 아닌지 증인에게 직접 물어봤습니다. 하지만 진베는 끝까지 자신에게 호소하듯이 그 이름을 외쳤다고 주장했습니다.

저는 미치코가 '고데라'라고 말하지 않고 '이치로'라는 이름을 말했다는 점에 주력을 다했지만, 미치코가 평소에 고데라를 부를 때 '고데라'라는 성을 부르지 않고 '이치로'라는 이름을 불렀다는 사실이 진베의 입을 통해 나왔기 때문에 더는 추궁할 방법이 없었습니다.

더는 어떠한 의심도 허락되지 않았습니다. 모든 사람의 진술은 고데라 이치로가 살인자라는 것을 의미했습니다. 게다가 꼼짝 못할 증거는 바로 피고인 자신의 고백이었습니다.

저는 앞에서도 말씀드렸듯이 어쩌면 피고인이 공판장에서 그의 자백을 뒤집을지 모른다는 기대를 했습니다. 그럼에도 불구하고 결과는 위와 같았습니다.

저는 경찰은 물론이고 검사나 판사였던 경험이 없으므로 심사 기관 내부 사정에 관해서는 아무것도 모릅니다. 하지만 세상 사람들은 몇몇 경찰이 가끔 무리하게 자백을 강요하며 꽤 난폭한 짓을 한다고 이야기합니다. 그러나 아무리 그들과 반대 입장에 서 있는 저이지만, 피고인은 검사정과 예심정에서 가장 합법적으로 다뤄져야 한다고 생각합니다. 하물며 공판장에서 피고인이 처한 상황은 청중도 잘 알고 있습니다. 따라서 본 사건의 피고인이 강요 때문에 자백한 게 아니라는 것만은 지극히 명확한 셈입니다.

저는 물론, 피고인 스스로가 일부러 허위 자백을 하기도 한다는 것을 알고 있습니다. 이에 관해서는 여러분도 아실 것입니다. 허위 자백을 하는 이유는 대부분 다음과 같습니다.

첫 번째, 이름을 알리기 위해서입니다.

인간이라는 동물은 늘 남의 이목을 끌고 싶어하는 경향이 있습니다. 그래서 세상을 놀라게 하고 자신의 이름을 널리 알리기 위해 터무니없이 큰 범죄를 자백하는 경우가 있습니다. 그렇다고는 해도 물론 목숨까지 걸지는 않기 때문에, 이런 경우 대부분은 늦게나마 공판정에서 이를 부인하거나, 혹은 사실 늦어도 공판에 가면 완전히 뒤집힐 수 있다는 것을 알고 있습니다.

이런 범죄자의 대부분은 극히 사소한 범죄이거나, 그게 아니면 정반대로 유명한 사람의 목숨과 관련한 범죄 등 그 자체만으로도 절대 살아남을 수 없을 거라고 각오한 사람들이 대부분입니다. 고데라 이치로는 딱히 범죄를 저지를 만한 사람으로 보이지 않았고, 또 이름을 알리려고 했다고 보기에는 교육을 잘 받은 청년이었습니다. 따라서 아무리 봐도 이 두 부류에 속하는 사람이라고 보기는 어려웠습니다.

두 번째, 어떤 엄청난 범죄를 저질러 놓고 이를 숨기기 위해 사소한 범죄를 인정하는 경우입니다. 사소한 죄를 인정해 형무소에 들어가면 자신이 저지른 그보다 더 큰 죄에 대한 처벌을 받지 않아도 되기 때문입니다. 물론 이런 경우는 숨기려고 하는 죄가 자백한 죄보다 훨씬 커야만 성립합니다. 그러나 고데라 이치로가 자백한 죄는 무거운 범죄이기 때문에 다른 죄를 숨기려고 자백했다고 보기도 어렵습니다.

세 번째, 이는 탐정소설, 특히 프랑스 탐정소설에 자주 등장하는 경우인데, 그것을 바로 진짜 범인을 사랑한 나머지, 자신이 희생해서 죄를 뒤집어쓰는 경우입니다. 이런 경우는 실제로 남자보다 여자 쪽이 더 많다고 합니다. 고데라 이치로의 경우는 어떨까요. 이 사건의 경우, 오다의 집 외부에서 침입한 사람이 없다는 것은 확실하고, 또한 진베와 두 하녀가 진범일 리도 없습니다. 고데라가 가령 이 두 하녀 중 누군가를 사랑했다고 해도, 그 여자의 범죄는 끝까지 숨길 수 없는 상황이기 때문에 이 또한 말이 되지 않습니다. 그가 범인의 존재를 숨기고 있다고 볼 수는 없습니다. 그가 사랑하는 여자의 불명예를 감싸고 있는 것 같지도 않습니다. 아니, 감싸기는커녕 그토록 사랑했다는 부인에 대해 자백한 말은 앞서 들으신 대로 빈틈을 찾아볼 수 없을 정도로 거리낌 없었고, 그 태도도 매우 냉정했습니다.

이런 상황들을 미루어 보았을 때, 고데라 이치로가 허위 자백을 하고 있다는 근거는 없다고 봐야 합니다. (이 점에 대해서는 재판소에서 정신 감정을 실시하고 있습니다)

결국 공판은 어떠한 파란도 없이 진행되었고 심리(審理)가 끝났습니다. 검사는 바로 논고(論告)를 펼쳤는데, 그 논고는 이러한 경우 누구나 기대할 만한 지극히 준열한 것이었습니다. 검사는 먼저 사실이 매우 명료하다는 점을 이야기했습니다. 이어서 그러한 범죄를 저지르고도 하늘에 한 점 부끄러움이 없는 피고인의 후안무치함은 비난받아야 마땅함으로 법이 허락하는 한 최고 극형을 구형해야 한다고 주장했습니다. 검사가 이러한 논고를 펼친 뒤의 제 변호는 얼마나 힘이 없었을까요. 제가 말을 잘하는 사람이라고 생각한 적은 없지만, 그때만큼 처참한 변론을 한 적은 없었습니다. 저는 단지 피고인이 어리다는 점, 일시적 분노에 이끌려 범죄를 저질렀다는 점에 대한 몇 가지 주장을 내

세우는 것 외에 다른 방법이 없었습니다.

이때 피고인은 검사의 논고와 나의 변론을 들으면서 그의 아름다운 얼굴을 조금도 일그러뜨리지 않았습니다. 그저 조용한 표정으로 묵묵히 듣고만 있을 뿐이었습니다.

선고 날이 다가왔습니다.

여러분도 잘 알고 계시듯, 이 사건은 사형 선고가 내려졌습니다. 재판장이 판결문 순서를 거꾸로 해서 사실 및 이유 부분을 맨 처음 읽기 시작했을 때 저는 이미 그것을 직감했습니다. 아름다운 피고인은 이에 대해서도 전혀 놀라지 않고 듣고만 있었습니다.

사형 선고가 내려진 직후, 저는 지푸라기라도 잡는 심정으로 공소해 보자고 권유했습니다. 하지만 피고는 일언지하에 거절했습니다. 그리하여 올해 어느 봄날, 사형이 바로 집행되었고 고데라 이치로는 교수대 위에서 그 청춘의 생을 마감했습니다.

그런데 그가 죽고 나서 저는 공교롭게도 그가 옥중에서 기록한 수기를 손에 넣었습니다. 이 수기는 그의 유서라고 할 수 있을 것입니다. 이것이 어떻게 해서 제 손에 들어오게 되었는지는 그리 중요하지 않기 때문에 여기서 굳이 말씀드리지는 않겠습니다.

저는 그의 수기를 집어 들자마자 처음부터 끝까지 숨도 쉬지 않고 다 읽고 말았습니다. 무서운 유서였습니다. 지금까지 아무에게도 이 수기를 보여 주지 않았습니다. 하지만 바로 지금 여러분 앞에서 공개하겠습니다. 피고인 또한 이 수기가 여러분께 공개되기를 바랄 것입니다. 그리고 이 유서를 공개하지 않으면 제가 이제껏 한 이야기들이 아무런 의미가 없어집니다.

피고인의 일기를 보면 자기 자신을 '저'라고 쓰기도 하고, '나'라고 쓰기도 하며, '자신'이라고 쓰기도 합니다. 이는 옥중 수기이기 때문에 쓸 때마다 마음이 매번 바뀌어 그랬을 것입니다.

6

예상한 대로였다.

결국 사형선고를 받았다. 아무것도 모르는 변호사는 계속 항소를 권한다. 하지만 지금 나로서 어떻게 그런 마음이 들겠는가. 항소할 것이었다면 처음부터 사실을 있는 그대로 말했을 것이다. 그토록 열심히 생각한 거짓말을 하루 종일 경찰서에서 떠들지도 않았을 것이다.

이제 나는 재판의 판결대로 언제 목숨을 잃을지 모른다.

목숨을 버리고 명예를 버린다면, 그러고 나서 내가 얻는 것은 무엇일까. 바로 밉고도 미운, 그러나 아름답고도 아름다운 미치코다. 오, 미치코! 그리운 미치코. 내가 목숨을 건 바로 그 사랑. 내 목숨. 내 전부! 그것이 바로 당신이다.

이생에서 당신은 나를 조롱했어. 맞아, 이 젊은 내 마음을 어떤 거리낌도 없이 쥐어 흔들었지. 사랑이 불타오르게 하고는 완전히 희롱했다.

하지만 죽은 몸이 된 당신은 어쩌면 그리도 무력하던지. 어쩌면 그리도 불쌍한 여자였던지.

그 풍만하고 아름다운 육체가 꽉 묶인 채 몸부림쳤지. 그렇게 죽는 순간, 너는 완전한 내 것이 되었어. 그래, 세상 사람들 모두 네가 내 것이라고 믿고 있지. 이 사건이 사람들 머릿속에 남는 한, 너의 이름은 영원히 내 이름과 함께 오르내릴 거야.

그래, 너의 몸은 남편 옆에 잠들어 있을지 몰라. 하지만 너는, 진정한 너는 나와 함께 있어. 남편에게 등을 돌리고 내 옆에 있다고. 부정한 아내, 간통을 저지른 자! 이 영원한 낙인을 그 이마에 새기고 영원히 나와 함께 지옥에서 고통받아야 해. 아, 이 얼마나 기쁜 일인가.

믿고도 사랑스러운 너를 잃은 지금, 앞으로 나는 어떻게 살아야 할까. 하지만 이렇게 그저 살아 있는 시체처럼 몇 년 산다면 얻는 것이 있을 거야. 게다가 나는 당신 남편과 같은 병에 걸렸어. 건강한 몸이 아니란 거야. 세상에 나가 봤자 앞이 훤히 보이지.

그런 내가 너를 잃은 지금, 죽어야겠다는 마음이 든 것은 이상한 일일까. 게다가 내가 죽기만 하면 나는 큰 것을 얻을 수 있어. 아주 큰 불명예를 얻음과 동시에 바라던 것을 손에 넣을 수 있다고. 그건 바로 살아 있는 동안 손가락 하나도 만질 수 없었던 너야. 너를 영원히 내 손에 넣을 수 있다고!

그래. 그와 동시에 진지한 척하는 이 세상 법률가들에게 —나를 어떻게든 구하려고 쓸데없는 노력을 해준 불쌍한 변호사도 포함되지. 그들이 금성철벽이라 여기며 의지하는 법률이 얼마나 무력한지도 보여줄 수 있어.

그들은 입만 벌리면 증거, 증거라면서 기어코 찾으러 돌아다니지. 증거가 없으면 부정한 일을 벌할 수 없어. 그들은 그럴듯한 것만 보이면 자신 있게 몇 사람이든 죽일 수 있는 자들이지. 그런 그들이 내가 생각한 이 훌륭한 각본의 구조를 알 수 있을까. 법률가들이여. 바로 지금 나는 진실을 말한다.

너희들은 죄 없는 남자에게 사형을 선고했다. 나는 분명 무죄다. 그런데 왜 내가 자백했을까.

첫 번째로는 이생에서 손가락 하나 만질 수 없었지만 목숨보다 사랑했던 아름다운 여인을 영원히 얻기 위해서다. 다른 한 가지는 우둔한 내 마음을 희롱한, 미워하지 않을 수 없는 요부에게 영원히 지울 수 없는 낙인을 찍어 복수하기 위해서다. 또 다른 한 가지는 법을 이용해 더는 살 이유가 없는 이 목숨을 끊어 버리기 위해서지. 그리고 마지막으로, 이 결심을 통해서 너희들의 그 자신감에 얼마만큼의 근거가 있는지 깨닫게 해 주기 위해서다.

내 아버지는 겨우 백 엔의 돈을 갚지 못해서 화병으로 돌아가셨다. 아버지는 나쁜 놈에게 속은 거야. 사기를 당한 거지. 그럼에도 불구하고 법을 잘 알던 상대방 때문에 아버지는 소송에서 지고 말았어. 아버지는 돈을 돌려받지 못한다면, 그 녀석을 감방에 처넣겠다고 마음먹고 집을 나갔지만, 결국 상대가 무고한 것으로 판결이 났어. 아버지는 참지 않았어. 백 엔이든 천 엔이든, 돈이 문제가 아니었어. 아버지는 그저 천황을 믿었어. 천황님이 하시는 일은 틀림없을 거라고 굳게 믿었던 게 전부야. 그런데 어떻게 됐지. 그가 신처럼 믿던 천황은 증거가 불충분하다는 이유로 아버지를 상대해 주지 않았어. 그 때문에 결국 불기소 처리가 되기는 했지만, 무고죄 피의자로 엄중한 조사를 받았어. 법에 의지하던 아버지는 물론 고통스러워 하셨지. 그는 이 불명예스러운 일을 참지 못하셨던 거야.

아아, 지금 나는 감옥에 있지만, 매일 우울해하던 아버지의 얼굴을 뚜렷하게 떠올릴 수 있어.

아버지는 그 일 때문에 하루하루 몸이 쇠해지다가 결국 돌아가시고 말았어. 남겨진 아내와 자식에게 영원히 법률을 저주하라고 외치며……

내가 처음으로 미치코를 만난 것은 정확히 3년 전, 어느 가을날이었다. 내가 고향에 있는 고등학교를 졸업할 무렵, 엄마 또한 세상을 저주하며 아버지 뒤를 따랐기 때문에 나는 숙부의 도움으로 도쿄에 공부를 하러 나와 있었다. 그 숙부가 바로 미치코의 아버지인 대학교수였다. 앞으로 그분의 도움을 받게 되었기에, 나는 상경한 지 얼마 되지 않아 미치코의 집을 방문했다.

나는 처음 가와카미 모녀를 만났을 때부터 미치코를 사랑하게 되었다. 우쭐거리기만 하는 그녀의 어머니에 비해 얼마나 친해지기 쉬운 사람이었던가. 시골에서 올라온 지 얼마 되지 않은 나를 미치코는 얼마나 반겨 주었던가.

물론 당시 미치코는 좋은 집안의 따님이었다.

만일 이 세상에 '1분간의 사랑'이란 것이 있다면, 나의 경우가 그

것일 것이다. 그녀를 처음 보았을 때부터, 그녀와 처음 이야기를 나눈 순간부터 나는 미치코에게 반하고 말았다.

너무나 친근하게 말을 걸어준 그녀였기 때문에, 나는 그녀를 또 만나고 싶어서 하숙집을 정하고 나서도 여러 번 그녀의 집을 방문하였다. 그렇게 그 가을 이후부터 시골 출신의 젊은 청년은 전적으로 그녀를 위해 살기로 결심했다.

그녀와 알게 되면서, 나는 수많은 사람이 그녀를 둘러싸고 있다는 것을 알았다. 나와 같은 학교 학생 중에도 그녀의 얼굴을 보려고 온 녀석들이 제법 있었다. 미치코는 그 많은 남자 사이에 있으면서도 조금도 난처해하지 않고 모든 사람과 너무나 능숙하게 교제하는 모습을 보여주었다. 그 까닭에 그녀가 누구에게 가장 호감이 있었는지는 전혀 알 수 없었다. 어리석었던 나는 그녀의 어머니에게 신뢰를 받고 있었기 때문에, 미치코도 나에게 상당한 호의가 있을 거라고 믿고 있었다.

하지만 미치코는 절대로 진지한 이야기를 하지 않았다. 아마도 그건 모든 사람에게 마찬가지였을 것이다. 그저 음악, 문학, 연극 이야기를 하는 것 이외에도 카드놀이를 하거나 우리에게 마작을 가르치기를 즐기는 것 같았다.

그러는 동안 나는 은밀히 미치코를 사랑하게 된 것이다. 나는 젊었다. 아니, 지금도 나는 젊다. 하지만 미치코를 처음 알았을 때는 더 젊었다. 어렸다고 하는 것이 맞을지도 모른다. 그런 내가 젊은이의 순수한 마음으로 그녀를 목숨 걸고 사랑한다는데, 무엇이 이상한가. 게다가 생각해 보면 그녀를 이 정도로 사랑하게 만들었으니, 미치코의 태도에도 충분한 책임이 있다.

하지만 나는 자백한다. 나는 수많은 남자 가운데 그녀의 남편으로 선택받을 자신은 없었다. 하지만 사랑하는 사람이라면 늘 그렇듯, 나는 아주 겸손한 마음과 한편으로는 만일을 바라는 마음을 함께 가지고 있었다. 따라서 미치코가 오다 세이조와 결혼한다는 이야기를 들었을 때 이상하다는 생각은 하지 않았지만, 그와 동시에 뜨거운 물을 마신 것 같은 기분이 들었다. 고통스러웠다. 아, 지금도 떠오른다. 그녀의 결혼식 날 밤(나는 그때 피로연에 초대되었지만, 어떻게 신부 화장을 한 그녀를 똑바로 바라볼 수 있겠는가), 나는 이 몸 하나를 둘 곳 없어 그저 넓은 도쿄 거리를 정처 없이 떠돌며 술을 마셨다. 그러다가 결국 아사쿠사 뒷골목의 더러운 집에 취해서 쓰러진 채, 생각만 해도 무섭고 비참한 하룻밤을 보낸 것이다.

오다 부인이 된 미치코는 변함없이 나를 만났다. 처음에 나는 절대로 그녀를 만나지 않겠다고 말했지만, 그녀에게 편지를 받으면 결국 그 의지가 둔해졌다. 나는 마치 꿈속에 있는 사람처럼 그녀를 만나 그저 고통스럽지만 즐거운 한때를 보냈다.

미치코가 나에게 확실한 호의를 보이기 시작한 것은 그녀가 결혼하고 나서였다. 그녀에게 편지가 자주 왔다. 물론 편지 내용에 애정이 담겨 있지는 않았지만, 사랑에 빠진 예민한 젊은이에게 평범한 편지들은 어설픈 사랑의 문구로 장식된 문장보다도 훨씬 강력한 인상을 주었다. 미치코는 특히 이런 편지를 잘 썼다. 바보 같던 나는 잘 때도 그 편지를 옆에 두고 애무했다. 그녀는 특히 PS를 아주 멋있게 썼는데, 단 두세 줄의 PS에도 천만 단어의 생각을 정교하게 담아냈다. 그 때문에 본문보다도 먼저 추신을 읽을 정도였다.

그녀는 재작년 말부터 K 마을에서 도쿄에 올 때마다 어김없이 내가 사는 곳에 찾아와 나를 불러냈다. 우리는 둘이서 긴자 부근을 걸었다. 그리고 길을 걸으면서도 절대로 속마음을 확실히 이야기하지 않았다. 나는 나대로 남의 아내를 사랑하고 있다는 마음을 젊은이 특유의 센티멘털리즘으로 품고 있었기 때문에 침묵으로 마음을 통하고자 했다.

지금 생각해보면 같잖음의 극치이지만, 나는 당시 「젊은 베르테르의 슬픔」의 레클람판(Reclam版)을 구해서 늘 가지고 다녔다. 독일어가 이제 막 익숙해지기 시작했을 때라 읽을 수 있을 리가 없었는데도 가끔씩 펼쳐 보며 한숨을 내쉬고는 했다.

오오, 당시 베르테르는 지금이야말로 롯데를 저주하지 않고 견딜 수 없을 것이다.

어느 날 저녁, 도쿄의 어느 거리를 걸으며 미치코 부인은 나에게 이런 말을 했다.

"나, 이치로 씨 같은 사람 정말 좋아해요. 정말 좋아요. 당신 같은 분의 아내가 될 사람은 얼마나 행복할까요."

아아, 늦었어. 이 말을 왜 이제 와서 하는 거야. 나는 어리석게도 - 더할 나위 없이 어리석게도 이 말을 있는 그대로 받아들이고 마음속으로 외쳤다. 그러나 이토록 부주의한, 어쩌면 매우 정교하게 꾸며진 이 말이 젊은 청년의 마음에 이렇게 와 닿다니, 이 얼마나 어리석은가.

어느 날은 이런 적도 있었다.

한 친구 집에 카드 게임을 하러 갔는데 미치코도 합류하게 되었다. 그런데 저녁 다섯 시 즈음 되자 그녀는

"난 이제 돌아갈게요."라며 자리를 뜨려고 했다.

마침 그때, 나도 집에 가야겠다고 생각했기 때문에 나는 그 친구에게 실례하겠다고 말하고 자리를 뜨려고 했다. 그러자 미치코는 내 말이 끝나기도 전에 나를 보며 이렇게 말했다.

"이치로 씨와 함께 타고 가면 좋겠지만, 오늘은 보는 눈이 많으니 그만두기로 해요."

사람이 많은 곳에서 대놓고 이렇게 말했을 때, 나는 그저 얼굴이 빨개진 채 아무 말도 하지 못했다. 애초에 나는 미치코의 차를 타고 가려고 집에 가겠다고 한 것이 아니었다.

그런데 미치코가 한 말은 농담일까 아니면 진지한 말일까. 도저히 알 수가 없었다.

그녀가 진지하게 나와 이야기를 하게 된 것은 그 사건이 일어나기 반 년 정도 전의 일이었다.

작년 초, 어느 겨울밤에 나눈 대화는 당시의 달콤하지만 괴로운 감정들을 떠올라 나를 매우 불쾌하게 만든다.

그날 미치코가 갑자기 나에게 전화를 걸어 도쿄에 왔다며 긴자로 불러냈다. 우리는 그 날 활동사진을 보고 어느 카페 2층에서 홍차를 마셨다. 그날 본 영화에서 외로운 가정의 모습이 나오는 것을 보고 마음이 흔들렸는지, 아니면 그것이 계기로 갑자기 떠

올랐는지, 미치코는 나에게 이런 말을 하기 시작했다.

"이치로 씨, 나 행복해 보이나요?"

"글쎄요……."

나는 이런 때 말주변 좋게 이야기를 주도하는 성격이 아니라서, 그저 대답을 찾고 있었다. 그러자 그녀는 교태를 머금은 눈으로 이렇게 말을 이었다.

"사실 나는 행복하지 않아요. 왜냐하면 세이조가 저를 괴롭히거든요. 나는 남편에게 사랑받지 못하고 있어요."

나는 이미 세이조가 그녀를 사랑하지 않는다는 소문을 들어 알고 있었다. 하지만 미치코에게는 마치 지금 처음 듣는 이야기인 것처럼 말했다.

"그래도 세이조 씨가 특별히 노는 것도 아니고 다른 여자가 있는 것도 아니니까 괜찮지 않을까요?"

나는 겨우 이 정도의 말을 했다.

"어머, 여자는 그 정도로 만족하지 않아요. 있잖아요, 이치로 씨. 만약 당신이 제 남편이라면 역시 그런 태도로 저를 대할 건가요?"

마음이 불타오르는 듯했다. 심장이 심하게 고동쳤다. 그 옛날 스파르타에서 짐승을 훔친 젊은이가 그 수치심을 감추기 위해 짐승을 품에 안고 자신의 살이 뜯어 먹혀도 참았다는 이야기가 있다. 나는 그 순간 그런 고통을 느끼는 것 같은 기분이 들었다.

"글쎄……."라고 말한 뒤 나는 말없이 그녀의 얼굴을 보았다. 나는 그저 사랑 때문에 고민하는 그들을 동경했던 것이다. 아, 어리석은 남자여!

내가 타는 듯한 눈으로 그녀를 본 순간 그녀의 시선과 마주쳤다. 그러자 미치코는 그녀 역시 타는 듯한 눈빛으로 나를 바라보며

"이것 좀 봐 주세요."라고 말했다.

내가 시선을 다른 곳을 돌릴 틈도 주지 않고, 미치코는 갑자기 통통한 왼팔 소매를 걷어 올린 뒤 그 팔을 내 눈 앞에 내밀었다. 숨이 막힐 것 같은 향기 때문에 나는 머리가 핑 도는 것 같았다. 볼록하게 살이 오른 그녀의 두 팔에 불에 덴 것 같은, 마치 뱀 무늬 같은 파란색 멍자국이 있었다.

두 사람은 순간 말없이 입을 다물었다.

"세이조 씨가 당신을 이렇게 괴롭히나요?"

나도 모르게 이렇게 말한 순간, 나는 오른손을 내밀어 미치코의 풍만한 팔을 만지고 말았다. 그녀는 팔을 뺄 생각도 하지 않고 말없이 고개를 끄덕였다.

오오, 악마여. 신과 같은 이 여인을 그대는 무슨 까닭으로 이렇게까지 학대하는가. 그대는 이 여인의 남편 된 자로서⋯⋯.

─아니, 아니, 나에게 그럴 자격은 없다.

나는 세이조의 존재를 저주했다. 그에게 욕을 퍼부었다. 그녀의 결혼을 저주했다.

그녀에게 이렇게까지 그를 비난하지 않았지만, 나는 흥분한 나머지 세이조에 관해 꽤 거리낌 없이 말해 버렸다.

그녀는 그저 가만히 고개를 끄덕이고 있다가 끝내

"하지만 이건 당신에게만 한 말이니까 가만히 있어 줘요."라며

딱 잘라 말했다.

미치코여. 당신이야말로 저주받아 마땅하다. 당신이 다른 남자들에게도 이런 기교를 부렸다고 생각하면, 온몸의 피가 거꾸로 흐른다.

그 후로 나는 악마에게 고통 받는 그녀를 위해 나서기로 결심했다. 무슨 일이 있어도 그녀를 위해 싸우겠다고 생각했다. 나는 완전히 그녀의 노예였다. 오오, 이 얼마나 어리석은가!

세이조가 미치코에게 자유롭게 다녀도 된다고 말한 것은 결코 본심에서 우러나온 것이 아니었다. 미치코가 나 같은 사람과 교제하는 것 때문에도, 세이조는 미치코를 많이 괴롭혔다고 한다. 그렇다면 세이조에게도 질투심은 있었던 것이다. 단지 그 차가운 자존심 때문에 미치코에게 자신의 감정을 확실히 전달하지 않은 것이다. 이를 알게 된 이상, 나도 미치코처럼 행동하기로 했다. 세이조가 불쾌해할 만한 이야기를 부러 그의 앞에서 했다. 일부러 세이조를 불쾌하게 만들고 속으로 유쾌해했다. 그리하여 나는 작년 봄부터 세이조가 불쾌하게 생각하는 것을 뻔히 알면서도 그를 계속 만났다.

8월 16일! 그 저주스러운 날, 그 날 또한 이런 분위기가 계속되었다.

미치코가 도모다에게 어떤 태도를 취하고 있는지 나는 자세히 알지 못했다. 하지만 세이조가 나보다 도모다에게 더 친근하게 대했던 것으로 봤을 때, 그는 나만큼 미치코와 가까운 사이가 아니었을 것이다.

그러나 세이조 같은 남자는 오히려 자신의 마음과 반대되는 태도로 대할 때가 많기 때문에 뭐라 말할 수는 없지만.

나는 그날 초대받지는 않았지만, 마침 한가해서 그 댁에 놀러 간 것이다. 우연히 도모다가 와 있었기 때문에 저녁에 마작이 시작되었다.

나는 이 게임을 하면서도, 사랑하는 사람과 마주보고 있다는 것에 대한 기쁨과 다른 사람의 아내와 사랑에 빠져 있으면서도 서로 어떠한 내색 없이 은밀히 게임을 즐기고 있다는 매우 감상적인 감격에 취해 있었다.

폭풍이 불기 시작했기 때문에 어차피 집에 돌아가긴 틀렸다는 생각에, 나는 다른 것을 신경 쓰지 않고 오로지 마작에 취할 수 있었고, 사랑의 기쁨과 비통함을 동시에 맛볼 수 있었다.

파쵸완에 들어가도 게임이 전혀 달아오르지 않았다. 그 시펑(西風) 때였다. 미치코가 큰 패가 생긴 것은.

아니, 큰 패가 생겼다기보다는 완성되었다고 하는 것이 옳다. 그때는 시펑 때문에 세이조가 선이었다. 나는 세이조의 왼쪽에 있었고, 정확히 미치코의 맞은편에 앉아 있었나. 그런데 순서가 네 번 정도 돌자, 미치코가 스완(四萬), 우완(五萬)을 버렸다. 이어서 2통, 3통을 버렸고, 다음에 멘펑(門風)을 하나 버렸다. 이때 판바이(飜牌)는 아까부터 여기저기에서 나왔고, 미치코는 패를 전부 숨기고 있었지만 소쯔(索字)를 하나도 버리지 않았기 때문에, 미치코가 소쯔의 친이소(淸一色)를 염두에 두고 있다는 것은 누가 봐도 확실했다. 게다가 다른 세 사람 중 아직 한 사람도 텐파이(聽牌)

가 아니었다. 특히 세이조는 선이기 때문에, 이 모습을 보고 계속 초조해하며 빨리 패를 완성하려고 서두르는 듯 보였지만, 아직 쉽사리 텐빠이가 될 것 같지 않았다. 더군다나 그는 미치코의 왼쪽에 있고 소쯔를 쥐고 내놓지 않으니 끝내기가 더욱 어려워졌다. 그러던 중, 미치코가 쓰모를 외칠 차례가 되었다. 그녀는 열네 개의 패를 전부 세워 줄을 세웠지만, 잠시 생각한 결과, 뜬금없이 치소(七索)를 한 장 버렸다.

"안 풀리네……."

세이조는 절반은 진심으로 불안해하는 것 같았지만, 절반은 다른 두 사람에게 주의를 주는 투로 중얼거리는 것처럼 보였다.

도모다를 거쳐 내 차례가 되었다. 다행인지 불행인지, 모으기 힘든 펭잔소(辺三索)를 잡았기 때문에, 이제 따로 빼서 쓸 수 있는 빠소(八索)를 하나 버리면 이쓰친통(一四七筒)인 절호의 핑후(平和) 텐빠이(聴牌)였다.

일반적인 경우, 치소(七索)를 버리고 텐빠이가 될 것 같을 때 빠소를 두는 것은 위험하다. 하물며 친이소, 그것도 먼첸친(門前清)이란 패가 나왔으니까, 일반적으로 이기는 원칙을 쉽게 적용할 수 없다. 지금 내가 쥐고 있는 빠소는 아주 위험한 패라고 생각해야 한다.

그러나 상대는 내가 사랑하는 미치코다. 그리고 선은 증오해 마땅한 세이조다. 게다가 나는 세 번의 기회가 있는 텐빠이인 것이다. 그래, 해보자는 마음으로 빠소를 두었더니, 과연 미치코가 친이소를 해서 이기고 말았다. 이때, 세이조의 그 불쾌해하는 표정을 잊을 수 없다. 이것으로 미치코가 절대적인 승리를 거두게 되었지만, 완전히 기분이 상한 세이조는 게임을 그만두려고 하지 않았다. 그래서 결국 계속 쓰쵸완을 하게 된 것이다.

그런데 이번 게임의 파이널에서 세이조를 매우 불쾌하게 만드는 일이 또 한 번 발생했다.

그건 페이펑(北風)을 할 때로, 이때도 세이조가 선이었고 나 또한 그의 왼쪽에 있었으며 내 맞은편에는 도모다가 있었다. 그 전까지는 패가 잘 붙지 않았는데 이번에는 갑자기 행운이 찾아왔는지, 실로 좋은 패가 붙었다.

게임을 시작해 두 번 정도 돌자, 세이조가 내 롄펑(連風)의 페이(北)를 뒀다. 나는 그것을 펑하고, 이어서 도모다가 버린 파이차이(發財)를 펑하고, 또 도모다가 버린 큐완(九万)을 펑했다. 따라서 이 경우 야오지우빠이(公九牌)의 전부와 완츠(万字)의 전부가 파오파이(包牌)가 된 것이다.

이때 내 손에 스치완(四千万)의 리양탄챠오(兩単吊)가 있었지만, 이미 완츠(万字)를 버리고 독박을 쓸 위험을 감수할 사람도 없을 것이기 때문에 쯔모(自摸)를 하고 끝내는 방법밖에 없다고 생각했다.

그러자 이때 내 왼쪽에 있던 미치코가 순서를 착각하고 두 장의 패를 앞에 내놨다. 두 장 모두 퉁(東)이었다. 두말 할 것 없이 이것 또한 파오파이다. "어머, 패가 보였네"라고 말하며 미치코가 패를 세우려고 하자,

"아, 네가 가지고 있었구나. 그럼 퉁의 탄챠오가 아니군."

세이조가 이렇게 말하며 나를 보았다. 그러더니 그 또한 통 하나를 보여 줬다. 그는 통이 멘펑(門風)이었던 것인데, 버릴 곳을 고민하고 있었던 셈이다. 그러자 미치코도 위험하지 않다고 생각했는지, "보였으니까 버려야겠다"라며 그 두 장의 통 중 한 장을 의미 없이 버렸다. 이어서 내 쯔모였다. 그런데 어떻게 됐을까. 이때 쯔모한 것이 마지막 하나 남은 통이었다. 나는 재빨리 통의 탄챠오에 텐빠이를 바꾸고 치완(七萬)을 버렸다. 세이조는 패가 바뀌었는데도 눈치채지 못했는지, 아니면 눈치챘지만 설마 자신이 쥐고 있는 패가 마지막 통이라는 생각은 못했는지, 완전히 안전하다고 믿고 처치 곤란이던 통 하나를 냈다. 그로 인해 내가 깨끗하게 이기고 말았다. 세이조가 독박을 쓰게 됐다.

그런데 이때, 세이조가 불쾌한 심기를 그대로 드러내며 말했다. "너는 왜 미치코가 버렸을 때 끝내지 않은 거지? 왜 미치코에게 독박을 씌우지 않은 거야?"

결국 내가 세이조에게 독박을 씌운 것이 돼 버렸다. 나는 지금 통을 쥐고 있었을 뿐이라고 주장했지만, 세이조는 내 주장을 전혀 믿지 않는 것 같았다.

"이런 파오는 처음이야."라는 말과 함께 마작이 끝났다. 이 말을 들었는지 −미치코는 내 쪽을 바라보고 순간 미소를 지어 보였다. 어쩌면 미치코도 내가 일부러 그녀의 패로 이기지 않았던 거라고 생각한 것 아닐까.

그리하여 폭풍의 밤이 이런 이상한 분위기와 함께 깊어가기 시작했다.

복도에 있는 방 하나를 내주어서, 나는 자고 가기로 했다.

나는 세이조도 자주 만났지만, 오늘처럼 확실하게 그를 불쾌하게 만든 적도 없었고, 또 반대로 당한 적도 없었다. 왠지 통쾌한 기분이 들었지만, 그와 동시에 뭐라 할 수 없는 섬뜩한 기분도 들었다.

이리하여 나는 끝내 어떻게 될 것인가. 남의 아내를 사랑해서 어쩌자는 것인가. 누군가 내게 속삭이는 듯한 기분이 들었다.

7

세이조와 미치코는 정확히 내가 자는 방 위에서 자고 있었다. 나는 지금까지 한 번도 미치코와 한 지붕 아래에서 밤을 밝힌 적이 없었다. 이 날 밤이 처음이었다.

내가 목숨을 걸고 사랑하는 여자, 그 여자는 다른 사람의 아내이다. 그 부부가 지금 내가 자고 있는 방 바로 위층의 같은 방에서 자고 있다. 이 생각만으로 나는 도저히 잠을 잘 수 없을 것 같았다.

처음에는 바다 수영을 했기 때문에 매우 피곤했고, 그 피곤함 때문에 어떻게든 잠이 들 줄 알았다. 하지만 여러 가지 일에 관해 생각하기 시작하니, 잠이 깨서 도저히 잘 수가 없었다. 바깥의 바람은 그쳤지만, 비는 여전히 내리고 있었다.

나는 청년 특유의 감상적인 기분에 빠져, 미치코와 내가 서로 사랑하지만 아무것도 할 수 없는 지금의 상황에 관해 생각했다. 새삼스레 베르테르를 떠올리며 기분이 좋기도 하고 슬퍼지기도 했다. 하지만 머리는 또 언젠가 현실 세상으로 돌아온다. 그러자 그 풍만하고 아름다운 몸을 가진 여성이 자신을 사랑하지도 이해하지도 않는 남자와 함께 내 방 바로 윗층에서 자고 있을 것을 생각하니, 뭐라 형용할 수 없는 불쾌감이 내 몸속에 스며들었다. 나는 또다시 마음속으로 세이조를 저주했다. 세이조의 존재를 저주했다. 사소한 소리에도 예민해졌고 비참한 상상들이 머릿속을 스쳐지나갔다. 비는 그치지 않았다.

먼 방에서 하녀들이 코를 고는 소리가 들렸다. 마치 바닷속을 헤엄칠 때처럼 온몸의 힘을 손과 발에 가득 담아 괴로움에 몸부림치고 싶은, 큰 소리를 내며 소리지르고 싶은 기분이 엄습하기 시작하더니, 이내 다시 로맨틱한, 꿈결처럼 달랠 길 없는 기분이 들어서 그저 하염없이 눈물을 흘렸다.

이렇게 착잡한 데다가 낮 동안의 피곤함까지 몰려오다 보니, 나는 그저 하늘과 땅 사이를 왔다 갔다 하는 기분으로 약 한 시간 남짓을 보냈다.

그때 갑자기 어떤 소리가 내 귓가에 들려왔다. 아주 희미한 소리였지만 민감한 상태였기 때문에, 내 귀로 그것이 확실히 사람의 소리라는 것을 알 수 있었다.

나는 몸을 절반쯤 일으켜 온몸의 신경을 곤두세웠다. 목소리가 다시 들려왔다. 그때 다시 사람이 울부짖는 듯한 목소리가 아주 희미하게 들려왔다. 바로 2층에서!

나는 몸이 떨려오는 것을 느꼈다.

문득 고향에 살았던 어린 시절이 떠올랐다. 어두운 어느 날 밤, 시골 숙부 댁에 가서 잤을 때, 그 숙부와 숙모 방에서 들렸던 소리다. 나는 한심함에 떨면서 정신없이 이불 속으로 숨어 버렸다.

시간이 지나 다시 머리를 바깥으로 내밀었더니, 이번에는 뭔가 말소리가 들렸다. 이번에 나는 완전히 바닥 위에 일어서서 위층에서 들리는 소리를 주의 깊게 들었다. 그런데 이때 좀 이상한 느낌이 엄습하기 시작했다.

분명 그것은 어릴 적 들었던 사람의 소리와 달랐다. 아니 계속 듣고 있다 보니, 그때와 완전히 다르다는 기분이 들었다.

분명 세이조가 뭔가 소리를 지르고 있었다. 아주 작은 소리 같았지만, 화가 난 목소리였다.

나는 숨을 죽이고 귀를 쫑긋 세웠다. 그런데 문득 고데라라는 내 이름이 들렸다. 그러자 잠시 후 미치코로 보이는 목소리가 울부짖는 것 같았다.

이제는 의심할 여지가 없다. 세이조는 분명히 나와 미치코 사이를 의심하는 것이다. 적어도 나 때문에 미치코가 괴롭힘을 당하는 건 분명하다. 나는 조용히, 그러나 재빨리 일어섰다. 이때 나는 완전히 기사(騎士)가 된 것 같았다. 악마에게 고통받는 공주를 구하는 기분으로 나는 미끄러지듯 방을 빠져나와 2층으로 올라갔다.

부부의 침실 밖에 서서 방 안을 들여다보다니, 너무나 한심한 일이다. 하지만 이때 나의 기분은 모든 것을 신성화(神聖化)할 기세웠다. 나는 나 때문에 죄 없이 고통받고 있는 여성을 구하러 간 것이다. 그렇다, 나는 그런 마음으로 조금의 거리낌도 없이 방 안의 상황을 살피려고 했다.

여름이기는 했지만, 그 방은 복도와 면한 쪽이 장지문으로 되어 있었다. 그러나 언뜻 보니 그 가장자리에서 방 안이 들여다보일 것 같았다. 나는 살그머니 다가가서 문틈에 눈을 대고 방 안을 들여다보았다.

마침 그곳에 있던 전기스탠드가 확실히 보였다. 전기스탠드에 비친 하얀 모기장을 통해 세이조가 바닥에서 완전히 일어서서 약간 구부린 자세로 웅크리고 있는 것이 확실히 보였다. 내가 그 광경을 본 순간, 세이조는

"네 년이 역시 고데라를 사랑하고 있었구나."라고 중얼거리듯 말했다.

나는 필사적으로 그 장지문을 조금 열었고, 그로 인해 세이조가 웅크리고 있는 앞쪽을 볼 수 있었다. 그 순간, 나는 하마터면 '악'하고 소리를 지를 뻔했다.

그곳에 내가 사랑하는 미치코가 상반신을 드러내고 두 팔이 뒤로 꽉 묶인 채 쓰러져 있는 것이 아닌가. 세이조는 고데라라는 이름을 말할 때마다 미치코를 괴롭히는 듯했고, 미치코는 희미한 신음만을 내고 있었다.

나는 이미 참을 수 없었다. 나 때문에 미치코가 그런 고통을 받는 것이다. 이것을 어찌 보고만 있으랴. 나는 그 자리에서 바로 장지문을 발로 차고 뛰어들어 가려고 했지만, 미치코가 남편의

물음에 뭐라고 대답하는지 듣기 위해 앞으로 한 걸음 내딛었다. 그러나 그 다음, 세이조가 손에 쥐고 있던 빛나는 뭔가를 보았을 때 더는 참을 수가 없었다.

"어떠냐. 말하지 않을 테냐."라고 말하는 세이조에 손에는 분명히 칼이 쥐어져 있었다. 세이조가 그 칼을 미치코의 뺨 위로 치켜올리자, 작은 힘을 담은 미치코의 목소리가 들렸다.

"아, 아파요."

바로 그 순간, 나는 장지문을 박차고 방 안으로 들어갔다. 방 안에 있던 두 사람이 놀란 것은 물론이었다.

"뭐하는 거야!"

내가 뛰어들어가 그렇게 외침과 동시에 세이조가 놀라서

"뭐야, 누구야."라고 소리를 지르며 일어섰다.

정신없이 뛰어들어 가다가 모기장에 부딪힌 탓에 모기장을 매단 끈이 끊어져 모기장이 축 늘어졌는데, 어느새 나와 세이조가 밀어젖혀 둔 것 같았다.

밧줄로 둘둘 감긴 채 쓰러져 있는 미치코를 옆에 두고 세이조와 나는 꼿꼿이 선 채 서로 노려보고 있었다. 엄청난 침묵이 흘렀다. 세이조는 놀란 마음을 겨우 가라앉히며 정신을 되찾을 것 같았다. 그는 오른손에 칼을 쥔 채 나를 노려보며 서 있었다.

오오, 나는 이 순간을 경계로 지옥에 떨어져야만 했다. 이 기괴한 침묵이 깨진 순간, 이곳에 있던 세 사람의 운명은 영원히 저주받은 것이다.

침묵을 깬 것은 미치코였다.

"이치로 씨, 당신 참 바보네요. 정말로⋯⋯. 호호호호."

두 팔이 묶인 미치코가 내뱉은 이 기괴한 한마디는 나에게 천지가 뒤집히는 것과 마찬가지였다! 아아, 미치코가 지금 내뱉은 말! 그 웃음소리⋯⋯.

무언가가 전광처럼 내 머리를 울렸다. 나는 번개를 맞은 느낌이었고, 돌처럼 딱딱하게 굳어서 꼼짝도 하지 못했다.

빙글빙글 뇌가 요동치는 듯하더니, 결국 버티지 못하고 그 자리에 그대로 쓰러져 엎어졌다.

나는 지금 옥중에서 당시 상황을 돌이켜보며, 할 수 있는 한 그때 상황을 상세하게 떠올리려고 했다.

그 순간에는 여러 가지 감정이 한꺼번에 엄습해서 거의 아무 말도 할 수 없을 것 같았다.

미치코가 말한 그 한마디로 충분했다. 너무나도 충분했다.

이제껏 그 생각을 못 했다니, 얼마나 미련한가. 세이조와 미치코 두 사람은 평범한 성생활을 하는 사람이 아니었던 것이다. 그들이 이 방에서 하던 짓은 모두 일종의 변태적 성적 난무(亂舞)에 지나지 않았다. 세이조가 나에 대해 좋은 감정이 없었던 것은 사실이지만, 그런 난무를 하는 두 사람 사이에 역시나 설득력 있는 이야기가 필요했던 것이고, 내 이름은 나도 모르는 사이, 이 연극의 중요한 역할을 연기하고 있었던 것이다. 남편은 아내를 의심하고 자백을 받아내기 위해 아내를 고문하는 연기를 하며 만족을 느꼈다. 아내 또한 고문당하는 그 상황을 즐기고 있었다.

나는 절망적이고 수치스러운 기분으로 그 자리에 털썩 주저앉았다.

그런데 천지가 뒤집히는 것 같았던 미치코의 그 한마디가 더욱 큰 비극을 불러일으켰다.

세이조가 나를 구실로 자신의 욕망을 만족시켰던 건 분명하다. 그러나 과연 세이조는 미치코와 나 사이를 전혀 의심하지 않았을까?

아니, 그는 충분히 의심하고 있었다. 그 사실이 이 자리에서 분명해졌다.

갑자기 나타난 나를 보고 미치코는 웃고 말았지만, 세이조는 뭐라고 했지?

그는 주저앉은 침입자에게 눈길 한 번 주지 않고 곧장 미치코 옆으로 가서 앉으며 말했다.

"여기에 왜 고데라가 온 거지?"

그는 숨도 쉬지 못할 정도로 날카롭게 다그쳤다.

세이조는 자신이 연기하던 대사에 스스로 자극을 받고 있었던 것이다. '연기라고 생각한 이 설정이 설마 사실 아니야? 미치코가 고데라를 사랑한 것이 사실이었고, 나와 연기까지 하면서 이중으로 마조히즘을 충족시키고 있었던 거야'라는 생각이 들었을 것이다.

아니, 그 당시 그의 진지함으로 보아, 완전히 그렇게 믿기 시작한 것 같았다.

미치코가 아무 말도 하지 않자, 그는 다시 말했다.

"어이, 이봐! 정말 고데라와 그렇고 그런 사이야?"

만일 그때 세이조의 절박한 상태가 진심이라는 것을 미치코가 확실히 깨달았다면 그런 비극이 일어나지 않았을 것이다.

하지만 경솔하게도, 미치코는 방심했다.

그녀는 늘 하던 연기를 하는 거라고 생각하고 아주 가볍게 대답했다.

"네, 그럴지도 모르죠."

이 말을 들은 세이조의 표정은 뭐라 형용할 수 없다는 듯 복잡해 보였다.

그 다음 순간, 무서운 일이 벌어졌다.

분노의 목소리와 비명이 한꺼번에 폭발했다. 내가 놀라서 세이조를 막으려고 했을 때는 이미 그가 미치코의 오른쪽 가슴을 찔린 후였다. 이제야 사건의 심각성을 깨달은 미치코가 비명을 지르며 괴로워했다.

"이 악마 같은 자식!"

세이조는 그렇게 외치며 내가 막을 새도 없이 나이프로 그녀의 심장 부근을 또 찔렀다.

내가 당황해서 막으려고 하자, 세이조는 악마 같은 형상으로 나를 찌르려고 했는데, 그 순간 갑자기 고통스러운 듯 '악' 하고 소리를 지르며 가슴을 쥐어뜯기 시작했다. 세이조는 그의 이불 쪽으로 데굴데굴 구르며 쓰러졌고, '윽' 하고 고통에 찬 신음을 내더니 '컥' 하고 각혈을 하며 앞에 있는 거울 쪽으로 완전히 쓰러졌다. 내가 놀라서 뒤에서 일으켜 주려고 하자, 피투성이가 된 무서운 입으로 나에게 온갖 저주를 쏟아 부었다. 세이조를 봤더니, 무참하게도 쓰러지면서 오른손에 쥐고 있던 칼로 자신의 가슴을 찌른 것 같았다. 오른쪽 가슴에서 피가 쏟아졌고 칼은 기모노에 엉킨 채 그의 몸에 꽂혔다.

나는 모든 판단을 상실했다. 이제 될 대로 되라는 생각에 나는 그 칼을 빼들었다. 세이조를 그 곳에 내버려 두고(이때 그는 상반신을 책상에 부딪혀서 머리에 상처를 입고 있었다) 나는 그 칼로 죽어야겠다고 결심했다.

그런데 그 순간 아래층에서 하인과 하녀가 올라왔고, 그 순간 나는 주저했다. 세이조가 내 이름을 말하는 것도, 미치코가 내 이름을 말하는 것도 그곳에 있었기 때문에 확실히 들었다.

그 말을 듣고, 나는 이대로 말없이 죽을 수는 없다고 생각했다. 그렇다. 나를 이토록 처참하게 희롱한 이 여자와, 또 그녀와 내가 천박한 간통을 했다고 경솔하게 단정지은 그 남편에게 복수해야 한다. 어차피 죽을 목숨인 것이다. 나는 그렇게 생각하고 그 자리에서 그리도 얌전하게 체포되었던 것이다.

이것이 그날 밤의 진짜 상황이었다.

8

나는 복수를 결심했다. 그렇다, 미치코는 나를 노리개로 삼은 것이다. 남편이 자신을 사랑하지 않는다고, 괴롭혀서 힘들다고 했던 것은 무엇이었나. 나에게 보여준 그 멍자국! 오오, 악마여! 나는 그때 진심으로 그녀를 동정했다. 그런데 모든 것이 거짓이었던 것이다. 미치코는 나를 비롯한 수많은 청년을 희롱했다. 물론 너는 너의 정조를 지켰다. 하지만 얼마나 많은 남자의 마음을 희롱했는가. 그렇게 하도록 두어도 되는 것인가.

좋다. 내가 지옥에 갈 때, 나는 반드시 너를 길동무로 데려갈 것이다.

사형이 선고되면 내가 불명예를 짊어지는 건 물론이고, 간통을 한 데다가 치정의 결과 살해를 당했다고 여겨질 너도 불명예를 얻게 되겠지. 또 죽기 전까지 나를 저주한 세이조도 아내를 빼앗기고 살해당한 것이니, 명예롭지는 않을 것이다. 이 일개 시골 출신 청년이 사회적으로 유명한 당신들의 명예를 실추시킬 수 있다는데 무엇 때문에 마다하겠는가.

체포되고 난 뒤, 나는 하루 종일 아무 말 없이 내가 자백해야 할 순서를 생각했다. 생각하고 또 생각했다. 그리하여 오다 부부에게 복수하는 것뿐만 아니라, 법률에게도 복수를 해 주리라 결심했다.

그 결과가 어떠했는지 보라. 그 까다로운 얼굴을 한 재판관이 나와 미치코가 오랜 시간 간통을 했기 때문에 내가 사형에 처해야 한다고 공문서를 들이대며 만천하에 광고를 해 주었다. 판결문을 보면 미치코는 내 것이었다고, 또 영원히 나의 것이라고 확실히 쓰여 있다.

그는 내가 경찰서에서 생각해 낸 한 편의 소설을, 악마의 혼으로 창작해 낸 이 소설을 사실이라고 판결해 주었다.

그렇게 해서 나는 그토록 아름다운 미치코의 몸을 얻은 것이다. 나는 미치코의 몸을 얻는 대신, 어차피 쓸모없는 내 목숨을 기꺼이 내놓았다. 얼마나 값싼 대가인가.

목숨이 필요 없는 사람들이여, 너희의 영혼을 악마에게 팔아넘겨라. 그러면 너희들에게 불가능이란 것은 사라질 것이다.

정의여, 그 이름으로 인해 얼마나 많은 사람이 피를 흘렸는가.

법률가들이여, 지금 당신들에게는 나의 이 수기를 믿거나 믿지 않거나, 두 가지 방법밖에 없다. 만일 믿기로 했다면, 지금 당신들은 본인의 힘이 얼마나 덧없는 것인지 느꼈을 것이다. 가령 당신들이 내가 쳐 놓은 함정에 빠졌다면, 완전히 무고한 사람에게 사형선고를 내린 꼴이다. 부끄러워하라. 또한, 만일 이 수기를 믿지 않는 자들이 있다면, 그들 또한 내가 생각한 함정에 빠졌다. 그들은 법을 이용해 정숙했던 한 여인―이미 죽었기 때문에 자신을 변호할 방법이 전혀 없는 여성―에게 간통한 여자라는 사형 이상의 낙인을 영원히 찍고 말았다. 나는 마음속으로 웃는다!

오, 미치코여! 사랑하는 미치코야!

너는 나의 것이다. 내 연인이다. ……

미치코! 그러나……

어쩌면 너는 실제로 외로웠던 것 아닐까. 세이조가 너를 사랑하지 않았던 것 아닐까. 가령 육체적으로, 성적으로 잘 맞았던 부부였을지는 몰라도 정신적으로는 외로웠던 것이 아닐까. 그래서 나에게 그 수많은 이야기를 한 것 아닐까.

만일 그렇다면, 나의 이 복수가 너무 지나친 것이겠지……

미치코! 당신은 정말 나를 사랑하지 않았어? 말해 줘, 말해 줘,
나는 죽어야만 하는 몸이다.

그래, 맞아. 당신은 마지막으로 내 이름을 말했지? '이치로'라는
이름. 물론 나를 부르려고 내 이름을 말한 것이 아니라는 것은
나 또한 잘 알아. 하지만 사랑하는 네가 죽기 직전에 내뱉은 한
마디를 내가 놓쳤을 거라고 생각해?

나는 알아. 미치코! 미치코! 너는 그때 사실을 말했어. 세이조가

"고데라……. 고데라가……."

라고 말하는 것을 듣자마자, 마지막 힘을 다해 그 말을 번복하
려고 했었다고.

"아니야……. 이치로 씨가 아니……."

나는 들었어. 나는 들었다고. 온몸의 신경을 곤두세워 사랑하
는 너의 절규를 들었어.

하지만 다른 사람들은 앞뒤 말을 빠뜨리고 듣지 못했지. 귀에
익숙한 내 이름만 들었던 거야.

그렇다면, 너는 나를 사랑했던 거지? 오오, 그렇다면……. 오오,
정말 그렇다면…….

악마여, 오라. 악마여, 너의 날개로 나를 안아라. 내 가슴에 남
아 있는 인간의 피를 모두 빨아들여라!!!

나는 여자를 증오한다. 미치코를 증오한다. 미치코는 남편에게
충실했다. 나를 사랑하지 않았던 것이다. 악마여, 악마여, 와라.

내 가슴에서 영혼을 쥐어뜯어라. 그리고 그것을 영원히 당신 곁에 두어라.

미치코…… 너까지 죽을 때 내 이름을 지껄이다니. 이 증오받아 마땅한 부부여…… 저주받아라.

법률이여! 저주받아라.
여자여! 저주받아라.

아아, 그러나 나는 마지막으로 의문을 품는다……. 어쩌면…….
미치코는 과연 나를…….

9

기묘한 수기는 이렇게 끝났습니다. 악마에게 호소하던 그 역시 인간이었는지, 그 이후 계속 쓰지 못하고, 수기는 여기서 뚝 끊깁니다. 종이에는 눈물자국이 점처럼 나 있기도 합니다.

나는 이 수기에 관해 아무 말도 하지 않을 것입니다. 그저 여러분의 추측과 상상에 맡기겠습니다 우리는 그의 이 절절한 말들을 믿어야 할까요. 아니면 황당무계한 넋두리로 여기고 덮어버려야 할까요. 굳이 저는 여러 말을 하지 않겠습니다.

하지만 단 하나, 그 가엾은 청년이 죽기 직전까지 생각하고 궁금해했던 점, 미치코가 정말로 외로웠는지, 고데라 이치로를 진심으로 사랑했는지, 아니면 남편과 사이가 좋아서 완전히 그를 희롱했을 뿐인지를 확실히 알고 싶어한 것 같습니다.

미치코가 남편을 사랑하지 않았고, 고데라 이치로 또한 사랑하지 않았으며 그저 희롱한 것뿐일 수도 있습니다.

변태 성욕자에게 왕왕 나타나는 성향 중 육체적으로는 마조히즘이지만 정신적으로 이와 반대인 사람이 있습니다.

아니면, 재산 때문에 어쩔 수 없이 결혼한 그녀가 자신의 몸을 학대하는 남편에게 맡기다 보니, 정신적으로 완전히 반대적 입장에 서게 된 것일지도 모른다는 생각은 불가능할까요?

만약 그렇다면, 그녀는 마음속으로 남편을 희롱함과 동시에 고데라까지 노리개로 여겼다는 것이 됩니다. 그렇게 동시에 두 남자를 가지고 논 셈이지요.

이 예상이 사실이라면, 그녀는 남편의 질투심을 스스로 자초한 끝에 목숨을 잃었다는 것이 됩니다.

하지만 순수한 청년 고데라는 이렇게 복잡한 경우까지 상상하지는 않은 것 같습니다.

그는 그저 미치코가 남편을 진심으로 사랑했는지, 아니면 마음속으로 고데라를 사랑하고 있었는지, 이 두 가지 경우만 생각했습니다. 물론 그건 당연한 일이라고 생각합니다만……

어찌되었든 나는 이 참극의 희생자들에게 명복을 빌고 싶습니다.

나는 어쩌면 억울한 죄를 뒤집어쓰고 죽었을지도 모르는 그 아름다운 청년을 위해 기도하는 것을 잊지 않을 것입니다. 또,

어쩌면 억울한 오명을 쓰고 지하에 잠들어 있는 미치코를 위해서도 무덤에 꽃이 떨어지지 않도록 마음을 쓰겠습니다.

〈신청년〉 쇼와(昭和) 4년 1월~2월 연재

무고하게 죽은 덴이치보

하마오 시로

1

그토록 세상을 떠들썩하게 했던 덴이치보도 결국 사형 판결을 받고 효수형에 처해졌습니다. 비록 그 남자의 몸은 죽어 없어질지라도, 그 악명만은 영원히 오래오래 전해질 것입니다. 이 세상에 둘도 없는 악인, 천하를 속인 희대의 사기꾼 등의 무시무시한 수식어가 오랫동안 그 남자를 따라붙을 것입니다.

저처럼 보잘것없는 사람이 잘 굴러가지도 않는 펜을 집어든 것도 그 점 때문입니다. 이 자리에서 분명히 말씀드리면, 그 남자는 더없이 어리석은 젊은이입니다. 하지만 절대로 악인은 아니었습니다.

그렇게 기구한 운명을 타고났으면, 이 태평한 세상 어딘가에서 조용히 지내면 되었을 것을…….

덴이치보는 이 세상이 얼마나 무서운 곳인지 몰랐던 것입니다. 진실을 있는 그대로 말하는 것, 조금 어렵게 말하면 진실이라고 믿었던 것을 이 세상 사람들에게 있는 그대로 말하는 것이 얼마나 무서운 결과를 초래하는지 그 남자는 알지 못했습니다. 그렇기 때문에 그 남자는 어리석은 사람입니다. 너무나도 보기 드문 바보입니다.

게다가 그 남자는 자신이 정당하게 원해도 되는 것인데도 감히 원한다는 생각조차 하지 못했습니다. 세상일이라는 것은 법이라는 제도만으로 다스릴 수 없습니다. 아니, 때에 따라서는 법이라는 것조차도 거짓말을 하는데, 그는 그 사실을 몰랐던 것이겠지요.

그 남자는 불쌍하고 어리석은, 그러나 아름다운 청년이었습니다.

하지만 덴이치보를 담당한 부교(奉行)*님이 다른 부교님이었다면, 덴이치보의 운명은 다른 길로 들어섰을 것입니다. 이 남자가 그 부교님에게 재판을 받아야 했다는 것은 분명 돌이킬 수 없는 슬픈 일이었습니다.

이런 말씀을 드린다고 해서, 부교님을 나쁘게 말하려는 것은 절대로 아닙니다. 부교님은 부교로서 이루 말할 수 없을 고생을 하셨습니다. 부교님을 오래 지켜본 저는 부교님이 자신의 직책의 중요한 부분을 잡으려고 하셨던 때가 바로 덴이치보의 재판이었다고 믿고 싶을 정도입니다. 그 정도로 고생을 하셨는데, 부

---

* 헤이안 시대부터 에도 시대에 거쳐 있었던 무가의 직명 중 하나로. 정무 분장에 따라 공사를 담당하고 집행한다. 예를 들어, 에도 시대에 있었던 직함 중 마치부교(町奉行)는 영내 시도부의 행정·사법을 담당한다.

교님을 나쁘게 생각할 이유는 없습니다.

저는 부교님이 덴이치보를 취조하러 오셨을 때, 처음으로 부교라는 역할이 얼마나 중요한지 깨달았습니다. 그와 동시에 부교라는 직책을 위해서라면 아무리 안타까운 일도 무릅써야 한다는 것을 알게 되었습니다.

부교님이 그 하나의 사건을 위해 얼마나 많은 수고를 하셨습니까. 이것 모두가 이 세상을 위해서입니다. 지금 생각해도 감사하기 이를 데 없습니다.

원래 부교라는 자리에 계시는 분은 총명하고 과단하며, 자기 자신을 매우 굳게 믿으십니다. 이 뛰어난 지혜와 위대함은 제가 부교님을 처음 뵈었을 때부터 지금에 이르기까지 조금의 변화도 없습니다.

하지만 부교라는 직책으로 만나게 된 다양한 사건 때문에 부교님의 사고방식이 꽤 많이 달라진 것으로 생각됩니다.

2

제가 부교님을 처음 뵈었을 때는 조금 전에도 말씀드렸듯이 더없이 슬기롭고 총명하며 자신감이 굉장히 강하셨습니다.

그때 부교님이 하셨던 재판은 어떤 재판이든 참으로 거침이 없어서 제 가슴이 후련해질 정도였습니다. 그리하여 부교님의 이름은 아침 해가 떠오르듯 나날이 유명해지셨고 그와 동시에 출세 가도를 달리셨습니다.

"내가 하는 일에는 틀림이 없어. 내가 하는 일은 모두 옳다."

이런 마음을 늘 가지고 계셨기 때문에 그렇게 화려한 재판이 가능했을 것입니다.

여러분도 알고 계시겠지만, 부교님이 주도하신 재판 중 한 아이를 두고 두 명의 어머니가 싸우던 사건은 누구나 감동할 만한 재판이었습니다.

"친모라면 아이가 울 때 손을 놓았을 것이다. 그러나 아랑곳하지 않고 잡아끌었으니 저 자는 친모가 아니다. 거짓말쟁이다."

그렇게 말씀하시며 자리에서 벌떡 일어나셨을 때의 그 거룩한 모습. 저는 너무 황송해서 눈물을 참을 수 없었습니다. 거의 모든 사람이 와 하며 감명을 받았습니다. 하지만 저는 그 당시 재판에 져서 거짓말쟁이라는 말을 듣게 된 그 여자가 사람들의 비난을 받으며 돌아가는 모습을 보고 어쩐지 가엾다는 생각이 들었습니다.

또한, 니혼바시(日本橋) 근처의 어느 큰 전당포가 본인의 땅에 큰 창고를 세운 탓에 옆집에 햇볕이 들지 않아 소송을 건 사건을 여러분도 잘 아실 것입니다. 그 유명하고 훌륭한 재판 역시 그즈음에 있었던 일입니다.

간다(神田) 오타마가이케(お玉ヶ池)의 사채업자 하치로베(八郎兵衛)의 된장통 속에서 50냥의 돈을 훔친 남자를 그의 행동만으로 즉시 찾아냈던 것 또한 에도 내에서 큰 화제가 되었습니다.

실례가 되는 말씀이지만, 부교님께도 그때가 가장 행복했던 순간이 아니었나 생각합니다. 물론 부교님은 그 후에 더욱 출세를 하셨고, 이름도 나날이 높아졌습니다. 하지만 제 생각에는 누가 뭐라고 해도 그때가 부교님의 가장 행복했던 시절이었습니다. 조금 전에도 말씀드렸듯이 부교님은 어떤 일을 맡으시든 전혀 난감해하는 기색 없이 훌륭한 재판을 하셨고, 본인이 행하신 재판에 관해 생각하는 것도 매우 좋아하셨으니 말입니다.

에도 사람들은 매일 같이 열리는 명재판에 관해 요란하게 떠들어댔습니다. 분명 부교님 귀에도 그 소문이 들어갔을 것입니다. 그런 소문을 들으면, 아무리 부교님이라고 하더라도 기분이 좋으셨겠지요. 그때 부교님의 밝고 명쾌한 얼굴이 떠오릅니다.

하지만 이러한 시대가 어느덧 다음 시대로 넘어갔습니다. 제가 말씀드리는 것은 부교님의 명성이 아닙니다. 부교님의 명성은 조금 전에도 말씀드렸듯 아침 해가 떠오르는 것처럼 계속 높아지기만 했습니다.

3

제가 부교님의 밝은 얼굴에서 어두운 그늘을 처음 발견한 것은, 어느 봄날의 해 질 녘이었습니다. 하루 일을 마치고 댁으로 돌아오셨을 때, 이전에 없었던 어두운 얼굴을 하고 계셨습니다. 기분도 좋아 보이지 않았습니다. 너무나도 공사가 다망하신지라 피곤하신가 생각했습니다. 그런데 그날 밤 늦게까지 주무시지도 않고 혼자서 무언가를 골똘히 생각하셨습니다.

그 다음 날도 여느 때와 마찬가지로 직무를 보러 나가셨지만, 귀가하실 때는 역시나 기분이 좋아 보이지 않았습니다.

그날 밤 저는 어떤 사람에게 이상한 이야기를 들었습니다.

확실하지는 않지만, 이삼 일 전에 후카가와 근처 어느 강에서 여자가 몸을 던졌고 그 익사체가 어딘가의 다리 아래까지 떠내려 왔다는 것입니다.

이 사건을 담당한 분들이 조사한 결과, 사체의 품 안에 물에 젖지 않도록 꼭꼭 감싼 물건이 있어서 꺼내 봤더니 그 여자의 유서였다고 합니다. 유서에는 다음과 같은 심경이 쓰여 있었습니다.

"저는 하시모토 사키라고 합니다. 아무도 상대해 주지 않는 불쌍한 여자이지요. 저는 작년 봄, 제 배 아파서 낳은 사랑스럽고도 사랑스러운 아이를 찾기 위해 부교님 앞에 섰던 여자입니다. 그때 제가 아이를 억지로 잡아끌었다는 이유로 부교님께서는 저를 가짜, 사기꾼이라고 비난하셨지요. 저는 변명조차 하지 못한 채 돌아갈 수밖에 없었습니다. 제가 왜 그때 제 아이를 데리고 있지 않았는지에 관해서는 말씀드린 그대로이기 때문에 이제와서 다시 말씀드리지 않겠습니다.

저는 그저 제가 왜 죽기로 결심했는지 말씀드리겠습니다. 그때의 재판은 제가 친엄마임에도 제가 진 것으로 결론이 났습니다. 저는 그에 대해 푸념을 늘어놓지는 않을 것입니다. 그저 그 이후에 어떤 일이 벌어졌는지 말씀드리고 싶습니다. 그저 제가 아이를 되찾지 못한 것으로 끝났다고 부교님은 분명 그렇게 생각하고 계시겠지요. 하지만 이 세상은 정말 무서운 곳이더군요. 저는 제 아이를 되찾을 수 있다는 희망을 잃음과 동시에, 에도 안에 있는 모든 사람이 말 한마디 걸어 주지 않는 몸이 되었습니다. 사람들은 제가 재판에서 졌다는 이유로 아이의 친엄마라는 사실을 믿어 주지 않았고, 그뿐만 아니라 천황을 속인 거짓말쟁이라고 생각했습니다. 지금까지 제 편이던 친척들도 저와의 관계를 끊었습니다. 집주인은 저를 쫓아냈습니다. 저는 이 세상 속에서 외톨이가 되었고, 오명까지 떠안은 채 떠돌아다녀야 하는 처지가 되었습니다. 어디를 가도 아무도 저를 써 주지 않았습니다. 일거리를 주는 사람은 더더욱 없었습니다. 이리하여 저는 부끄럽게도 먹을 것을 찾아서 일 년 동안 에도를 들개처럼 떠돌아다녔습니다. 돌이켜보면 그때 법정에서 '거짓말쟁이, 사기꾼'이라고 말씀하신 부교님의 그 목소리가 에도 사람들의 입에서 흘러나오기 시작했습니다. 저는 더는 들개 같은 삶조차 살 수 없었습니다. 비를 가릴 처마 끝에서조차 내쫓기고 말았습니다. 어떻게 해야 살 수 있을까요. 저는 죽을 것입니다. 죽어서 이 고통에서 도망치겠습니다. 다만, 죽기 전에 한 말씀 드리고 싶습니다. "저는 사기꾼이 아닙니다. 친엄마입니다. 사기꾼은 바로 부교님입니다". 제가 재판에서 졌다고 해서 푸념하지는 않겠습니다. 하지만 부교님께 제 원한을 말씀드리겠습니다. 그때 부교님이 뭐라고 하셨죠? "이렇게 된 이상, 두 사람이 가운데에 아이를 놓고 끌어당기는 것으로 판결을 내릴 수밖에 없다. 이 아이를 잡아당

겨서 이긴 자에게 아이를 주겠다"라고 말씀하지 않으셨습니까? 저는 그 말씀을 믿은 것이 전부입니다. 천황님 아래에서 거짓말이라니, 당치 않습니다. 여기서 아이를 놓친다면, 이 아이는 절대로 다시 제게 돌아오지 않을 것이다. 그렇게 굳게 믿던 저는 돌에 맞더라도 아이를 세게 끌어당겨야 한다고 생각했습니다. 아이가 고통을 못 이기고 울기 시작했을 때, 저 또한 두말할 것 없이 울고 싶었습니다. 하지만 순간의 고통이 무엇입니까? 제가 이 손을 놓으면 앞으로 영원히 이 아이를 곁에 두지 못하는데요. 부교님은 자신이 명하신 그 말씀이 한 아이의 엄마로 하여금 얼마만큼의 결심을 하게 했는지 알지 못할 것입니다. 거짓말을 한 사람은 제가 아닙니다. 부교님입니다. 그리고 이 세상의 법이라는 존재입니다."

대략적으로 이런 내용이었습니다. 이 글을 읽고 저는 비로소 부교님의 안색이 어두웠던 이유를 알 것 같았습니다. 하지만 부교님의 안색이 어두워진 것은 이 일 때문이 아니었습니다. 그건 바로 그해 겨울부터였습니다. 여러분도 잘 아시는 무라이 간사쿠라는 극악한 자가 처형되었을 때입니다. 그 무라이라는 범인은 엄청난 악행을 수없이 저지른 자인데, 부교님께서 조사하던 중 끔찍한 죄를 자백했습니다.

그것이 언제였던가요. 요쓰야 근처에서 어느 미망인이 살해당한 적이 있습니다. 윗선에서 여러 가지 조사를 거친 끝에, 남녀 간의 색정으로 벌어진 사건이라는 것이 밝혀졌고, 부교님은 미망인이 생전에 가깝게 지낸 것으로 보이는 남자를 찾아내셨지요. 그때 부교님의 뛰어난 지혜에 모든 사람이 탄복했습니다. 그 당시 부교님은 혐의가 있어 보이는 남자 몇 명(이 중에 무라이도 있었습니다)을 법정으로 불러들이셨고, 한편에는 살해된 미망인이 오래 기르던 고양이를 다른 사람에게 맡기고 나가셨습니다. 그리고 그 사람이 고양이를 풀어주자 고양이가 살금살금 걸어가더니 담뱃가게 히코베라는 자의 무릎에 앉았습니다. 미망인이 집에서 기르던 그 고양이가 평소에 뻔질나게 드나들던 남자를 기억하고 있었기 때문에 무심코 죄인을 지목한 것입니다.

이 광경을 가만히 지켜보시던 부교님은 바로 히코베를 체포해 문초하셨지만, 히코베는 지금까지 한 번도 미망인의 집에 들어간 적이 없다면서 좀처럼 자백하지 않았습니다. 히코베는 평소 동물을 좋아해서 고양이를 기른다면서, 마침 최근에 어떤 고양이가 자신의 고양이와 노는 것을 보고 귀여워서 먹을 것을 준 적은 있지만 그 고양이가 미망인의 것인 줄은 꿈에도 몰랐다고 해명했습니다. 그러자 부교님은

"그렇다면 당신의 고양이를 이리로 데려오시오."라고 말씀하셨습니다. 그런데 히코베는 열흘쯤 전부터 그 고양이가 행방을 감추었다고 대답했습니다. 이 남자는 혼자 살았고, 이 남자가 고양이를 키운 것을 본 적이 있다고 진술한 사람은 아무도 없었습니다. 문초에 시달리던 이 남자는 끝까지 사실을 숨기지 못하고 결국 미망인을 살해했다는 일부 내용을 자백했습니다. 여러분도 아시다시피, 히코베는 두말할 것 없이 바로 형무소에 수감되었

습니다.

 그런데 조금 전 말씀드린 무라이 간사쿠라는 죄인이 갑자기 나타나 요쓰야 미망인을 살해한 건 바로 자신이라고 자백했습니다. 처음에는 부교님도 상황을 파악하지 못하셨는지, "무슨 농담을 하는 것이냐"라고 말씀하셨다고 합니다. 하지만 한편에서 많은 관계자가 취조를 해보니, 그 내용이 그때 상황과 정확히 맞아떨어지는 것이었습니다. 그리고 그는 평소 고양이를 매우 싫어했기 때문에, 미망인의 집에 드나들던 때에도 그 집 고양이를 볼 때마다 느닷없이 발길질을 하거나 때렸다고 합니다. 그래서 고양이는 무라이를 볼 때마다 무서워서 도망을 쳤고요. 정말 고양이를 싫어했는지, 아니면 비록 고양이라고는 해도 범행을 저지르는데 다른 눈이 있다는 사실이 두려워서 일부러 내쫓은 것인지 확실하지 않지만, 무라이는 그렇게 진술했습니다. 어쨌든, 그때 담당하셨던 분의 말씀에 따르면, 이 이야기를 전부 들었을 때, 부교님의 안색이 흙빛으로 변했다고 합니다. 부교님은 그저 "정신 나간 자 같으니라고"라는 한마디를 남기신 뒤, 그 자리를 스윽 빠져나갔다고 합니다.

 부교님의 밝은 얼굴에 어두운 그늘이 진 것은 바로 그날부터였습니다. 그날 댁으로 돌아오신 뒤에도 입을 열지 않으셨습니다. 그날 밤에는 잠자리에도 들지 않으셨다고 합니다. 그 다음 날에는 결국 윗분들께 피곤하다고 보고하시고 댁 안에 틀어박혀 나오지 않았습니다. 그리고 댁 안에서도 방에만 계실 뿐, 단 한마디도 하지 않으셨습니다.

저는 제 얕은 지식으로 부교님이 담뱃가게 히코베를 위해 방 안에서 공양을 하신다고 생각했습니다. 하지만 지금 생각해 보면, 그건 그렇게 작은 일이 아니었습니다.

저 같은 사람이 이런 말씀을 드려도 될지 모르겠지만, 부교님은 자신의 지혜를 의심하기 시작하셨습니다. 자신의 판결을 의심하기 시작한 것입니다. 한마디로 부교님은 자신감을 잃으셨습니다.

이제까지는 자신이 생각한 것은 언제나 옳고 자신의 능력과 지혜는 늘 올바른 방향으로만 작용한다고 생각하셨는데, 이번 사건을 통해 그 토대가 흔들리게 된 것입니다.

이렇게 해서 부교님은 매일 같이 우울한 생활을 하게 되었습니다. 주제넘은 말이지만, 이때부터 부교님의 판결에서 예전의 능력이나 지혜를 찾아볼 수 없게 되었습니다. 한 걸음, 한 걸음, 그것도 살얼음 위를 걷는 듯한 걸음걸이로 재판을 하고 계셨던 것 아닌가 생각합니다.

앞으로 이런 상태가 계속되지는 않을지 걱정이 되었습니다. 게다가 세상 사람들은 부교님의 속마음을 전혀 모른 채(모르는 것이 당연합니다만) 부교님을 떠받들었고 부교님의 명성은 점점 더 높아지기만 했습니다.

4

그런데 그렇게 어둡고 우울하던 안색이 언젠가부터 순식간에 다시 밝게 빛나기 시작했습니다. 그것이 언제부터였는지, 또 무슨 일 때문이었는지 확실히 기억나지는 않지만, 다음 해 봄, 친분이 두터운 어떤 분과 이야기를 나눈 뒤였던 것 같습니다. 아무튼 그때 이야기를 나누시다가 조금 전에 말씀드린 하시모토 사키라는 여자와 담뱃가게 히코베라는 남자의 이름이 언급되었습니다. 나중에 부교님 혼자 방에 계실 때에도 그 이름을 거듭 말씀하셨습니다. 그러다가 갑자기 안색이 밝아지셨고, 옆에 있던 사람에게 뜬금없이 "세상 사람들이 나를 명부교라고 말한다지?"라고 물으셨습니다. 옆에 있던 사람이 그 이유를 말씀드리자, 얼굴이 밝아지면서 "악인이기 때문에 처형되는 것인지, 처형되기 때문에 악인이 되는 것인지 아는가?"라고 말씀하셨습니다.

그리고 그날 이후 부교님은 다시 원래 모습으로 한층 밝아지셨고 기분도 좋아 보였습니다. 하지만 누가 뭐라고 해도 예전과 같은 밝고 화려한 모습을 더는 찾아볼 수 없었습니다. 왜냐하면 아주 가끔이었지만 여전히 우울한 얼굴을 하셨기 때문입니다.

왜 그렇게 변한 것일까요.

이제 와서 생각해 보면, 부교님은 자신의 재판에 의심을 품기 시작하면서 자신감을 잃으셨고, 분명 오랜 시간 고통과 번민 속을 헤매셨을 것입니다. 그 정도로 자기 자신을 믿고 의지하셨으니까요. 그런데 뜻밖의 사실 때문에 그토록 믿었던 자신에게 배신을 당한 것입니다. 만약 그런 상태가 지속되었다면, 부교님은 결국 이 일을 그만두셨을 것입니다. 부교님이 직무를 그만두지 않고, 심지어 다시 밝고 생기 있는 얼굴로 직무를 보시게 된 건 무엇 때문이었을까요.

얄팍한 제 판단으로는 이렇습니다. 부교님은 한때 무척이나 신뢰했던 본인의 지혜에 대한 자신감을 잃었습니다. 하지만 이를 대신할 무언가를 확실히 잡은 것입니다. 그건 바로 '힘'입니다. 하지만 여기서 이 '힘'은 부교님의 직무에 관한 그것이 아닙니다. 부교님의 재판이 세상 사람들에게 부여하는 믿음, 즉 부교님에 대한 맹목적인 신앙이라는 힘이 존재한다는 것을 깨달은 것입니다.

왜냐하면, 부교님을 힘들게 했던 그 사건은 한편으로 부교님의 지혜를 배반하는 것이기도 했지만, 다른 한편으로는 부교님의 힘을 확실히 드러낼 수 있는 사건이기도 했습니다.

하시모토 사키는 왜 죽어야만 했을까요. 부교님이 그녀가 판결에서 지도록 하셨기 때문입니다. 부교님이 '거짓말쟁이'라는 단 한 마디를 내뱉으셨기 때문입니다. '사키'가 친모인지 아닌지 아무 상관없습니다. 부교님이 재판에서 지도록 만드셨기 때문에, 이 세상 사람들은 '사키'가 가짜 엄마라고 믿었던 것입니다. 담뱃가게 히코베도 마찬가지 아닐까요? 히코베가 죄인이기 때문에 처형한 것이 아니라, 부교님이 처형하기로 결정하셨기 때문에 사람들은 그를 악인이자 죄인이라고 생각한 것입니다.

이는 보통의 부교가 할 수 있는 일이 아닙니다. 명부교라고 불리기에 가능한 일인 것입니다.

생각만 해도 무서운 일이지만, '하시모토 사키'와 '담뱃가게 히코베' 외에도 수많은 사건이 있었습니다. 불행인지 다행인지, 그 이후에 진실이 드러나지 않고 그대로 넘어갔지만, 세상 사람들이 믿는 것이 사실이라고 누가 확신할 수 있겠습니까.

결국 신이 아닌 이상, 인간이 인간을 재판하는 이상, 아무리 부교님이라고 해도 실수를 저지르지 않으리라는 법은 없습니다. 어차피 불가능한 것을 집요하게 파고드는 것보다 천하의 법이 주는 고마움을 확실히 알리는 것이 세상을 위한 것 아닐까요.

부교님에 대한 이 세상 사람들의 신앙은 그 자체만으로도 훌륭한 치세의 도구가 될 것입니다.

섣불리 사실을 밝혀내 그 신앙을 훼손하기보다는 차라리 그 신앙을 더욱 강한 것으로 만들어 그것으로 세상을 다스리자. 부교님은 이렇게 생각하신 것 아닐까요? 부교님은 길고 긴 어둠을 빠져나온 뒤, 이런 과정을 거쳐서 겨우 밝은 안색을 되찾으신 것입니다. 주제넘지만 저는 이렇게 생각합니다.

요컨대, 부교님은 자신의 지혜에 관한 자신감은 잃었지만, 그 대신 자신의 힘에 관한 자신감을 새롭게 가지셨습니다. 이런 생각 때문인지, 예전 같으면 당신의 명성이 높아지고 있다고 말씀을 드려도 그저 웃고 마셨던 부교님이 이제는 세상 사람들의 평가를 한층 진지하게 귀담아들으시는 것처럼 느껴졌습니다.

그런데 방식이야 어떻든 이렇게 해서 안주의 땅을 발견하신 부교님께 얼마 되지 않아 또 다른 고민이 생겼습니다. 부교님의 지혜와 힘으로도 어찌할 수 없는 사건이 일어난 것입니다. 그 사건은 물론 '덴이치보' 사건입니다.

5

덴이치보가 어떤 남자였고 어떤 일을 했었는지, 저는 이 자리에서 다시 말씀드리지 않겠습니다. 이미 여러분도 잘 알고 계실 것이니 말입니다.

부교님이 덴이치보라는 이름을 처음 들은 건, 그 남자가 아직 에도에 오지 않고 가미가타에 있던 때였습니다.

황송하게도, 구보님(公方)*의 사생아인 덴이치보가 당신이 거느리는 몇 명과 함께 에도에 온다는 소문이 들려왔습니다.

이 소식을 들으신 부교님은 일찍이 보지 못했던 어두운 얼굴로 높으신 분들과 빈번한 왕래를 하셨던 것으로 기억합니다. 그중 이즈노카미 님 댁에 누차 출입하시며 밀담을 나누셨는데, 그것 모두 덴이치보에 대한 이야기였음이 틀림없습니다.

마침내 덴이치보가 에도에 도착했을 때, 부교님은 이즈노카미 님과 그 외 다른 분들과 함께 모여 그를 대면하셨습니다. 그당시, 이즈노카미 님이 직접 취조를 하셨다고 합니다만, 부교님도 이때 처음으로 덴이치보를 보셨습니다.

* 공권력의 소유자를 가리키는 말로, 에도 시대에는 장군을 구보님이라고 불렀다.

저는 지금도 그날 밤 부교님의 모습을 확실히 떠올릴 수 있습니다. 이즈노카미 님, 사누노카미 님, 야마시로카미 님과 함께 덴이치보를 만나러 가신 부교님은 그날 밤 창백한 얼굴로 돌아오셨습니다. 부교님이 그때만큼 무섭고 엄한 모습을 보이셨던 적은 없었습니다. 이제껏 가끔씩 봐 왔던 어두운 표정이 절대 아니었습니다. 단순히 마음의 고민을 안고 계실 때의 모습이 아니었던 것입니다. 뭔가 범상치 않은 결심을 하고 계시는 것 같았습니다.

이는 제가 부교님을 알고 나서 처음 있는 일이었습니다. 아직 확실히 취조도 하지 않은 시점이고, 겨우 한 번 만났을 뿐인데 결심을 하시다니, 이제까지 이런 적은 한 번도 없었습니다.

적어도 세상 사람들에게 명부교라고 불리던 부교님입니다. 사람의 얼굴이나 모습의 미추에 따라서 섣불리 이것은 이렇다 결정하셨던 적은 결코 없었습니다. 그뿐만 아닙니다. 평소에 자신의 부하들에게 "재판을 하기에 앞서, 이것은 이럴 것이라고 단정지으면 안 되네. 그것은 올바른 재판이 아니야. 상대방 얼굴의 미추 때문에 마음이 움직여서는 안 되네. 그래서는 올바른 재판을 할 수 없어"라며 신신당부 하시던 분이십니다.

이 날은 주로 이즈노카미 님이 덴이치보와 이야기를 나누었다고 합니다. 그때 덴이치보 측에서 자신이 구보님의 서자라는 증거로 오스미쓰키(お墨附)*와 단도를 보여 주었고, 그때 계셨던

* 무로마치, 에도 시대에 쇼군이나 다이묘가 신하에게 부여한 영지를 보장 및 확인할 수 있는 훗날의 증거로 사용된 문서를 말한다.

분들 모두 그것을 보고 진품이 틀림없다고 결론을 내렸다고 합니다. 부교님도 그 장소에 계셨고 그 광경을 끝까지 지켜보셨습니다.

직무상 부교님은 상대방과 반나절만 대면해 보면 그 사람이 어떤 사람인지 파악하시는 분입니다. 하지만 그렇다고 해도 덴이치보가 진짜 구보님의 서자인지 아닌지까지는 판단할 수는 없으셨을 것입니다. 가령 덴이치보라는 남자의 성격이 나쁘다는 것은 파악할 수 있어도, 서자가 아니라고는 판단할 수 없는 것입니다. 게다가 덴이치보가 가지고 있던 증좌는 틀림없는 진품으로 판명되었습니다.

그렇다면 부교님의 결의는 무엇을 나타내는 것일까요? 물론 저 따위는 처음에 이렇다 할 합점을 찾지 못했습니다.

구보님의 서자가 에도에 오신 것으로 에도 안은 매우 소란스러웠습니다. 구보님께서도 짚이는 데가 있는지 조만간 대면하시겠다고 말씀하셨습니다.

그 사이 부교님은 매일 같이 등성하셨고, 그때마다 어둡고 우울한 얼굴로 돌아오셨습니다. 높으신 분들까지 여러 차례 부교님과 만나는 것을 보면서, 저도 부교님의 결심이 어느 정도인지 약간은 헤아릴 수 있게 되었습니다.

제 얕은 생각으로 확실히 말씀드리면, 부교님은 덴이치보를 처음 대면하셨을 때부터 무엇 때문인지 덴이치보가 구보님의 서자라는 사실을 믿을 수 없다고 수차례 말씀하셨습니다. 부교라는 무거운 직책을 맡고 있으니 중요한 일에 신중을 기하라고 가르치셨으면서도, 부하를 머나먼 기슈(紀州)*로 파견 보내셨을 때는 사건의 진상을 규명하려고 한다기보다 그것이 거짓말이라는 증거를 잡고 싶어 하는 것처럼 느껴졌습니다. 어떻게 해서든 덴이치보가 거짓말을 하고 있다는 증거를 잡고 싶다, 어떻게 해서든 덴이치보가 구보님의 서자가 아니라는 사실을 확신시키고 싶다는 것이 부교님의 심정이었던 것이 틀림없습니다.

왜냐하면, 기슈로 파견을 나갔던 분들이 돌아와 덴이치보가 거짓 증언을 했다는 증거는 찾지 못했고 그의 증언은 사실이었다고 보고했을 때, 부교님의 실망한 표정, 고민에 찬 표정을 저는 확실히 기억하고 있기 때문입니다. 이제까지 부교님은 자신이 재판을 진행하실 때 흑과 백 중 어느 한 편에 대한 증거를 잡으면 그것만으로도 매우 기뻐하셨습니다. 그런데 이번에는 그렇지 않았습니다. 무엇 때문이었을까요?

믿을 수 없어, 믿기지 않아라고 말하던 시기는 지났습니다. 이제 믿기지 않는 사실을 믿어야 하는 시기가 온 것입니다.

처음에 저는 부교님이 자신의 직무 중 가장 결정적인 기회를 잡기 위해 고생하셨다고 말씀드린 바 있습니다. 그때가 바로 이때였습니다.

그렇다면 왜 그렇게까지 해서 덴이치보를 가짜라고 믿고 싶어 하셨던 것일까요?

그 이유야 여러 가지가 있을 수 있겠지만, 저는 바로 '속세의

* 현재의 와카야마켄(和歌山県)과 미에켄(三重県) 남부를 말함.

이익'이라는 것 때문이라고 생각합니다.

즉, 부교님은 덴이치보의 성품을 의심하신 것입니다. 자세한 내막을 알 수는 없지만, 만일 덴이치보가 구보의 서자라는 것을 인정한다면, 덴이치보는 분명 상당히 높은 위치에 오를 것입니다. 지금 이 세상이 태평하다고는 해도 힘 있는 자리에 어울리지 않는 사람을 두는 것이 얼마나 위험한 일인지를 부교님은 고민하신 것입니다. 이제껏 힘이 전혀 없던 사람에게 뜻밖의 높은 지위와 큰 권력이 주어진다면, 가령 그것이 당연한 순리라고 해도 그 사람의 성품에 따라 얼마든지 위험해질 수 있다고 생각하신 것 아닐까요? 세간에 '태생보다 양육'이라는 말이 있습니다. 설령 덴이치보가 구보님의 진짜 서자였다고 해도, 기슈에서 태어나 규슈로 흘러들어 들로 산으로 떠돌던 그가 구보님 자리를 잇기에 적합한 인물일 수는 없습니다. 그렇다면 이 사람을 높은 지위에 올리는 것이 오히려 세상에 화가 되지 않을까요?

하지만 그렇다고 해서 천하의 명부교로 명성이 높은 부교님이 진실을 왜곡해도 되는 것일까요? 물론 한 사람의 목숨을 빼앗아 세상을 구원하는 것이 옳은 일일 수 있습니다. 하지만 요즘 같은 세상에 법에 의지하고 않고 이 한 명의 목숨을 앗을 수 있을까요? 게다가 그 사람은 목숨을 앗아가는 것이 문제가 아니라, 사회적으로 높은 지위를 얻을 수 있는 입장에 놓인 사람입니다. 부교님이 바로 이 점에 관해 고심한 것 아닐까, 저는 실례라는 것을 알면서도 그렇게 짐작해 보았습니다.

6

사실을 알고 나서 매우 실망하셨음에도 부교님은 그 다음 날부터 다시 엄숙한 얼굴로 직무를 다하셨습니다. 그때 즈음 부교님은 이 사건을 맡은 분들 외에도 이즈노카미 님을 비롯한 고위직에 계신 분들과 빈번하게 왕래하셨습니다.

어느 날은 학자로서 명성이 자자한 오기오 님 저택에 가서서 낮 동안 긴 이야기를 나누고 밤이 깊어진 뒤에야 겨우 돌아오시기도 했습니다. 그날 밤부터 부교님의 거실에는 일본, 중국 서적이 여러 권 펼쳐져 있었는데, 모두 '정(正)'이나 '의(義)'에 관한 어려운 책이었습니다.

마침내 판결을 내려야 하는 날이 내일로 다가왔습니다. 부교님은 내일 덴이치보를 마지막으로 직접 조사하신 뒤, 어느 쪽이든 판결을 내려야만 했습니다. 그런데 그 전날 밤, 오기오 님과 이토 님, 두 선생이 부교님 저택에 모여서 늦게까지 이야기를 나누셨습니다.

덴이치보를 취조할 때 상황에 관해서는 여러분도 잘 아실 것입니다. 부교님은 평소와 달리 낮은 목소리로 주로 외적인 직문만 집중하셨다고 합니다. 덴이치보의 가마에 관한 질문, 문장(御紋)*에 관한 질문들 모두 외적인 사항입니다. 핵심 내용인 서자인지 아닌지에 대한 부분과 관련해서는, 그의 스미쓰키(お墨付

---

* 가문의 표식으로 쓰이는 무늬.

き)*와 단도만으로 어떻게 그가 서자 본인이라고 단언할 수 있겠는가라고 말씀하신 것이 전부였습니다. 부교님이 말씀이 격해지면서 덴이치보를 다그치자, 승려의 모습을 한 아름다운 젊은이는 너무나 슬픈 얼굴로 이렇게 말했다고 합니다.

"세상에 자신의 진짜 부모가 누구인지 알 수 있는 사람이 있을까요? 태어난 직후를 기억하는 사람은 아무도 없습니다. 부모라는 사람이 내가 네 부모다, 하고 말하면 그것을 그저 믿을 수밖에 없지요. 저처럼 막 태어났을 때 내가 네 아버지다, 내가 네 어머니다라고 말해준 사람이 없는 사람은 불행히도 주위 사람들이 하는 말을 믿는 것 외에 달리 방법이 없습니다. 제가 철이 들었을 때도 어떤 누구도 본인이 네 아버지다, 네 어머니다라고 말해 주지 않았습니다. 제가 제 부모의 이름이 무엇이고 어디에 사시는지 처음 알게 된 것은 저를 길러주신 할머니가 돌아가셨을 때입니다. 어머니는 이미 이 세상에 계시지 않았습니다. 저를 낳았을 때 돌아가셨다고 하더군요. 아버지의 이름을 들었을 때, 저는 몹시 놀랐습니다. 그와 동시에 어떻게 해서든 꼭 한번 만나보고 싶어서 진심을 다해 기도했습니다. 당신은 내가 네 부모다라고 말해 주는 이 없이 자란 사람이 얼마나 외로운지 아십니까? 당신이 어떻게 생각하실지 모르겠지만, 저는 친아버지를 만나고 싶었을 뿐입니다. 그 외에 바라는 것은 아무것도 없습니다. 그것이 전부일 뿐인데, 불행을 안고 태어난 저는 얼마나 더 불행

* 에도 시대 최대 권력 기관인 막부나 무사인 다이묘가 신하에게 내린 흑색 도장이 찍힌 증서를 말한다.

해져야 하나요. 차라리 이름 없는 사람의 자식으로 태어날걸 그랬습니다. 그렇게 됐다면, 아버지는 저를 기쁘게 만나 주셨겠지요. 이렇게 부교를 사이에 두고 자신의 친자식을 죄인 취급하지 않아도 되었겠지요. 생각해 보면 제 아버지도 불행한 사람입니다. 자신의 친자식을 직접 만날 수 없으니까요. 하지만 만일 아버지가 저를 기억하신다면 분명 저를 만나고 싶어 하셨을 것입니다."

이 바보처럼 정직한 덴이치보의 진술로 이 남자의 운명은 한 번에 결정되었습니다. 이 남자는 불행한 운명을 타고났음에도 그보다 더 불행한 마지막을, 이 말이 초래할 결과를 알지 못할 정도로 젊었던 것입니다. 이 남자는 그저 아버지를 만나고 싶었던 것이 전부입니다. 틀림없습니다. 하지만 부교님 입장에서 보면, 이는 겨우 그 정도의 의미만 있는 일이 아니었습니다. 이 세상을 위하여 부교님은 이 불쌍한 사람에게 부모를 만나도록 해 줄 수 없었습니다.

심문은 부교님과 덴이치보 모두에게 너무나 비참한 채로 끝났기 때문에 자세히 드릴 말씀도 없습니다. 부교님은 덴이치보의 신분이 완벽한 위조라는 판결을 내리셨습니다.

"천하를 속인 희대의 사기꾼". 이것이 바로 부교님이 덴이치보에게 마지막으로 하신 말씀이었습니다. 그런데 이 말씀을 하실 때, 평소와 달리 목소리에서 떨림이 느껴졌다고 합니다.

낙엽이 흩날리던 그 가을 날, 귀가하신 뒤 정원으로 내려오신 부교님의 안색은 마치 죽은 사람 같았습니다.

덴이치보가 처형되었다는 사실을 들으셨을 때, '그렇군'이라는 단 한 마디를 남기시고는 쓸쓸한 얼굴로 신하를 바라보셨다고 합니다. 그때 말씀을 전했던 신하의 말에 따르면, 부교님은 자신을 지긋이 바라보시더니 온몸에 찬물을 뒤집어쓴 것처럼 몸을 떠셨다고 합니다.

그때 이후 부교님은 다시 어둡고 침울해지셨습니다. 저는 어쩐지 앞으로 더는 예전의 밝고 유쾌한 부교님의 얼굴을 볼 수 없을 것 같다는 생각이 들었습니다.

저는 부교님의 이 판결이 옳은지 그른지에 대해서 전혀 모릅니다. 아니, 솔직히 말씀드리면 왜 덴이치보가 처형당해야 했는지조차 잘 모릅니다. 저는 단순히 제 생각을 말씀드렸을 뿐입니다. 저는 부교님이 하셨을 고뇌를 생각하고 덴이치보의 너무나 가여운 운명을 생각해서 서툰 펜을 옮겼고, 제 생각과 그때 있었던 일을 생각나는 대로 쓴 것이 전부입니다.

〈개조(改造)〉쇼와(昭和) 4년 10월호 발표

그는 누구를 죽였는가

하마오 시로

1

남자가 봐도 반할 만한 요시다 도요(吉田豊)가 평온하게 잠든 모습을 보면서 나카조 나오카즈(中条直一)는 생각했다.

"아내가 이렇게 아름다운 청년을 사랑하는 것도 무리는 아니지. 아무리 생각해도 나는 너무 나이를 먹었어. 지금까지 그저 아내의 사촌일 뿐이라며 안심하고 있던 내 잘못이야. 내일은 어떻게 해서든 그 일을 결행해야겠어."

나카조는 무더운 여름 밤, 해변에 있는 료칸의 한 작은 방에서 이런 생각에 잠겨 한잠도 못 잔 채 밤을 새우고 있었다.

그는 열다섯 살이나 나이가 어린 아름다운 아내 아야코(綾子) 앞에서 이상하게 자신이 없었다. 그래서 다른 남자들이 아야코를 만나는 것을 경계했다. 최근 들어서 그런 마음을 확실히 드러냈기 때문에, 분별 있는 친구는 그를 무시하면서도 집에 찾아오는 것을 꺼리게 되었다. 하지만 올해 막 대학에 들어간 아야코의 사촌 요시다 도요만은 아무렇지도 않게 찾아와 아야코와 친밀하게 이야기를 나누고는 했다. 그리고 나카조 또한 전혀 불안해하지 않았다. 단순히 사촌지간이라는 것이 그 이유였다.

그런 요시다의 최근 행동은 나카조 입장에서 보았을 때, 도저히 용서하기가 힘들었다. 사촌 남매지간이다, 나와 결혼하기 전에 얼마나 친했는지 모른다. 하지만 결혼 뒤에도 그 친분을 이어간다면, 더는 참을 수 없다는 것이 그의 솔직한 심정이었다.

솔직히 결혼 뒤에 둘 사이가 더 좋아진 것 같다는 생각까지 들었다.

그들이 가까워지게 된 표면적인 계기는 음악이었다. 피아노를 좋아하는 아야코의 집에 바이올린을 잘 켜는 요시다가 찾아와 서로의 악기를 맞춰 보며 즐기는 것은 당연한 일이었다. 적어도 아야코와 요시다는 그렇게 생각했다.

하지만 나카조로서는 자신이 완벽하게 소외된 것 같은 기분이 들어서 참을 수 없이 불쾌했다.

요시다는 그렇다 처도, 남편이 불쾌해한다는 사실을 아야코가 파악하지 못했을 리가 없다. 하지만 아야코는 그것을 대수롭지 않게 생각했다. 남편이 불쾌해하고 있다는 사실을 오히려 부끄럽게 생각했다. 그래서 더더욱 아무렇지 않게 요시다를 불러들여 합주를 하고는 했다. 그녀는 현명했다. 어쩌면 나카조가 나약하고 가련한 남편이었는지도 모른다. 하지만 그녀는 자신이 불을 가지고 놀고 있다는 사실을 깨닫지 못했다. 이런 성격의 남자는 자칫하면 범죄 앞에서 상당히 용감해지고는 하기 때문이다.

그런 나카조였지만, 음악을 싫어하지는 않았다. 처음에는 두 사람의 연주에 심취한 적도 있었다.

하지만 최근에는 두 사람을 손님방에 남겨둔 채, 완전히 불쾌한 기분으로 자기 방에 들어와 있는 것이 일상이 되었다.

그가 없을 때 훨씬 즐겁게 연주하는 것처럼 느껴졌다.

아니, 악기를 내려놓고 웃으며 떠드는 소리가 자주 들려왔다. 그러다가 연주가 시작되면 음악이 훨씬 행복하게 느껴졌다.

서재에서 「봄의 소나타」를 들으며 몇 번이나 이를 꽉 물었는지 모른다.

그가 혀를 차며 베토벤을 저주할 정도로 두 사람은 이 소나타를 좋아했다.

한편 요시다는 아야코에게 거리낌 없이 음악회에 가자고 말했다. 아내도 아무렇지 않게 함께 나갔다가 밤늦게 되어서야 돌아왔다.

"도대체 지금까지 어디에서 뭘 하고 온 거야?"

"S 씨 콘서트에 다녀온다고 말했잖아요. 말러의 심포니가 환상적이었어요. 어려워서 잘은 몰랐지만……."

'무슨 소리를 지껄이는 거야'라고 그는 속으로 생각했다.

'늦어서 미안하다는 말 정도는 해야 되는 것 아니야?'

생각만 그렇게 할 뿐, 입 밖으로 낼 용기도 없는 남자였다.

요시다와 아내가 다른 사람의 이목을 신경 쓰지 않고 다닌다는 점에 대해서는 아무리 생각해도 참으면 안 되는 것이었는데도, 결국 그는 뭐라고 하지 않았다.

아야코와 요시다에게 한 마디 주의조차 주지 않은 것이다.

주의를 준다면, 아야코는 분명 경멸에 찬 웃음으로 일축할 것이다. 어린애는 아니지만 자신보다 나이가 어린 요시다를 두고 그런 말을 한다는 것 자체가 부끄러운 일이었다.

이렇게 답답해하면서 몇 개월이 지났지만, 결국 나카조 나오카즈는 요시다의 존재를 저주하는 것 외의 방법을 찾지 못했다. 요시다의 존재와 피아노, 그리고 바이올린, 그토록 즐겁게 맞춰 보던 「봄의 소나타」, 심지어 그 곡의 작곡가까지, 그는 그 모든 것을 저주했다.

하지만 아내와 요시다의 관계에 관해 어떠한 확증을 쥐고 있었던 것도 아니었다. 하지만 나카조 같은 남자에게 증거가 없다는 것은 증거가 있다는 것과 별반 다르지 않았다. 요시다의 존재 자체가 저주스럽다는 것에 대해서는 변함이 없었기 때문이다.

봄이 지나고 여름이 왔다. 아무래도 이대로는 견딜 수 없을 것 같아서, 남자는 이삼 일 전부터 관공서 휴가 기간에 수영을 하러 가자고 속여서 요시다를 이곳 T 해변으로 데리고 왔다.

애초에 그의 목적은 창피함을 무릅쓰고 요시다에게 사실을 알아내는 것이었다. 그러나 마침 료칸에서 그 이야기가 잠깐 나왔을 때, 요시다는 어이없다는 표정으로 웃어넘겼다.

나카조는 그 순간 역시나 내가 지나치게 의심을 했나라면서 안심했다. 하지만 요시다가 그다음에 한 말 때문에 나카조는 또다시 불쾌해졌다.

"저 이번에는 바로 올라갈게요. 이번 여름에 누나(그는 아야코를 늘 이렇게 불렀다)랑 브루흐를 맞춰 보기로 약속했거든요."

나카조는 '이 녀석은 지독하게 순진하군. 엄청나게 속이 빤히 들여다보이는 놈이야'라고 생각했다.

기회만 주어진다면 요시다를 이 세상에서 없애 버리고 싶다고 생각한 건 이번이 처음이 아니었다. 그가 요시다를 유난히 한적한 보슈(房州)* 중에서도 가장 끄트머리에 있는 T 해안으로 데리고 온 것도 그 이유에서였다.

이곳은 여름이 되면 두 명이서 짝을 지어 산에 오르거나 해안에 가는 사람이 많은데, 워낙 길이 험해서 그 일행 중 한 명이 발이 미끄러져서 깊은 계곡에 떨어져 죽거나, 혹은 낭떠러지에서 바다로 떨어져 바위에 머리를 부딪쳐 죽는 사건도 자주 보도된다.

그런 경우, 가령 한 사람이 상대방을 죽인다고 한들 어떻게 그것이 살인이라는 것을 입증할 수 있으랴. 만일 그렇게 살해 동기가 외부에 드러나지 않는다면, 살인을 했다는 의심조차 받지 않을 것이다.

절대로 눈에 띄어서는 안 된다. 아무도 없을 때 결행하는 것이다. 그렇게만 된다면, 이 범죄는 영원히 세상에 알려지지 않을 것이다.

나카조는 생각했다. 그가 처한 상황을, 살인을 저지를 만한 동기를 알 만한 사람이 있다면 그건 아내 한 사람뿐이다. 그래서 아내가 나를 고소한다고 해도 어떻게 직접적인 증거를 잡을 수

* 일본의 옛 지명으로 현재의 지바(千葉)의 남부를 가리킴

있겠어?

나카조와 요시다가 머무는 숙소와 수영하기로 한 곳 사이에는 바위로 된 위험천만한 벼랑길이 있다. 물론 안전한 길도 있지만, 멀리 돌아가야 한다. 그러나 나카조 일행은 지름길로 다니고는 했다. 게다가 이 길에는 벼랑 위에 우거진 나무와 바다에서 솟은 바위에 가려져 언뜻 보아서는 보이지 않는 장소가 있다. 나카조는 그 사실을 잘 알고 있었다.

겨우 수영복 한 장 걸친 요시다가 발이 미끄러져서 추락해 머리를 부딪쳐 죽는다고 해도 결코 이상할 것 없는 곳이었다. 실제로 나카조 자신 또한 너무 위험해서 다닐 때마다 매우 주의하며 다니는 곳이었다.

"좋아. 무슨 일이 있어도 내일 꼭 하고 말 거야."

나카조는 날이 밝을 때까지 계속 생각했다.

다음 날은 전날과 마찬가지로 쾌청하고 더웠다.

수영복 하나만 걸친 나카조와 요시다는 좁고 험난한 벼랑길을 걸어 올라갔다. 요시다가 먼저 가고 나카조가 뒤를 따랐다.

나카조는 미리 생각해 둔 그곳에 도착해 주위를 둘러보았다.

그가 보기에는 사람이 단 한 명도 없었다.

그는 지금인가, 지금인가 생각하며 요시다의 뒷모습을 주시했다.

이때, 어느 우연한 행위가 나카조의 감정을 돋우었다.

아무것도 모르고 앞서 걷고 있던 요시다가 즐겁게 휘파람을 불기 시작했는데, 그 휘파람 소리가 바로 평소 아야코와 자주 연주했던 「봄의 소나타」의 바이올린 파트의 한 구절이었던 것이다.

그 음악이 귓가에 들려온 순간, 나카조는 온몸을 떨었다.

나카조는 느닷없이 요시다 뒤에서 그의 몸을 잡아끌었다.

그리고 머지않아 요시다가 T 해안에서 떨어져 머리를 부딪쳐 즉사했다는 속보가 사방에 퍼졌다. 바로 경찰 쪽 담당 공무원이 출장을 나왔다. 도쿄에서 가족이라는 사람도 서둘러 내려왔다.

하지만 이 사건에는 타살 의혹을 제기할 만한 의문도 없었고, 또한 자살이라고 판단할 근거도 없었다. 나카조 나오카즈가 상당한 지위가 있는 모 성(省)의 임원이라는 사실이 그를 모든 혐의로부터 구원했다.

이렇게 해서 이 사건은 전도유망한 청년 요시다 도요가 T 해안에서 갑작스러운 과실사를 당한 것으로 세간에 알려졌다.

2

그러나 나카조 나오카즈는 그 후 점점 우울해져 갔고, 결국 그해 가을 극도의 신경 쇠약으로 당분간 관청을 쉴 수밖에 없었다.

그는 아야코와 한집에서 살았으면서도 하루 종일 단 한 마디도 나누지 않는 날이 많아졌다.

아야코는 아야코대로 혼자서 자주 피아노를 쳤다. 게다가 같이 연주할 상대가 없음에도 불구하고 시도 때도 없이 바이올린이나 바이올린 콘체르토의 피아노 파트를 쳤다.

그렇다고 해서 그녀의 이런 행동이 꼭 남편을 비꼬기 위한 것만은 아니었다.

그러는 동안, 남편 나오카즈는 점점 침울해졌다.

결국 의사의 주의에 따라 매일 아침 일정 시간 동안 산책을 해야 했기 때문에, 나오카즈는 나가타초에 있는 집에서 히비야 공원까지 걸어서 한 바퀴 돌기로 했다. 그것이 12월경의 일이다.

새해가 밝고 다시 여름이 왔다. 요시다가 죽은 달이 다시 찾아왔다. 정확히 그 달, 나오카즈는 갑자기 뜻밖의 불행을 만났다.

그가 자동차에 치여 죽은 것이다.

어느 날 아침 옷차림이 세련된 체격이 좋은 신사가 니시히비야 검사국으로 허둥지둥 뛰어들어와 말했다. 사람을 치었다. 아니, 그 남자가 내 차에 뛰어들어 자살했다.

마침 그 자리에 있던 H 경찰서 순사가 서둘러 달려가 보니, 공원 검사국 맞은편에 있는 입구에서 약 50간(間)* 안에 있는 도로 위에서 언뜻 보기에도 신사로 보이는 남자가 자동차에 머리를 치여 엄청난 피를 흘리며 즉사한 것이다. 자동차는 반대편 제국호텔 입구에서 좌측 방향으로 달리고 있었던 것으로 보였고, 차 머리를 서쪽으로 둔 채 멈춰서 있었다.

"운전사는 어디 있나?"라고 묻자, 뛰어들어온 신사가 난처하다는 듯이

"사실 제가 운전자입니다."

* 길이의 단위로 1간은 약 1.8m정도이다.

라고 대답했다.

바로 취조가 시작되었고, 신사는 일단 H 경찰서로 연행되었지만 한 차례 취조를 한 뒤 당일 귀가해도 좋다는 허락을 받았다.

가해자인 신사는 모 회사 중역이자 법학사 백작 호소야마 히로시였고, 살해 당한 신사는 모 성 임원 나카조 나오카즈 씨로 밝혀졌다.

호소야마 백작이 경찰에서 진술한 바에 따르면, 그는 매일 아침 모 시간에 자택을 나와 자가 운전으로 그곳을 지나 출근하였다. 사건 당일은 이제껏 타고 다니던 크라이슬러가 아닌 구입하지 얼마 되지 않은 패커드를 몰고 그 곳을 지나갔다. 작년까지는 사건 당일보다 늦은 시간에 출근했지만, 해가 바뀌고 나서는 건강을 위해 비교적 빨리 집을 나섰다. 그리하여 항상 히비야 공원의 동쪽에서 서쪽으로, 즉 히비아몬에서 가스미몬을 빠져 나가는 경로로 출근했다. 이 날 또한 평소와 마찬가지로 직접 운전을 하며 길을 지나가는데, 어떤 사람이 왼쪽 철책과 차도 사이 좁은 포장도로 위를 걸어오는 것이 보였다. 이대로 지나가도 당연히 충돌할 우려는 없을 것이라고 판단했지만, 그래도 혹시 몰라서 경적을 울렸다. 그런데 정확히 그 사람과 스쳐 지나가려고 하던 그 순간, 별안간 그 남자가 비틀거리며 차도로 들어왔다. 아니, 뛰어들었다고 하는 편이 맞을 것이다. 브레이크를 걸었지만 이미 어쩔 수 없는 상황이었다. 어떻게 해야 할지 몰라서 당황한 나머지 오른쪽으로 피해야겠다 싶어서 핸들을 꺾었지만, 결국 피하지 못하고 앞바퀴로 상대의 머리를 치고 말았다.

그 후 경찰 조사에 따르면, 나카조 나오카즈가 최근 특별히 자살할 만한 행동을 보인 적은 없지만 극심한 신경 쇠약에 걸려 있었다고 한다. 때문에 이런 일이 일어나지 말라는 법도 없다는 것이다.

그러나 H 경찰서는 이 사건을 '업무상 과실 치사 사건'으로 보고 모든 서류를 구 재판소 검사국으로 보내왔다.

백작 호소야마 히로시가 검사국으로부터 호출받은 것은 그러고 나서 2주 정도 지났을 때였다.

담당 검사 오타니는 당시 흔히들 말하는 빠릿빠릿한 검사였다. 검사가 질문을 하자 백작은 경찰에서 말한 대로 진술했다.

"당신은 작년 T 해안에서 죽은 요시다 도요라는 사람의 형이지요?"

"그렇습니다. 요시다는 제 친동생이고 그 집안에 양자로 들어갔습니다."

"그렇군요. 참 안타까운 사건이었지요. 그렇다면 당신은 피해자 나카조와도 가끔 만나기도 하셨겠네요."

"네."

"사고가 일어나기 전까지 사건 당인 맞은편에서 걸어오던 신사가 나카조였다는 것을 모르셨습니까? 물론 나중에 피해자가 아는 사람이었다고 말씀하셨다는 이야기는 들었습니다."

"아니오. 순식간에 일어난 일이라 처음에는 잘 몰랐습니다."

"그렇습니까? 아니, 그러시다면 됐습니다."

대화는 매우 순조롭게 진행되었다. 대략 세 시간에 걸쳐서 연거푸 조사를 받았는데, 겨우 한 차례 끝났다 싶었을 때 백작이 물었다.

"어떻습니까? 제가 무죄 판정을 받을 수 있을까요? 제 생각에는 저에게 과실이 없는 것 같습니다만……."

"저로서는 현재 특별히 드릴 말씀이 없습니다만, 일단 당신에게 호의적인 입장에서 말씀드리겠습니다. 문제는 과연 당신이 진술한 내용에서 법률상 과실이 인정되느냐, 아니냐입니다. 불행하게도 당신이 진술한 내용은 사실인지 아닌지 입증할 수 있는 어떠한 근거도 없습니다. 죽은 사람은 말이 없다고 하지 않습니까? 상대는 죽었습니다. 또, 제3의 목격자도 전혀 없습니다. 따라서 적어도 당신의 진술을 거짓말이라고 입증할 증거가 없는 셈입니다. 그러므로 당신이 이제껏 진술하신 내용이 맞다면, 안심하십시오. 이 사건은 불기소 처분될 것입니다. 저는 이 사건을 불기소 처분하기로 결정했습니다."

"감사합니다. 말씀을 듣고 나니 안심이 되네요."

백작이 기뻐하며 문을 열고 나가려고 했던 그 순간이었다. 갑자기 등 뒤에서 목소리가 들렸다.

"호소야마 씨, 그런데 이것이 바로 당신의 계획대로 진행된 결과 아닌가요? 예상한 대로, 생각한 시나리오대로 말입니다!"

그 순간 호소야마 백작은 뒤돌아섰고, 몹시 비아냥거리는 듯한 오타니 검사의 미소를 봤다.

"호소야마 씨의 사건은 이것으로 종결되겠지만, 저는 검사가 아닌 한 인간으로서 당신과 잠시 이야기를 나누고 싶은데요."

백작은 얼떨결에 조금 전까지 앉아 있던 의자에 다시 앉아야
만 했다.

"백작. 지금부터 제가 드릴 말씀은 제 개인적인 의견입니다.
검사로서 제가 해야 할 일은 끝이 났습니다. 그러므로 이제 안심
하셔도 됩니다. 단지, 저 오타니라는 한 인간으로서 당신과 잠시
이야기를 나누고 싶은 부분이 있습니다.

저는 제 직업이 직업인지라, 늘 범죄에 관심이 있죠. 어떻게
범죄 사건을 수사하느냐는, 말하자면 어떻게 범죄를 행하느냐에
관해 고민하는 것입니다. 그래서 저는 사건을 수사하는 것에 관
심이 있을 뿐만 아니라, 만일 내가 범인이었다면 어떻게 할 것인
가, 또는 어떻게 했을 것인가에 관해 늘 고민합니다."

두 사람이 산이나 바다에 함께 갔다가 둘 중 한 사람만 불의
의 사고로 죽는 사례는 많이 있습니다. 당신은 그런 사건을 의
심스럽다고 느낀 적이 한 번도 없으십니까? 저는 제가 검사라서
그런지 늘 이상하다는 생각을 합니다. 물론 살해 동기는 없겠지
요. 하지만 없다고 해도 그건 그저 외부로 드러나지 않았을 뿐입
니다. 인간이지 않습니까? 속으로 어떤 생각을 하고 있는지 모
르는 것입니다.

그런데 만일 이와 같은 경우, 살해 동기가 밝혀진다면 어떻게
될까요? 검사는 살인죄로 용의자를 기소할 수 있을까요? 바로
그것입니다. 정확히 당신의 사건과 같이 제3자가 결국 나타나지
않고 피의자가 하는 말을 뒤집을 만한 증거가 없다면, 아무리 검
사라고 해도 어찌할 방법이 없겠지요. 그렇다면, 이는 살인 방법

중 가장 교묘한 방법 아닐까요?

한편, 어느 여름 두 명의 남자가 함께 바다에 갔습니다. 그리고 그중 한 사람이 벼랑에 떨어져 죽었지요. 그런데 정확히 1년 정도 지나서 그때 바다에 같이 갔던 남자가 실수였는지 혹은 자살 시도였는지, 달리는 자동차로 뛰어들었습니다. 그런데 그때 그 자동차를 운전하던 남자가 조금 전 이야기한 벼랑에서 떨어져 죽은 사람의 형이었습니다. 지금 이런 사실이 있다고 가정해 봅시다. 그렇습니다. 이는 어디까지나 가설이지요.

이 두 사건이 우연일 리 없다고 말씀드리지는 않겠습니다. 하지만 이 두 사실 사이에 어떤 관련성을 가지고 와서 생각해 볼 수는 있겠지요.

백작, 저와 함께 공무원 생활을 하던 남자 중 현재 탐정소설 작가가 된 사람이 있습니다. 저는 최근에 그를 잠깐 만났을 때 그에게 이 두 가지 사건을 말해 주었습니다. 그러자 그 남자는 소설가답게 터무니없는 공상을 하기 시작하더군요. 앞으로 저는 당신에게 제가 아닌, 그 남자의 생각을 말씀드리겠습니다. 한 편의 소설이라고 생각하고 들어주십시오.

우선 그 남자는 청년이 바다에서 죽은 사건을 살인 사건일 거라고 생각하더군요. 그렇다면 적어도 그때 죽은 사람의 부모와 형, 즉 가장 가까운 사람이 이 사건을 살인 사건이라고 믿는다면 어떻게 될까요? 물론 살해 동기가 드러나지는 않았지만, 살해된 청년과 가까운 사람이라면, 예를 들어 청년의 형과 같은 측근이라면 분명 그 동기를 추측할 수 있을 것입니다. 그 소설가는 이 두 가지 사실을 미루어 볼 때, 형이 '동생은 살해당했다'고 믿고 있을 거라고 말했습니다. 그것이 가장 자연스럽다는 것입니다. 만일 정말 형이 그렇게 믿고 있다면, 그는 과연 어떻게 할까요? 지금 말씀드린 대로 이 사건은 법적으로 어떻게 할 수 있는 방법이 없습니다. 고소를 한다고 해도 성립되지 않습니다. 결국 남겨진 해답은 자신이 직접 복수를 하는 것입니다. 그리고 그의 형이 바보가 아닌 이상, 자신도 법적으로 아무 위험이 없는 방법을 선택하겠지요. 백작, 이 경우 그의 형은 아주 현명한 방법을 선택한 것입니다. 다른 사람들이 첫 번째 사건을 살인 사건이라고 생각하지 않는 이상, 이 복수도 마찬가지로 그 동기가 무엇인지 모를 것입니다. 따라서, 두 번째 사건은 첫 번째 살인 사건과 마찬가지로 살해 동기가 외부로 드러나지 않은 셈입니다.

한편, 여기서 이 형이라는 사람의 입장을 잠정적으로 가정해 봅시다. 예를 들어 이 사람을 자작(子爵) 아무개 씨라고 합시다. 즉, 사회적으로 상당한 지위에 있는 사람이지요. 적어도 살인 사건 같은 일로 혐의를 받을 리가 절대 없는 지위에 있는 사람입니다. 그건 바꿔 말하면, 가장 교묘하게 사람을 죽일 수 있는 지위에 있다는 것을 의미합니다. 이 자작은 남동생이 살해된 것이 분명하다고 확신한 후, 어떻게 해서든 상대방을 처리해야겠다고 생각합니다. 먼 발치에서 끊임없이 그의 행동을 지켜보게 됩니다. 그러다 보면 상대방은 신경 쇠약에 걸리게 될 것이고, 결국 그는 자신의 일을 그만둡니다. 한편, 자작은 매일 아침 자신이 직접 차를 몰고 히비야 공원을 지나갑니다. 그러던 어느 날 아침, 자작은 우연히 그 상대가 이 길을 다니는 것을 목격합니다. 뜻밖에도 한 사람은 걸어서, 다른 한 사람은 자동차로 공원 근처에서 스쳐 지나치는 것입니다. 그러던 사이 백작은 상대방이 그 길을 매번 같은 시간에 지나간다는 것을 깨닫습니다. 자작은 건강에 좋다는 이유로 시간을 앞당겨 상대를 만나게 되는 시간에 나오기 시작합니다.

그런데 백작, 제가 당신 사건에 관한 소설가의 이야기를 듣고 깨달은 것이 있습니다. 히비야 공원처럼 사람이 많은 곳에 하필이면 왜 그때 행인이 아무도 없었을까요. 저는 그에 관한 수사를 했습니다. 그런데 이상한 점을 발견했습니다. 그것은 바로 왜 그런지는 잘 모르겠지만, 사건이 일어난 곳은 일요일 아침을 제외한 다른 날 아침의 특정 시간 동안, 물론 극히 짧은 시간이기는 하지만 사람들의 발길이 뚝 끊긴다는 사실입니다. 게다가 그 시간은 공교롭게도 백작, 당신이 그날 그곳을 지나던 시각이었다는 것도 알게 되지요. 백작, 이 이야기 속에서 반년이나 같은 길을 지나다녔던 모 자작이 그 사실을 알아차리지 못했을 리는 없습니다.

그렇다면 여기서 저는 이 소설 속 자작이 가장 처음 했던 생각으로 거슬러 올라가 보겠습니다. 우선, 남동생이 살해된 것 같다. 몰래 알아보니, 남동생의 원수인 모 신사가 신경 쇠약에 걸려서 다니던 관청을 쉬고 있다. 물론 자작은 이를 양심의 가책 때문이라고 생각합니다. 따라서 그가 남동생을 죽인 것이라는 확신이 더욱 굳어지죠. 그래서 결국 자작은 복수를 하기로 합니다. 그러던 어느 날, 우연히 자동차로 히비야 공원을 지나가는데, 그 신사를 발견합니다. 그리고 그 다음 날 또 마주칩니다. 이 사실을 깨달은 자작은 그 신사가 지나가는 시간을 기억해 두고 그 시간에 맞춰 자동차로 그곳을 지나가기로 합니다. 그리고 매일 아침 평소보다 빨리 집을 나섭니다. 이렇게 해서 두 사람은 반년 동안 매일매일 같은 길을 다니게 됩니다. 자작에게 이 사실은 두 가지 의미에서 중요했을 것입니다. 하나는 당연히 '원수의 동태'를 파악하기 위한 것입니다. 다른 하나는 만약에 모 신사가 진범이라면, 자작이 자신이 죽인 남자의 형이라는 것을 알고 있을 것이니, 매일 아침 자작을 마주치는 일은 분명 그에게 공포로 다가올 것입니다. 그렇게 된다면, 그는 신경 쇠약에 걸릴 것이고 그에 따라 분명 이상한 증상을 보일 것입니다. 그렇다면 여기서 자작가 모 신사가 약 반년 동안 매일 스쳐 지나쳤다고 합시다. 그런데 언제부터인지 모르게 자작은 조금 전에도 언급한 묘한 사실을 깨닫습니다. 그것은 바로 이 길이 어느 일정 시간 동안 사람들의 왕래가 끊긴다는 사실입니다. 이 사실이 훌륭한 수단을, 방법을 떠올리게 만든 것입니다.

이제부터 이 자작이 범인으로서 얼마나 머리가 좋은 사람인지 설명하겠습니다. 조금 전에 말한 그 이유로 자작은 살인을 결심합니다. 살해 동기는 절대로 폭로될 위험성이 없지요. 그 점에 관해서는 걱정할 필요가 전혀 없다는 말입니다. 자작은 절대로 시시한 잔꾀를 부리지 않겠다고 결심합니다. 일부러 대낮에, 아주 자연스러운 방식으로 살해하기로 한 것이지요. 단, 그 누구에게도 보여서는 안 된다는 전제가 꼭 필요합니다. 그렇습니다. 이 사건은 이 조건 딱 한 가지가 필요했기 때문에 무서운 것 아닐까요? 게다가 모 신사가 해안에서 살해할 때도 누구에게도 보여서는 안 된다는 점이 가장 중요했습니다. 이 사건에 대한 복수로서도 매우 적절했다고 볼 수 있습니다.

자작이 사용한 무기, 즉 이 사건의 흉기는 뭐였을까요? 이 부분이야말로 자작이 얼마나 머리가 좋은 사람인지 알 수 있습니다. 그는 바로 자신이 운전하는 자동차로 상대방을 치기로 합니다. 대낮에 히비야 공원 안에서, 그 시간에, 그것도 일반 사람들이 무서워하는 검사국 앞에서, 퍼커드 승용차로 사람을 죽인다! 이 얼마나 모던하고 지능적인 범죄인가요?

현역에 있는 저희 법률가 입장에서 말씀드리자면, 살인에 사용할 만한 흉기 중 가장 '만만한' 것은 자동차 외에 달리 없습니다. 여기서 '만만한'이라는 말의 의미는 '안전한'이라는 의미겠지요. 지금 말씀드린 이야기를 제게 들려준 전 동료이자 탐정소설가는 공무원 시절부터 이렇게 주장했습니다. '현역 탐정소설가라면 소설 속에서 살인을 저지르는 수단으로 자동차를 사용하는 것이 가장 적절하겠죠. 법적으로 범인이 안심하고 사용할 수 있는 흉기 중 이만 한 것은 없으니까요. 그 정도로 지금의 교통 상태와 법률은 동떨어져 있어요. 제게 이런 소재로 소설을 쓰라고 한다면 쓰겠지만, 실제로 따라 하는 사람이 나오면 곤란하니까 아직 쓰지 않는 것입니다'. 이것이 최근 그가 저에게 말한 감상입니다.

자작의 의도도 분명 그것이었을 것입니다. 이는 자작이 상당한 법률 전문가라는 것을 나타냅니다. 자동차 사건의 경우, 목격자가 아무도 없을 때 상대를 죽인다면 특수한 경우가 아니고서야 정확히 당신의 경우처럼 피의자 진술 이외에 다른 단서를 찾을 수 없기 때문입니다. 손쉽게 기소할 수 없게 되지요. 게다가 최악의 경우를 한번 생각해 볼까요? 누군가 현장을 봤다고 칩시다. 이 경우, 고의로 상대를 죽였을 거라고 생각하는 사람이 있을까요? 누구든 낭패를 봤다고 생각할 것입니다. 게다가 살해 동기가 표면으로 드러나지 않은 경우에 몇 사람이 이를 살인이라고 할 수는 있겠지요. 즉 최악의 경우에도 살인 사건은 되지 않습니다. 열 명의 증인이 모조리 자작에게 불리한 증언만 한다고 해도, 사건은 업무상 과실 치사죄로 판결이 날 것이고, 3년 이하의 금고 또는 천만 엔 이하의 벌금으로 마무리 될 것입니다. 백작, 당신은 자작 모 씨가 실수로 사람을 치어 죽이고 3년의 금고형을 받을 거라고 보십니까? 지금까지의 판례를 보면 바로 알 수 있습니다. 이것은 반년을 기다리고 기다린 순간이 이러한 최악의 순간이 되었다고 가정했을 때의 이야기입니다. 게다가 자작의 계산에 따르면 이런 불행은 아주 작은 확률이었을 것이 분명합니다. 즉, 자작은 범행 당일, 히비아몬에서 가미나리몬 방향으로 운전합니다. 상대가 늘 그렇듯, 우측 도로(자작 쪽에서 보면 좌측)를 향해 걸어오는 것이 보입니다. 신경 쇠약에 걸린 신사는 당연히 동쪽에서 서쪽으로 지나게 되는 경우, 우측 도로로 걷는 것이 가장 안전하다고 생각합니다. 왜냐하면 그곳의 포장도로는 매우 좁아서 좌측으로 걸으면 뒤에서 오는 자동차들 때문에 위험하기 때문이지요. 자작은 재빨리 주변을 둘러보지만, 그렇다고 해도 일단 우측만 볼 뿐입니다. 전면은 커브길이기 때문에 여기만 보면 됩니다. 좌측에는 철책이 세워져 있는 화단이었기 때문에 특별한 경우가 아니면 이쪽으로 사람이 올 리는 없습니다. 그러는 사이, 자작과 모 신사 사이의 거리가 점점 좁혀집니다. 자작은 자신이 봐 둔 장소에서 상대의 몸을 노리고 쏜살같이, 즉 쭉 직진을 하다가 갑자기 핸들을 좌측으로 틀어서 돌진합니다. 늘 걸어 오는 대로 걸으면 될 줄 알았던 상대는 놀라서 도망칠 겨를이 없습니다. 물론 우측으로 피하고 싶지만 철책 때문에 쉽게 뛰어넘지 못할 것입니다. 할 수 없이 좌측, 즉 차도 쪽으로 나가려고 합니다. 그 순간, 자동차에 치여 넘어지는 것이지요. 이런 순서였을 것입니다. 이때 중요한 것은 상대방이 약간이라도 차도로 뛰어들려고 해야 한다는 점입니다. 왜냐하면 차도에 뛰어든 사람을 치면 영락없이 과실에 들어가기 때문이지요. 자살이라고 해도, 그것이 차도에서 일어난 일이라면, 비록 차가 약간 커브를 틀었을지라도 그 흔적 따위는 쉽게 지울 수 있습니다. 실제로 당신의 경우 차에 남은 흔적이 완벽히 지워져 있었습니다. 물론 당신이 그랬다고 볼 수는 없습니다. 행인들이 그랬을 것입니다. 하지만 행인들을 불러 모은 것은 범인이었습니다. 범인이 언어 장애인이 아니었다면 말이지요. 실제로 그때 조사를 받은 사람들 모두 '다급한 목소리에 달려가 보았다'고 진술했습니다. 즉 범인인 자작은 상대방이 죽었는지 확인하고 나서, 호기

심에 찬 구경꾼들을 불러 모읍니다. 그리고 두렵기는 하지만 바로 앞에 있는 검사국으로 뛰어들어 갑니다. 이런 상황에서 과실이면 몰라도, 어떻게 고의라고 의심할 수 있겠습니까? 그 누가 살인 사건이라고 생각하겠습니까? 정말 감탄이 절로 나오는 솜씨입니다.

하지만 이는 모두 소설가의 공상입니다. 아하하하. 꽤 재미있지 않나요? 어? 어디 안 좋으십니까?

파랗게 질린 얼굴로 이야기를 듣던 백작 호소야마 히로시는 휘청휘청 일어서서 간신이 문에 손을 대고 말했다.

"거짓말이야. 거짓말이라고! 내가 사람을 죽였다니. 그 녀석 참 괘씸하군. 자살이야! 자살이라고!"

숨을 헐떡거리는 그에게 검사는 말했다.

"댁으로 돌아가실 거면 돌아가셔도 됩니다."

백작은 어쩐지 불쾌하게 웃으며 문을 열어 주는 오타니 검사를 뒤로하고 비틀거리면서 복도로 나갔다.

3

그 일이 있고 나서 일주일 정도 지난 어느 날 밤, 백작은 일기에 자신의 생각을 적었다.

'오타니 검사의 추리 혹은 상상력은 과연 놀랄 만하다. 완벽히 내가 생각했던 대로 말했다. 게다가 그 자신감 넘치는 태도! 그가 말했던 계획 그대로 나는 분명 그날 그곳에 갔다.

그러나 자연이 하는 장난을 사람의 머리로 어찌 간파할 수 있으랴. 나도 할 수 있다고 착각했다. 하지만 검사의 추측은 나와 마찬가지로 오산이었다.

내가 나카조를 치려고 돌진한 그 순간, 뜻밖에도 나카조가 내 차를 향해 비틀거리며 뛰어들었다. 지금 당장 죽이려고 했던 상대였지만, 순간적으로 정말 난감했다. 나는 거의 바로 상대를 피하려고 핸들을 꺾었다. 하지만 타이밍이 빗나갔다. 나카조 녀석, 양심의 가책을 견디지 못했는지 내 차에 뛰어든 것이다.

지금 와서 생각하면, 그때 목격자가 아무도 없었던 것이 안타깝다. 나는 살인을 계획했다. 그래서 검사가 그런 생각을 한다고 어쩔 도리는 없다. 하지만 나는 바로 코 앞에서 기회를 놓쳤다. 나보다 먼저 나카조가 결행한 것이다. 단 한 사람이라도 누군가 목격자가 있었다면 그가 비틀거리며 뛰어들었다는 것을 입증해 주었을 텐데…….

어제 미망인이 된 나카조 부인을 찾아갔다. 내가 나카조를 죽였을 거라고 의심하는 사람은 검사와 이 여자다. 어제 이 여자는 거의 아무 말도 하지 않았다.

아아, 오타니 검사와 나카조 부인이 살아 있는 한, 그들은 내가 살인을 저질렀다고 확신할 것이다. 나는 나의 계획이 완벽하다고 믿었다. 너무나 완벽한 계획이라고 믿고 있었다는 말이다. 그러나 대자연이 행하는 이 얄궂음을 무시하던 내가 어리석었다. 나

는 영원히 저주받을 것이다.'

백작이 여기까지 썼을 때 노크 소리가 들렸다. 백작이 기침을 하자, 하녀가 예의 바르게 봉투 하나를 책상 위에 두고 나갔다. 보낸 사람은 나카조 아야코였다. 등기 우편이었고 소인은 어제 일자였다.

서둘러 봉투를 열었더니 백작의 눈에 다음과 같은 아름다운 글자가 뚜렷이 들어왔다.

백작님. 조금 전에는 결례가 많았습니다. 모처럼 방문하셨는 데……. 사실 저는 그때 중요한 생각을 하던 중이었습니다. 그래서 송구하게도 결례를 범하고 말았네요. 용서해 주십시오. 저는 그때 백작님에게 한 문서를 보여 드려야 할지 망설이고 있었습니다. 하지만 드디어 결심했습니다. 아무 말도 하지 않겠습니다. 그저 동봉한 글을 읽어 주십시오. 그리고 이것을 영원히 간직해 주세요. 백작님. 당신의 힘은 위대했습니다. 하지만 우리의 머리가 아무리 좋다고 한들 하느님이 하시는 일을 헤아릴 수는 없습니다. 하느님의 장난을 인간이 알 수는 없는 것입니다.

아야코

"신의 장난……? 운명의 장난?"

백작은 중얼거리며 돌돌 말려 있는 한 통의 종이에 눈길을 돌렸다.

첫줄에는 여자 글씨체로 '이것은 남편 나오카즈의 일기 중 한 부분입니다. 남편이 죽은 뒤 제가 발견했고 지금까지 아무에게도 보여 주지 않고 보관해 왔습니다. 아야코.'라고 써 있었다.

X월 X일

아내는 분명 나를 의심하고 있다. 아니, 의심하는 것이 아니라 내가 요시다 도요를 죽였다고 확신하고 있다. 내 손이 피투성이로 보이는가, 내 얼굴이 그렇게 끔찍한가. 요즘 내가 밤에 제대로 자지 못하고 관청에도 나가지 않는 이유를 양심의 가책을 느껴서라고 생각하는 것 같다. 바보! 언제 내가 그 녀석을 죽였다는 말인가. 나는 살인자가 아니다! 그 녀석은 정말 실수로 죽은 거란 말이다!

내가 도요를 죽이려고 했던 것은 사실이다. 끔찍한 생각이지만 내가 이 손으로 그를 벼랑 끝에서 밀려고 했었지. 그건 분명 사실이다. 하지만 하지만……. 그때 나는 밀지 않았어.

조금만 더 뻗으면 그를 밀 수 있다고 생각한 그 순간, 도요가 느닷없이 비명을 질렀다. 오히려 내가 더 놀랐다. 무슨 일이냐고 물어보려고 하는데, 그 순간……. 그곳은 발 디디기가 안 좋은 곳이었어. 그래서 순식간에 발이 미끄러져 바위 아래로 떨어진 거야.

나는 잠깐 정신이 멍해졌지만 곧바로 그가 왜 미끄러졌는지 알았다. 아야코는 이미 알고 있겠지만, 도요는 아직도 거미를 무서워한다. 내 입장에서 보면 왜 무서워하는지 이해가 가지 않지만……. 그때 벼랑 위에 있던 소나무에서 거미가 떨어졌을 것이다. 그가 벼랑 아래로 떨어진 뒤 정확히 그의 얼굴 높이에 5촌 (寸)*이 넘는 큰 거미가 매달려 있는 것을 보았거든.

도요가 휘파람을 불면서 느긋하게 걷는데 공교롭게도 이 커다란 거미가 그의 얼굴에 붙은 것이다.

그는 거미가 붙었다는 걸 깨닫고 너무 무서워서 펄쩍 뛰었고 그 순간 발을 헛디딘 것이다.

그러고 보니 그때 그 거미를 그대로 둘 걸 그랬다. 나도 그 거미가 너무 징그러운 나머지, 잡아서 죽이고 바다에 버렸다. 아, 나는 왜 이리도 바보 같은가. 만일 그때 단 한 사람이라도 그 상황을 목격했다면, 나를 살인자라는 누명에서 벗어나게 해 주었을 텐데……. 차라리 고소를 당한다면 변명할 기회라도 충분했을 것이다. 하지만 아내는 내가 살인자라고 확신하면서도 나에게 그에 관해 단 한 마디도 묻지 않았다. 그 상황에 어떤 말을 한들 전부 쓸데없는 일이다. 이제 나는 나를 향한 아야코의 침묵이라는 복수에 맞서 소리 없는 싸움을 해야 할 것이다.

그러나 이때 나는 모든 사람이 나를 향해 살인자라고 손가락질하는 것 같았다. 나는 살인을 계획했다. 하지만 실행하지 않았다. 아아, 이 고통이 언제 풀릴 수 있을까. 아내뿐만 아니라 도요의 형 호소야마 백작도 분명 나를 의심하고 있다. 아아, 매일 아침 왜 그와 마주치는 것인지 도무지 알 수가 없다. 매우 불쾌하지만 그렇다고 내가 그 길을 지나가지 않으면 백작은 더욱 나를 의심할 것

* 1촌은 약 3.03㎝이다.

이다. 아아, 백작이여! 차라리 나를 재판소에 고소하시오!

(이후 몇 개월 뒤)

X월 X일

도저히 참을 수 없다. 이렇게 범하지도 않은 죄를 뒤집어쓰고 손가락질을 받다니……. 아야코는 확실히 내가 살인자라고 생각한다. 그와 관련해 그녀가 어떠한 언급도 하지 않는 한, 나도 아무 말도 하지 않을 것이다. 백작도 여전히 매일 마주친다. 무엇 때문에 일부러 그 시간에 그곳을 지나는 것인가. 그렇다고 고소를 할 것 같지도 않다. 그는 나를 죽일 셈인가.

그 정도로 의심이 된다면 언제든 죽어 주겠다. 하지만 당신의 복수는 하느님의 눈으로 봤을 때 진정한 복수가 아니다.

(그리고 며칠 뒤)

X월 X일

어제는 하마터면 자동차에 치일 뻔했다.

의사는 매일 걸으라고 한다. 하지만 전혀 좋아질 기미가 안 보인다.

나는 맹인이 지팡이 없이 걸어다니듯이 도로를 걷는다. 어쩌면 의사도 나를 살인자라고 생각하는 것 아닐까? 아야코가 의사에게 말했는지도 모른다. 그렇게 해서 나를 위험에 빠뜨리려는 것 아닐까.

나는 살인자가 아니다. 살인을 하려고 한 적은 있지만, 저지른 적은 없다.

(다음은 죽기 전날의 일기)

X월 X일

이렇게 이상한 기분으로 살고 싶지 않다. 내가 도요를 그곳으로 데려가지만 않았더라면 죽지 않았을 것이다. 그렇게 생각한다면, 내가 죽어 줘야겠지. 하지만 호소야마의 손에 죽고 싶지 않다. 그래, 그 녀석처럼 자동차를 몰고 오는 사람을 이용하자. 히비야에서 그 녀석이 오는 시간에 그 차가 아닌 다른 차에 뛰어들어 죽어 주겠어. 호소야마가 그 길을 지나가는 바로 그 순간, 일부러 다른 자동차에 뛰어들 것이다. 어떤 차든 상관 없어. 호소야마의 차만 아니면 된다. 그곳까지 경계하며 걸어가야 한다. 인간의 지혜로 신이 하시는 일을 가늠하려 하지 말라.

백작은 일기를 다 읽고 이제껏 자신이 전혀 모르고 있던 사실 하나를 떠올렸다.

"맞아. 그날 나는 이제껏 타고 다니던 각진 크라이슬러가 아니라 이번에 새로 산 퍼커드를 타고 나갔어."

다시 나카조의 일기를 본 백작의 눈에는 눈물이 흘렀다. 눈물이 볼을 따라 흘러내리고, 그는 책상 위에 엎드려 한동안 움직이지 않았다.

〈문예춘추〉 쇼와(昭和) 5년 7월호 발표

망막맥시증(網膜脈視症)

기기 다카타로

1

만추의 바람이 휘몰아쳐서 그런지 바깥은 춥지만 햇볕이 내리쬐는 덕에 문을 꼭 닫고 스팀을 켜면 방안은 밝고 따뜻하다. KK 대학 부속 정신병원 진찰실에서 오코로치(小心地) 선생이 열심히 환자를 진찰하고 있다.

선생 오른편에 큰 테이블이 있고, 그 테이블에 세 명의 의사와 네 명의 학생이 앉아서 선생의 진단과 가르침을 한 마디도 놓치지 않으려는 듯 열심히 받아 적고 있다.

선생은 JJ 대학 정신의학 교수로, 대학에서 일주일에 두 번 진찰과 임상 강의를 하고, 그 외에도 일주일에 세 번 교외에 있는 부속 정신병원에 가서 진찰하고 있다. 어떤 병원에서 진찰한 환자든, 입원 허가가 떨어지면 이 병원으로 오고 주치의가 정해진 뒤 입원한다. 이미 입원한 환자는 매주 토요일에 진찰한다. 이것이 오코로치 선생의 일주일 일정이다.

학생들은 대학에서 선생의 임상 강의를 들을 뿐만 아니라 교대로 이 병원으로 현장 실습을 나온다. 지금은 네 명의 학생이 현장에 나와 있는데 진찰실에 나올 때는 흰 가운을 입고 나오도록 정해져 있으므로 학생으로 보이지는 않는다. 하지만 독립적으로 혼자 환자를 보는 것은 허용되지 않기 때문에, 의사가 담당 환자를 간호하는 개념으로 진찰한다고 생각하면 될 것이다.

지금 막 오코로치 선생이 보신 환자 한 명이 진찰실을 떴고, 선생은 학생과 의사가 있는 쪽으로 회전의자를 빙그르르 돌렸다.

"흥미로운 환자였지. 어디에도 병적인 증상이 없네. 단 하나의 관념이 다를 뿐. 그는 자신을 신이라고 생각하고 있네. 재미있는 것은 그 근거지. 그는 스물한 살 때 유곽에 갔었네. 하지만 정상적인 관계가 불가능했지. 그러고 보니 나는 남자가 아닌 것 같다. 그렇다고 여자인가 하면, 겉으로 봤을 때 말이 안 된다. 따라서 나는 남자도 아니고 여자는 더더욱 아니다. 그렇다면 나는 바로 신이다. 이렇게 증상이 전형적이라면, 진단은 정해져 있네. 뭔지 알겠나?"

선생은 학생들을 바라보았다.

"파라노이아(편집증)이겠지요."

"그렇네. 파라노이아야. 그런데 원래 이 파라노이아라는 놈은 정신의학 제1페이지만 배운 사람도 진단할 수 있을 정도로 쉽네. 환자는 지남력에 변화가 없었고, 감정계와 의지계에도 변화가 없었네. 단 하나의 관념만 달랐지. 그러니까 그것이 무엇인지 찾아 내기만 하면, 진단은 매우 간단하네. 그러나 이 병은 진단하기는 쉬워도 연구에 들어가면 아주 심오해지네. 대뇌생리학 중 가장 어렵지. 그 이유는 바로 흔히 말하는 논리적 사유법칙에 관한 병이기 때문이야."

의사와 학생은 선생이 진찰 후에 가르쳐 주는 이러한 설명이 가장 교훈적이라고 생각했다. 선생은 항상 그 환자에게 앞으로 어떠한 증상이 나타날지 유추할 수 있을 정도로 적절한 설명을 해 주신다.

선생은 책상 위에 정돈된 예진 카드를 세면서

"다음 환자."라고 말했다.

다음 환자는 아홉 살 난 남자아이였다. 어머니가 옆에 같이 앉았다. 서른 살 정도 되어 보이는 마르고 세련된 옷차림의 엄마였다.

"이 아이는 보통 아이라면 올해 2학년에 올라가는데, 태어날 때부터 신경질 때문에 고생을 해 왔어요. 세 살 때까지는 아버지를 전혀 따르지 않고 저만 따랐어요. 어쩌면 아버지가 병을 앓아서 그랬던 것 같지만. 그런데 세 살인가 네 살 때부터 갑자기 아버지를 잘 따르게 되었습니다. 반대로 저에게 냉담해졌고요. 나이를 먹어 가면서 극단적인 성격은 점차 사라졌지만 그래도 지금도 저보다 아버지를 잘 따릅니다. 게다가 아버지가 건강을 회복하고 나서는 상하이에 있는 회사에 다니게 되었기 때문에 일 년의 삼분의 일 정도는 상하이에 가 있거든요. 아버지가 오래 집을 비우니, 아버지가 집에 돌아오면 밤에 잠도 자지 않고 아버지를 따라다닙니다."

선생은 어머니의 이야기를 들으며 아이를 바라보았다. 아이는 선생 앞에 놓인 의자에 앉아서 여자아이 같이 시선을 아래로 떨구고 있었다. 선생은 예진 카드를 보면서

"말을 무서워한다고요?"라고 물었다.

"네. 서너 살 때 말을 엄청 무서워했어요. 길을 가는데, 말이 1정(町)*이나 떨어져 있는데도 신기하게 알아차리더니 울고불고 하며 걷지 않더라고요. 말이 그려진 그림과 장난감도 무서워했어요. 그림인데도 말이 자신을 물 거라고 믿는 것 같았어요. 그런데 어느 날 갑자기 더는 말을 무서워하지 않고 오히려 좋아했습니다. 그러더니 그 다음에는 신기하게도 쥐나 벌레 같은 작은 것들을 무서워하기 시작하더군요."

"말을 무서워했을 때는 그런 작은 동물들을 전혀 무서워하지 않았다는 말씀이신가요?"

"글쎄요. 제가 알아차리지 못했으니 아마도 무서워하지 않았을 거예요."

"말을 무서워하지 않게 되고서는 바깥을 다닐 수 있게 되었지만, 이번에는 쥐를, 특히 죽은 쥐를 무서워했어요. 그런데 그렇게 무서워하면서도 가만히 쳐다만 보고 도망가려고 하지 않더라고요. 도로 변에 쥐가 죽어 있으면 무서워서 벌벌 떨면서도 그 쥐를 누군가가 치울 때까지 그대로 서 있어요. 그래서 학교 가는 길에 죽은 쥐를 발견하면 지각하는 것은 물론이고 두 시간 정도

---

* 거리의 단위로 1정은 약 109.90m의 거리이다.

구석에 서 있거나 쭈그리고 앉아 있다가 그냥 집으로 돌아온 적도 있을 정도예요. 도저히 방법이 없어서 초등학교 일 학년 때는 저희 집 서생에게 매일 등굣길에 동행하도록 했습니다."

"두 시간 정도 보고 나면 저절로 무서움이 사라지던가요?"

"글쎄요. 그건 잘 모르겠지만, 학교 가는 길에 멈춰 서 있던 것 중 가장 길게 서 있었을 때가 두 시간 정도였어요. 말씀하신 대로 자연스럽게 흥미를 잃었던 것 같아요."

"그래서, 오늘 진찰을 받으러 오신 이유는 무엇인가요?"

"네. 올해 유월에 아이 아버지가 상하이에 갔다가 이번 10월 16일에 갑자기 돌아왔어요. 집으로 전보도 치지 않고 아침 일찍 느닷없이 저희 집 문을 두들겨 우리를 깨웠습니다. 원래 우리 아이가 잠귀가 밝아서 가장 먼저 일어났습니다. 그때 놀랐는지, 갑자기 불이 보인다, 불길이 보인다면서 소리를 질렀고, 아버지와 저한테 한 시간 정도 매달려 울고불고하는 난리가 났었어요. 병원에 가서 눈을 한 번 보여 주라는 말을 듣고 안과에 데려갔지요. 그런데 시력에는 조금도 이상이 없었습니다. 이렇다 할 정도로 눈이 나쁘지 않았어요. 그런 다음 이 기묘한 발작이 시작됐습니다. 점차 횟수가 잦아져서 소아과 선생님께도 데리고 갔었는데, 이런 증상을 환시라고, 눈앞에 아무것도 없는데 마치 무언가 보인다고 느끼는 일종의 정신병 증상인 것 같다고 하셨어요. 그래서 오늘 선생님께 왔습니다."

"그 뭔가가 보이는 증상은 아이가 지금보다 어렸을 때, 그러니까 서너 살 때도 있었습니까?"

"아니요. 없었던 것 같아요."

선생은 잠시 어머니 얼굴을 바라봤다. 오코로치 선생의 표정이 무서웠다. 선생은 사람의 폐부를 꿰뚫어보는 듯한 눈빛을 가지고 있는데, 그 눈빛으로 한동안 어머니를 전체적으로 바라보시더니 이번에는 아이 쪽으로 눈을 돌렸다.

"이름을 말해 보렴."

"마쓰무라 신이치."

"아버지 이름 아니?"

"응. 마쓰무라 헤이스케."

이때 선생은 의사들에게 '스톱워치'라고 말했다. 스톱워치를 손에 쥔 선생은 아이에게 자신의 이름과 아버지, 어머니의 이름을 말해 보라고 했다. 연달아 세 번 시도하더니, 선생은 의사에게 그 잠자극시(潛刺戟時)*를 쓰도록 지시했다. 자신의 이름은 1초 35, 아버지의 이름은 4초 02, 어머니의 이름은 2초15였다. 선생은 어머니 쪽을 보며 다시 한번 확인했다.

"처음에는 아버지를 따르지 않았는데 나중에는 오히려 엄마보다 더 잘 따랐다고 하셨지요?"

"네."라고 대답하자, 선생은 무언가를 물으려다가 그만두셨다.

선생은 간호사에게 연구실에 가서 실험용 쥐를 가져 오라고 지시했다. 아이는 흰 쥐를 보아도 별로 무서워하지 않았다. 선생은 흰 쥐를 자신의 손에 쥐고 아이의 오른손 가까이로 가져갔다.

---

* 외관상 불활성화된 기간, 즉 잠복기를 말하지만 이 작품에서는 이름을 말하기까지의 시간을 말한다.

아이는 아무렇지 않았다.

그 다음에 선생은 간호사에게 비커를 가지고 오게 했다. 거기에 물을 담고 옆에 있는 잉크병을 기울여 잉크 대여섯 방울을 똑똑 섞었다. 그리고 그 안에 흰 쥐를 푹 담갔다. 흰 쥐가 회색으로 물들었다.

"어떠냐. 무섭지 않니?"

"아니오, 무섭지 않아요."

"그럼 만질 수 있겠니?"

"네."

아이는 오히려 매우 신기해하며 손가락을 펴고 젖은 쥐를 살짝 만졌다. 선생은 실망하는 기색 없이 예정된 것을 실행하겠다는 듯, 조금의 정체도 없이 다음 일을 진행했다. 이번에는 메스와 쟁반을 가져오라고 했다. 쟁반 위에 쥐를 놓고 살짝 칼을 댔다. 선혈이 하얀 쟁반을 물들였고 쥐는 죽었다.

그러나 아이는 아무렇지 않아 보였다.

이때 선생은 가만히 생각했다. 선생이 환자를 앞에 두고 생각에 잠기자, 진찰실 전체에 묘한 분위기가 흐르기 시작했다. 마치 선생의 의지가 방에 있는 사람을 조이는 것 같았다. 선생은 아이를 가만히 바라보았다. 아이는 선생과 의사들과 쥐를 번갈아 바라보았다.

이윽고 선생은 간호사에게 다른 쟁반을 가져 오라고 지시했다. 피로 물든 흰 쥐를 잉크 물로 꼼꼼하게 씻어 피를 씻겨냈다. 그 죽은 쥐를 쟁반 위에 놓고 가만히 아이 눈 앞에 내밀었다. 이때 처음으로 예상했던 반응이 나타났다. 아이 얼굴이 확실한 공포로 가득 차 있었다. 아이는 긴장한 얼굴로 피가 묻지 않은 죽은 쥐를 바라보았다. 그리고 아이의 눈은 고정되어 있는 것처럼 움직이지 않았다.

선생은 스톱워치를 꺼내 들었다.

"어때. 네 이름을 다시 한번 말해 보렴."

아이는 슬그머니 선생 쪽을 바라보더니 곧바로 다시 쥐에게로 시선을 돌렸다. 그리고 쥐를 보면서 대답했다. 잠자극시는 3초 55였다. 그 다음에 아버지 이름을 물어봤다. 2초 15였다. 어머니의 이름은 4초 03이었다. 선생은 의사에게 이 시간을 쓰라고 지시했다.

학생들은 이 별난 진찰에서 숨죽인 채 선생과 아이를 지켜보고 있다.

선생은 잠시 동안 아이를 그대로 관찰했다. 아이의 눈은 변함없이 죽은 쥐에게 사로잡혀 있었다.

선생은 간호사를 불러 조용히 지시했다. 우선 선생 뒤에 있는 커튼을 치라고 했다. 커튼은 녹색으로 된 두꺼운 천이었기 때문에 방이 약간 어두워졌다. 그리고 선생은 옆의 커튼도 치라고 지시했다. 방이 조금 어둑해졌다. 그리고 세 번째 커튼과 아이 앞에 있는 커튼까지 모두 치라고 했다. 그러자 아이의 오른쪽 대각선과 뒤쪽 창문에서만 빛이 들어왔다. 마지막으로 세 번째 커튼을 치라고 지시하자, 아이는 으앙 하고 울음을 터트리며 옆에 있는 엄마를 붙들고 늘어졌다. 아이의 얼굴은 무척 공포에 질려 있었다.

"빨간 것이 움직이니?"

선생이 날카롭게 물었다.

"움직여요. 움직여요."

아이는 그렇게 대답하고 또다시 거세게 울었다.

2

이 별난 진찰을 끝내고, 오코로치 선생은 환자를 내보냈다. 그리고 입원을 지시했다.

선생은 학생들을 향해 물었다.

"뭐라고 진단해야 할까?"

"동물 공포증입니다."

"그래. 증상은 동물 공포증이 확실하네. 하지만 진단을 동물 공포증으로 내리는 것은 곤란하지."

"관능성 신경증인가요?"

"그렇지. 어른의 신경증에 해당하는 것으로, 특별히 소아 신경증으로 분류하네. 그것이 진단이야. 주요 증상이 동물 공포증인 것인데, 그렇다면 무엇 때문에 동물 공포증이 나타났다고 생각하나?"

"오이디푸스 콤플렉스 때문입니다."

"바로 그거야. 자네, 곧잘 하는군. 오이디푸스 콤플렉스가 주체이고, 프로이트는 이것의 원인이 부친 공포(父親恐怖)에 있다고 설명하네. 내가 연구한 결과, 일본인 중에도 이 오이디푸스 콤플렉스에 해당하는 환자가 있네. 특히 상류층 가정의 아이에게 많이 나타나지. 그들 사례 중 말(馬) 공포증이 있었어. 말은 아버지의 대리적 존재라고 볼 수 있네. 아버지를 두려워하는 공포심이 압박(壓迫, bedrängen)을 당하자, 그 대신 말을 두려워하게 된 것이다. 남자아이가 엄마를 따르고 아버지를 두려워한다는 것은 정형적인데, 이는 프로이트의 사례 중에서도 확인할 수 있듯 명료하네. 그런데 서너 살이 되면서 갑자기 변화가 일어나기 시작하지. 이제는 아버지를 따르는 거야. 그와 동시에 말 공포증은 사라지고 쥐처럼 작은 동물에 대한 공포증이 생겼네. 하지만 자네들도 보았듯이 아버지에 대한 공포가 아직 남아 있어. 현재 어머니보다 아버지에 대한 애착 증상이 더 뚜렷하게 나타나지만, 이름을 말해 보라고 한 뒤 제지(制止, hemmen)의 유무에 관해 조사한 결과, 아버지 이름을 더욱 제지한다는 것을 알 수 있었네. 잠자극시는 자신의 이름이 1초 55였고 어머니가 2초 15였지만, 아버지는 4초 02를 가리켰네. 어린아이라서 이 잠자극시에 작위(作為)를 가했을 거라고 생각할 수는 없어. 그런데 죽은 쥐, 그것도 피가 묻어 있지 않은 죽은 쥐가 콤플렉스의 깊은 어딘가에 잠입해 있다는 느낌이 드네. 잠입해 있지만, 제지적 인자로 잠입한 것은 아이야. 두 번째 측정을 통해 살펴보면, 쥐를 바라보고 있을 때 쥐에게 정신이 팔려서 자기 이름을 말하는 데에도 3초 55가 걸렸네. 즉, 더 길어졌지. 어머니 이름은 4초 03으로 거의 비슷했지만, 아버지 이름은 시간이 늘어나지 않고 오히려 단축되어 2초 15를 나타냈네. 즉, 이번에는 반대로 아버지 이름만 제지를 피해 갔던 것이지. 말하자면, 뭐랄까, 죽은 쥐와 아버지에 대한 애착이 결합되어 있다고 할까. 이것 참……, 희한한 경우야. 연구해야 할 문제는 바로 이것이네 ―주요 증상인 불길이 보인다는 것은 무엇을 의미하는지 알겠나. 내 실험이 훌륭하게 적중했기 때문에 이 실험을 유심히 지켜본 사람이라면 이미 알아차렸을 것이네만."

학생 중 아무도 아는 사람이 없었다. 선생은 학생들이 아무 말도 하지 않자, 의사 쪽을 바라보았다.

"자네들 의견은 어떠한가. 환각도 아니고 환시도 아니네. 아주 명백한 생리 현상이야."

의사들도 알지 못했다. 선생은 말을 이었다.

"자네들, 생리학이나 안과학 수업에서 배웠을 것이네. 망막맥관시(網膜脈管視)라는 증상을……. 우리 눈의 망막에는 시세포 앞에 혈관이 지나고 있네. 빛이 맞은편에서 들어오기 때문에 빛에 비친 이 혈관의 그림자가 망막 위에 드리워지지. 하지만 정상인 우리는 평소 자신의 눈에 비친 혈관을 볼 수 없네. 혈관이 늘 같은 위치에 있기 때문에 익숙해서 느끼지 못하는 것이고 방해가 되지도 않지. 모든 물체의 상(像)은 정확히 우리 눈의 수정체를 통과해 망막에 반대로 맺히지만, 우리가 물체를 보고 반대라고 생각하지 못하는 것과 같네. 그런데 빛이 전방이 아니라 사선으로 비치는 경우, 우연히 망막의 혈관을 보게 될 때가 있어. 그것은 혈관의 그림자가 드리워지던 자리가 아닌 다른 자리에 생겼다거나, 빛이 사선으로 상을 비추었을 때 보이네. 평생 보지 못하는 사람도 있지만, 한 번 경험하게 되면 가끔씩 그런 현상이 나타나지. 예전에 그런 증상이 처음 나타나고 나서 그 이후 계속 혈관이 보인다고 하던 환자가 있었네. 앞을 뚜렷이 볼 수 없을 정도로 자신의 혈관이 보였던 거야. 내가 망막맥시증이라는 병명을 학회에 처음 발표했을 때, 그 사례를 들어서 설명했네. 이 증상은 대부분 어두컴컴한 방 안에 강한 광선이 사선으로 비출 때 나타나지. 특히 공막(鞏膜)*이 선천적으로 얇은 사람에게 많이 나타나네. 가끔 혈관 속에서 적혈구가 움직이는 것이 보일 때도 있고. 조금 전 아이가 빨간 것이 움직인다고 했는데, 이것이 바로 적혈구를 본 것이라네. 아마도 그 아이에게는 신경증의 원인이 된 어떤 상황과 망막맥시가 복합적으로 나타나는 것 같네. 이는 정신분석을 대입해 보면 알 수 있어. 그리고 그 원정경(原情景, ur-szene), 즉 결합했을 때의 정경을 밝혀내면 바로 치료가 가능하네. 정신분석 요법은 일본인이라고 해도 경우에 따라 매우 좋은 결과를 가져오므로 해볼 만한 가치가 있다네. 소아 신경증은 조금 어렵겠지만, 이번 건은……, 그래, 오카무라 군이 주치의가 되어서 한 번 검색과 치료를 해 보는 것이 어떻겠나?"

"선생님. 신경증이라는 증상이 참 흥미롭네요. 이는 정신의학 중에서 가장 이론적인 부문이지요?"라고 학생이 물었다.

"확언할 수는 없지만, 프로이트가 나오고 나서 이론화되었네.

* 각막을 제외한 눈알의 바깥벽 전체를 둘러싸고 있는 막

정신분석이라고 말하면 모두가 싫어하네. 그 이유는 정신분석 이론을 신경증뿐만 아니라 정상인에게도 적용하려고 했기 때문인데, 실제로 프로이트 자신에게도 그런 신경증적 성향이라고 할까, 취향이라고 할까, 그런 것이 있었던 것이지. 하지만 어쨌거나 정신의학을 병리학과 해부학의 질곡에서 떼어내기 위해 생리학과 결합해 연구한 프로이트의 공적을 무시해서는 안 되네."

선생은 그렇게 말하고 잠시 동안 아무 말도 하지 않았다. 그리고 다음과 같이 덧붙였다.

"이전의 파라노이아는 인간의 정신계 중 내계의 문제였다. 하지만 신경증은 외계와 정신계의 경계에 문제가 있네. 그래서 신경증을 연구할 때 가장 주의해야 할 점은 가족의 비밀에 개입해야 할 때이네. 오늘의 예를 보아도 그런 것 같아. 그 아이의 병은 부모의 비밀과 일련의 관계가 있다는 느낌이 드네."

3

소아 신경증 환자 마쓰무라 신이치 군은 금요일 오후에 바로 입원했다. 나는 실습 나온 학생들 중 한 명이었고, 당시 의과대학 4학년이었다. 나는 오카무라 의학사 밑에서 실습을 하고 있었기 때문에, 자연히 이 환자의 주치의 보조가 되었다. 환자의 아버지, 어머니와 인사도 나누었다.

아버지는 마쓰무라 헤이스케, 직업은 브로커였으며 마르고 키가 큰 남자였다. 내가 보기에 어쩐지 교양이 있어 보이는 사람은 아니었다. 어머니는 그와 반대로 상당한 교육을 받은 사람이라는 느낌이 들었다. 이름은 미요코라고 했다.

다음 날부터 오전과 오후에 두 번 환자를 정신 분석실에 데리고 가면 오카무라 의학사가 문진을 했다. 분석실은 오코로치 선생의 설계로 만들어진 곳인데, 이곳은 외부의 소음이 완벽하게 차단되고 명암을 자유자재로 조절할 수 있는 안락한 방으로, 주치의와 환자 두 사람만 마주 앉을 수 있다. 분석의는 차분히 환자를 안정시킨 뒤 떠오르는 것은 무엇이든 이야기해 보라고 했다. 지도 교수와 실습 나온 학생이 이 문답 내용을 들을 수 있도록 옆에 다른 방이 마련되어 있지만, 분석실에서 보면 이 방이 전혀 보이지 않는다. 나는 실습생이기 때문에 옆방에 들어가 내용을 기록했다.

토요일, 오카무라 학사는 아이와 엄마를 분석실에 들여보냈다. 주요 문답 내용은 다음과 같다.

"너는 말을 싫어하니?"

"아니오. 좋아해요."

"예전에 싫어했던 적이 있었니? 뭐든 좋으니까 그때 이야기를 해보렴."

"아주 예전에 아버지가 커다란 말 장난감을 사 주셨어요. 그때 저는 그 장난감을 무서워해서 어머니가 바로 서랍에 넣어 두셨지요. 그 이후로 말이 있냐고 물으면 어머니는 잘 넣어 두었으니까 절대로 나오지 않을 거라고 말씀하셨어요. 그런데 나중에 말이 좋아져서 다시 꺼내 달라고 말씀드렸는데, 처음에는 곧 꺼내 주겠다고 하셨지만 결국 버리셨다고 하셨어요."

"새것을 사 주셨지?"

"네."

"예전 것이랑 그것 중 뭐가 더 컸어?"

"예전 것이 크고 좋았어요."

아이를 방에서 내보내고 어머니에게 물어보니, 아이의 말은 사실이었다. 처음에는 말 장난감을 무서워했지만, 다들 익숙해지면 나아질 거라고 해서 가끔 꺼내서 보여 주었다고 한다. 하지만 증상이 점점 심해져서 결국 숨겨 놓았다고 말하고 실제로 버렸다는 것이다. 하지만 아이는 버리지 말라고 말해 왔고, 꺼내 보는 건 무서워해도 가끔 '있어? 있어?'라며 물어보고는 했다. 그날 진찰을 끝내고 오카무라 학사는 이렇게 말했다.

"어때? 이건 이론 그대로야. 말은 아버지를 대신하는 존재이고, 아버지는 실제로 무서운 존재지만 없으면 안 되는 사람이지. 그러는 사이, 말에 대한 공포가 사라졌어. 공포가 사라졌을 때와 아버지에 대한 두려움이 사라진 때가 같아."

다음 날은 일요일이었지만 아이만 다시 진찰하기로 했다.

주요 질문은

"아버지가 병에 걸렸을 때를 기억하니?"

"네. 조금 기억나요."

"늘 자고 계셨니? 계속 누워 있었어?"

"네."

"네가 몇 살 때 나았는지 알고 있니? 어떻게 해서 나았는지……."

"아버지요? 문지방에 서 있었어요. 기계 체조하는 것처럼요. 그러고 나서 이불에서 일어나 걸었어요. 그러고 나서 건강해졌어요."

"기계 체조하는 것처럼 선다는 건 어떻게 서는 거지? 흉내 낼 수 있겠니?"

"할 수 있어요. 이렇게, 손을 천장에 대고요. 축 늘어지듯 서 있었어요."

"아, 알겠다. 윗미닫이틀에 손을 대고 기계 체조 하는 자세를 취했다는 거지. 그렇구나. 그게 한 번이었니, 두 번이었니?"

"한 번이요. 그러고 나서 바로 병이 나았어요. 바로 걸었어요."

"그렇군. 그거 잘됐구나. 그 모습을 전부 지켜보았니?"

이 질문에 대한 대답을 기다렸지만 한동안 대답이 없었다. 나는 옆방에서 이 문답 내용을 들으며 스톱워치로 대답이 나오기까지의 시간을 전부 계측하고 있었다.

"그게 낮이었니, 밤이었니? 모두 깨어 있을 때였니, 자고 있을 때였니?"

"음, 아침이었던 것 같아요."

분석실을 나온 오카무라 학사는 낮은 목소리로 나에게 말했다.

"이보게, 큰일이 날 것 같네. 조금 더 확인해 봐야겠지만, 오코로치 선생님이 말씀하신 게 정확했어. 어째서 그렇게 사람 마음 속 비밀을 알아차리시는 거지? 자네, 오늘 문답을 듣고 알겠던가?"

"아니오. 저는 단순히 아버지가 결핵이 아닐까 생각했는데, 분명 갑자기 회복되었다고 했잖아요? 그게 아침에 있었던 일이고 아마도 아이가 그때 처음으로 망막맥관시를 경험했을 것 같아요. 이 정도입니다만⋯⋯."

"맞아. 그런데 아버지가 회복되었다던 그 방법이 이상하지 않은가? 지금은 꽤 건강해 보이지만, 어쩌면 아버지도 마찬가지로 신경증 증상이 있었던 것 같네. 그리고 그 외에 또 하나 짚이는 게 있어. 내일은 어머니, 모레는 아버지 이야기를 자세히 들어 볼 생각이네. 아이는 입원하고 나서 망막맥관시 증상을 한 번도 일으키지 않았어. 집에 있을 때는 하루에 두세 번 있었다고 했는데 말이야."

다음 날 어머니만 진료를 받으러 오셨다. 옆방에서 이야기를 듣다가 나는 하마터면 소리를 지를 뻔했다. 그 정도로 새로운 사실이 오카무라 학사에 의해 밝혀진 것이다.

아이의 정신병을 치료하려면 가정에 어떤 비밀이 있는지 알아야 한다고 다그치니까 어머니 미요코는 다음과 같이 말했다. 그녀는 재산가인 마쓰무라 가문의 외동딸로, 제국대학에서 문학을 전공한 마사야스라는 남자를 신랑으로 맞이했다. 신이치는 바로 그 사람의 아이다. 신이치가 태어난 다음 해에 노부모가 잇따라 돌아가셨는데 마사야스는 오랫동안 계속되던 노부모의 병을 혈육도 그렇게 하지 못할 정도로 아주 정성스럽게 간호했다. 노부모가 그에 고마워하며 눈을 감고 나자, 이번에는 마사야스가 간호로 몸이 지쳐서 체력이 약해졌는지 폐결핵에 걸리게 되었다. 그 이후 자리에 눕고 말았지만, 신이치가 세 살이 될 무렵,

드디어 미약하나마 희망이 생겼고, 의사도 이 정도 요양했으면 생명에는 지장이 없을 거라고 하셨다. 그러나 어느 날 갑자기 마사야스가 목을 매고 죽었다는 것이다.

"윗미닫이틀에 끈을 묶어 목을 매셨겠네요. 때는 아침이었을 테고요. 아이와 상담한 결과를 분석하면 그렇게 추정할 수 있겠습니다."

오카무라 의학사가 그렇게 말하자 어머니는 새파랗게 질린 얼굴로 말했다.

"그렇다면 신이치는 지금 아버지가 친아버지가 아니라는 사실을 알고 있다는 말씀이신가요"

"아니오. 기억은 전혀 다른 형태입니다."

오카무라 학사는 그렇게 말하고 상담을 분석한 결과에 대해 설명했다. 미요코는 아버지가 뜻밖의 죽음을 맞았다는 사실을 아이에게만은 숨겨야겠다고 생각해 두 번째 남편을 아이 아버지라고 여기며 아이를 키웠다. 아이는 그 일이 있고 나서 진짜 아버지가 아닌 헤이스케를 아주 잘 따랐다. 그는 그것을 이상하게 여기면서도 친아버지 노릇을 계속했다고 한다.

여기까지 문진을 진행했을 때, 미요코의 대답은 매우 애매했다. 하지만 오카무라 학사가 매우 매섭게 진찰했기 때문에 미요코는 어쩔 수 없이 눈물을 흘리며 대답을 시작했다. 그녀의 말에 따르면, 지금의 남편 헤이스케는 마사야스가 죽기 전부터 미요코에게 구애를 했다고 한다. 그날 아침에도 신바시 역에서 일곱 시에 만나기로 약속을 했고, 미요코는 여섯 시 반 즈음에 슬쩍

집을 빠져나왔다. 이른 아침 시간은 병에 걸린 남편이 가장 곤히 자는 시간이었기 때문에 그 시간을 이용한 것이다. 그러나 헤이스케는 약속 시간인 일곱 시보다 십 분 정도 늦게 허둥지둥 달려왔고, 약 한 시간 정도 만난 뒤에 두 사람은 헤어졌다. 시체는 미요코가 집에 도착하기 직전인 여덟 시 이십 분경에 발견되었고 부검 결과 사후 두 시간이 지난 것으로 판명났다. 물론 미요코와 헤이스케 둘 다 의심을 받았지만 교살이 아니라 목을 매어 죽은 것이 분명하다는 점, 그리고 오전 일곱 시부터 여덟 시 사이에 두 사람 모두 신바시 역 근처에 있었다는 점이 알리바이가 되어 자살이라고 결론 내려졌다. 시체를 발견한 사람은 식모였지만, 그때 세 살이던 신이치는 울지도 않고 윗미닫이틀에 매달린 아버지 시체에 달라붙어 있었다고 한다. 헤이스케는 그 이후 정식으로 데릴사위로 들어왔지만 아직 호적에 올리지 않았기 때문에 내연 관계인 상태로 지금에 이르렀다.

단지 편의상 마쓰무라 헤이스케라고 불렀을 뿐이다.

아는 놀라운 사실이면서도 아이의 증상을 분석하기에 매우 도움이 되는 사실이었다. 오카무라 학사는 다음 주 화요일에도 아이를 분석하기로 했지만, 나는 그 내용을 들을 수 없었다. 그 이유는 화요일 아침 오카무라 학사가 갑자기 나에게 어떤 참고 문헌을 빨리 읽어 보라고 지시했기 때문이다. 그 문헌은 대학교 도서관에 가야만 읽을 수 있었기 때문에 나는 본의 아니게 이틀 정도 분석 실습을 쉬어야 했다.

그런데 목요일 아침, 매우 이상한 사건이 일어나고 말았다.

4

화요일과 수요일에 병원을 쉰 나는 목요일 아침 일찍 병원에 나갔고, 병원에 도착하자마자 의국장 다치다 의학사에게 불려 갔다.

"오카무라 군과 네 환자가 어젯밤 사이 병원을 빠져나갔어. 저녁식사 때까지 간호사가 붙어 있었지만 담당 간호사가 원내 간호사실로 잠깐 자리를 비웠나 봐. 그 한 시간 반 사이에 환자가 사라진 거야. 그런데 그에 대한 보고를 오늘 아침에서야 받았네."

의국장은 간호 부장 등을 불러서 혼을 냈고, 바로 오카무라 학사의 집으로 전화를 걸어 봤지만 어젯밤에 귀가하지 않았다고 했다. 그래서 내가 나오기만을 기다리고 있었던 것이다.

"저도 이틀 동안 오카무라 선생 지시로 문헌을 읽으러 학교에 가 있었기 때문에 잘 모르겠습니다."

"분석 결과는 아직 오코로치 선생님께 보고하지 않았지?"

"글쎄요. 아마 안 했을 겁니다. 입원한 이후로 선생님이 진찰하시기로 한 날이 아직 안 왔으니까요. 하지만 분석은 아마도 많이 진행되었을 겁니다."

한편, 오카무라 학사는 그날 오후가 되어도 나오지 않았다. 의국장의 명령으로 몇 번이나 집으로 전화를 걸어 봤지만, 어제 아침에 나간 이후로 아직 돌아오지 않았다는 대답뿐이었다. 환자집에 전화를 걸어도 주인 부부가 안 계신다고 하니, 어찌된 영문인지 알 수가 없었다. 오카무라 학사는 지금까지 한 번도 숙소를 비운 적이 없고 병원을 한 번도 쉰 적이 없는 착실한 집안 사람이었기 때문에 의국원 사람들 모두 걱정을 하기 시작했다. 설마 오카무라 학사가 신이치 소년을 데리고 떠난 것은 아니겠지.

이런 상황 때문에 의국장이 발칵 뒤집혔다. 일단은 오코로치 선생의 의견을 듣고 따르자는 의견이 많아서 의국장이 전화를 걸었다. 선생은 환자가 실종된 것은 부모가 분석 치료를 싫어해서 환자를 데리고 나간 것이라고 말씀하셨다. 누군가 의국원을 시켜서 확인해 보라고 하면서 크게 놀라거나 하지 않으셨다고 한다. 하지만 오카무라 학사가 어젯밤부터 보이지 않는다고 말씀드리니, 크게 놀라며 바로 병원으로 가겠다고 말씀하셨다. 아마도 바로 차를 몰고 나오셨는지, 선생은 대학에서 이곳까지 올 수 있는 가장 짧은 시간 안에 병원에 도착했다.

의국장과 간호부장이 원장실에 불려 갔다.

"오카무라 군이 쓴 진료 일지를 가져 오세요."

오코로치 선생의 지시 때문에 부장이 바로 분석실로 달려갔다. 그런데 늘 거기에 있던 진료 일지가 사라지고 없었다. 놀라서 마음이 짚이는 곳을 다시 찾아봤지만 아무 데도 없었다. 다행히 내가 이틀 전까지의 분석 결과를 토씨 하나 틀리지 않고 필기해 두었기 때문에, 바로 오코로치 선생께 불려가서 아는 부분까지 보고를 했다. 사흘째 되는 날까지의 진찰 내용을 보고 드렸지만, 오카무라 선생이 아이를 진찰한 나흘째 기록과 아버지를 진찰한 닷새째 기록이 없었다.

선생은 조용히 나의 보고를 듣고 계시다가 아버지가 윗미단

이틀에 기계 체조를 하듯 서 있었다는 아이의 진술을 두 번 반복해서 말하도록 하셨다.

"그 이후 이틀 동안 오카무라 군이 진찰한 내용을 알고 싶군. 특히 지난번 아버지가 상하이에서 돌아와 자기 집 문을 두드려서 깨웠다는 날 아침. 즉 아이가 망막맥시증으로 발작을 일으킨 것으로 추정되는 날 아침에 관한 이야기를 듣고 싶었는데……. 오카무라 군이 이틀 동안 그 내용을 파헤친 것이 틀림없네."

오코로치 선생은 그렇게 말하고 나서 아무 말도 하지 않았다. 마치 진찰을 하다가 생각에 잠기신 것처럼……. 원장실에 있던 의국장, 부장, 그리고 나까지 선생의 침묵에 어쩐지 짓눌리는 것 같은 느낌이 들었다. 오코로치 선생의 얼굴은 정말 무서웠다.

선생은 갑자기 의국장을 바라보았다.

"다치다 군. 묻고 싶은 것이 있는데, 혹시 최근 오카무라 군에게 여자 문제 같은 것이 없었나?"

"음……. 없었던 것 같습니다. 오카무라 군은 우리 사이에서 가장 품행이 점잖은 사람이라서 그 점에 대해선 잘 알고 있습니다."

"자네, 숨기면 안 되네. 나는 절대로 오카무라 군을 책망하려는 것이 아니네. 여자 문제가 아니어도 좋네. 그게 아니면 오카무라 군이 돈 때문에 힘들어했다는 이야기 같은 건 들은 적 없나?"

"글쎄요. 잘은 모르겠지만, 오카무라 군이 집안의 장남이고 남동생과 여동생도 많아서 힘들어하는 것 같았습니다. 대학을 졸업하고 3년이 되었지만 수입이 아주 적어서 동생들을 돌보기 위해 목돈을 융통한 것으로 알고 있습니다. 그렇기 때문에 평소에 품행은 아주 바른 사람이었습니다."

오코로치 선생은 "좋아, 좋아"라고 작은 소리로 말하고, 부장을 향해 뒤돌아보며

"경시청(警視廳)에 전화하게. 강력계 오치아이 경부가 있으면 대학의 오코로치가 바로 와 달라고 한다고 전해 주게나. 반드시 오게 돼 있어."라고 명했다.

"자, 너희 둘도 나와 함께 가야 하니 채비하도록. 어서!"

이후 선생의 활약은 실로 눈부셨다. 내가 학생의 신분으로 이 사건에 깊이 관여하게 된 데에는 이런 내막이 있었다.

우리는 오치아이 경부가 올 때까지 원장실에서 사십 분 정도 기다렸다.

"자네, 내가 신경증을 분석할 때는 자칫하면 한 집안의 비밀에 관여하게 될 수 있으니 신중해야 한다고 말했을 것이네. 이번 소아신경증 케이스는 내가 틀리지 않았다면, 무서운 범죄와 관련돼 있을 것이야. 아마도 헤이스케라는 남자가 아이의 친아버지를 교살했을 가능성이 있네. 세 살 된 아이가 그 현장을 본 것이지. 아이는 그것이 뭔지 몰랐겠지만 그 원초경*이 현재 신경증이라는 증상으로 나타나고 있어.

아마도 오카무라 군이 헤이스케를 진찰했는데……, 그런데 이 헤이스케라는 남자가 단 한 번 사랑과 돈에 눈이 멀었던 남

---

* 원초경이라는 단어는 영문으로 'Primal scene'이라고 하며, 정신분석학에서 유년기에 엄마에 대한 아버지의 폭력 행위, 성폭행, 부모의 성관계를 최초 목격한 것을 말한다. 일본어 원문에서는 원정경(原情景)이라고 쓰였다.

자라면 괜찮겠지만, 만약 숨겨진 상습범 죄자였다면 오카무라 군의 생명이 위험하네. 물론 아이를 납치한 것도 그 남자야. 분석한 의사가 아직 그 사실을 아무에게도 보고하지 않았다는 것을 알고 그가 진행한 프로토콜과 분석자를 없애려고 수를 썼다면…… . 내 짐작이 틀렸다면 다행이겠지만."

오치아이 경부는 대형 자동차를 타고 사복 형사 한 명을 데리고 왔다. 오코로치 선생과 우리는 곧바로 함께 차를 타고 마쓰무라의 집으로 갔다. 엄청나게 으리으리한 갑부의 집이었다. 오코로치 선생의 예상대로 아이는 그곳에 있었다.

미요코 말에 따르면, 오카무라 학사가 미요코를 진찰하던 날 집으로 돌아와 남편에게 그 일을 이야기하자, 남편이 매우 화를 내며 그런 이상한 것이나 들추는 병원에서 당장 아이를 퇴원시키라면서 소리쳤다고 한다. 그러나 이틀 뒤 자신이 진찰을 받을 때는

"모든 것이 아이를 위해서니까."라는 말을 남기고 집을 나섰다고 한다.

그런데 그날 밤 10시 즈음 되자 아이를 데리고 집에 돌아왔다. 들어올 때 보니 아이에게 구두나 가방 같은 선물을 사 준 모양이었다. 남편은 아이가 입원을 하고 나서 발작이 한 번도 없어서 이제 퇴원해도 된다고 생각해 데리고 돌아왔다고 말했다. 그이후 어느 날은 일이 있다며 외출을 했는데, 그가 자리를 비운 사이 상하이 회사에 비밀 용건이 생겼으므로 한 달 정도 와 달라는 장문의 전보가 왔다. 헤이스케는 열두 시 정도에 집에 돌아와

바로 서둘러 채비를 했고, 오늘 아침 일찍 기차를 타고 상하이로 출발했다.

오코로치 선생은 자신이 생각하고 있던 의혹을 대략적으로 이야기하며 아마도 도망쳤을 거라고 말하자, 미요코는 매우 놀랐다. 금고 안에 있던 공채, 주권, 증권 등이 전부 사라졌다는 것을 알아차린 미요코는 그 자리에 주저앉아 울었다. 이미 6년 전에 미요코를 속여서 거의 모든 재산을 회사에 쏟아 부었지만, 상하이에서 돌아올 때는 늘 상당한 돈을 가지고 돌아왔기 때문에 의심하지 않았다고 한다.

오치아이 경부에게 남편 사진을 찾아보라고 했지만 혼자 찍은 사진은 단 한 장도 없었고 미요코와 아이와 함께 찍은 사진만 한 장 발견되었다. 오치아이 경부는 그 사진과 함께 지문이 남아 있을 만한 도구를 두세 개 가지고 경시청으로 돌아가 곧바로 수배를 내렸다.

오코로치 선생과 우리는 아이를 한 번 더 진찰하고 싶어서 남아 있었다. 미요코가 너무 울어서 난처하던 참에 병원에서 보낸 심부름꾼이 헐레벌떡 뛰어들어 왔다. 그가 가져온 것은 오카무라 학사가 다치다 의학사 앞으로 보낸 편지였다. 곧바로 봉투를 열어 보니 혼란스러운 필치로 "나는 척수가 부러져 여기 작은 병원에 실려와 있네. 자네를 만나고 싶지만 그때는 이미 목숨을 잃었을 거네. 오코로치 선생님이 예리한 눈으로 모든 것을 꿰뚫어 보실 것 같아서 무섭지만 기쁘기도 해. 선생님께는 아무쪼록 자네가 안부를 전해 주게"라고 써 있었다.

아이를 진찰하기로 한 것을 미루고 선생을 비롯한 우리는 곧바로 그 변두리 병원으로 차를 몰았다. 우리가 도착했을 때 오카무라 학사는 척추 골절과 함께 척수요절 제2번, 3번이 부러진 상태로 잠들어 있었다. 간밤에 근처 들판에서 발견되어 이곳으로 실려 왔다고 한다.

오카무라 학사는 다치다 의학사와 내가 이곳에 올 것을 예상했지만, 오코로치 선생이 오시리라고는 미처 생각하지 못한 것 같았다. 선생이 병실에 들어오자 흠칫 놀라더니 바로 울음을 터트렸다.

"선생님. 용서해 주십시오."

오카무라 학사는 용서해 달란 말을 반복하며 오코로치 선생의 손을 잡고 놓으려고 하지 않았다.

"대강 짐작하고 있네. 자네도 헤이스케가 아이의 친아버지를 죽였다고 생각하지?"

"맞습니다. 그렇습니다."

"제대로 꿰뚫어 봤네. 나도 그렇게 생각하네. 그런데 자네, 그 부상은 어떻게 된 건가?"

오카무라 학사는 선생의 손을 잡고 그 손에 얼굴을 대고 울기만 했다.

"내가 짐작한 바를 들어 보겠나?"

오코로치 선생이 그렇게 말하며 오카무라 학사가 고개를 끄덕이는 것을 바라보았다.

"자네는 아이 아버지를 문진할 때 아이의 분석 결과를 토대로 자네가 해석한 내용을 솔직히 말했을 거네. 그리고 그것을 미끼로 그의 아버지를 협박했나? 문헌을 핑계로 실습 학생을 멀리 보낸 것을 보면 그런 추측이 가능하지. 하지만 그렇지 않을 것이네. 아버지 쪽에서 먼저 분석을 중단하면 돈을 주겠다고 말했을 것이네. 자네는 그 유혹에 넘어간 것이지. 자네처럼 머리 좋고 의지가 강한 남자가 말이야……. 그리고 밤 열두 시경에 어딘가로 약속 장소를 정했겠지. 한적한 곳으로 말이네. 그리고 그곳에 갔을 때, 돈을 주었든 주지 않았든, 어둠 속에서 곤봉 같은 무언가로 자네를 내리쳤을 것이야. 그 순간 자네는 쇼크로 쓰러졌을 테고. 상대는 자네가 죽은 줄 알고 도망쳤겠지."

"선생님, 용서해 주세요."

오카무라 학사는 얼굴을 들지 못하고 흐느껴 울었다. 그것은 오코로치 선생의 말에 정정할 여지가 일언반구도 없다고 인정하는 것이나 마찬가지였다.

"하지만 오카무라 군. 한 아이를 데리고 이 정도의 분석을 해낼 수 있는 실력을 가진 사람은 이 세상에 단 네 명밖에 없네. 한 사람은 프로이트 선생이지. 그리고 또 한 사람은 프로이트의 제자인 랑크라는 사람이야. 그리고 그 다음이 나, 오코로치네. 마지막 한 사람. 그게 바로 자네가 누려야 할 명예네. 그 명예를 내가 지켜 주겠네. 내가 자네를 너무 엄하게 가르쳤네. 자네의 가정 형편 같은 것은 모르고 너무 공부만 강요했어. 그 점에 대해서는 사과하겠네. 자네가 입은 커다란 상처의 일부는 내 탓이네. 부디 용서해 주게."

오코로치 선생이 말씀하실 때, 나는 나도 모르게 선생의 다른 한 손을 잡았다. 커다란 눈물이 뚝뚝 떨어졌고 내 의지대로 멈춰지지 않았다. 의국장 다치다 학사는 병실에 아무도 들어오지 못하도록 입구의 문을 잡고 울었다.

스승과 제자 넷이 울고 있다. 마침 황혼이 지는 만추의 방에서…… 오카무라 학사가 숨 넘어갈 것 같은 목소리로 되풀이하는 "용서해 주세요"라는 말이 배경 음악이 되어 방 안에 울려 퍼졌다.

5

오카무라 학사는 이틀 뒤에 죽었다. 사인은 척추골절과 내출혈이었다.

오치아이 경부가 수배를 내렸고, 그 후로부터 사흘 뒤 헤이스케는 관부연락선(関釜連絡船)* 안에서 잡혔다. 조사를 통해 그는 아편 밀수입을 전문으로 하는 상습 범죄자라는 것이 밝혀졌다. 본명은 무토 헤이사부로였지만, 그 세계에서는 상하이의 '상'과 얼굴이 미남이라는 의미를 담아 '상페이'라는 이름으로 통했다. 아편 밀수입 외에도 전과가 몇 가지 더 있는 것 또한 밝혀졌다. 평범한 사람으로 지낼 때는 마쓰무라 헤이스케라는 이름을 사용했으며 6년 동안 신분이 드러나지 않도록 철저한 생활을 해

---

* 전쟁 전 철도성이 본슈의 시모노세키에서 한국 부산 간을 운항하던 철도 연락선을 말함.

왔다.

그가 카무플라주 생활을 하는 데에 있어서 신이치가 자신을 잘 따랐던 것은 의외의 행운이었다. 하지만 6년 동안 마쓰무라 가문의 재산은 거의 바닥난 상태였다. 상하이에 회사가 있다는 것도 새빨간 거짓말이었고 상하이에 일본인과 중국인 내연녀가 두 명이나 있었다.

마쓰무라 마사야스를 죽였을 때는 미요코를 신바시 역으로 불러낸 뒤 몰래 그녀의 집으로 들어가, 일단 힘이 없는 마사야스를 결박한 다음, 윗미닫이틀에 걸어 놓은 끈으로 목을 매달고 그다음에 결박한 끈을 풀었다고 자백했다.

그렇기 때문에 부검 시 교살(絞殺)이 아니라 액사(縊死)라는 결과가 나온 것이다. 게다가 오랫동안 누워만 있던 환자였기 때문에 운 좋게도 사망 추정 시간도 명확하지 않았다.

미요코는 이 살인 사건과 전혀 관련이 없었다.

하지만 당시 세 살이던 신이치가 그 방에 몰래 들어간 헤이스케의 모습과 아버지가 살해당하는 모습을 목격했다는 사실은 분석한 그대로였다.

"그 꼬마 녀석, 6년이나 지났는데 이제 와서 목격자가 되다니! 뒤끝이 안 좋군. 또 정신분석인지 뭔지 하는 그것, 참 무서운 기술이야."라며 헤이스케는 절절히 그 심경을 토로했다고 한다.

오코로치 선생이 나중에 우리에게 설명해 주신 말씀은 정신의학상 아주 중요한 의의가 있는 것이었다.

"아이가 6년이나 지난 사건의 증인이 되었다며 범인은 한탄

했다고 한다. 하지만 아이라고 해서 누구든 그럴 수 있는 것은 아니야. 신경증적인 경향을 보이는 아이여야 하고, 또 시간이 흘러 말을 할 수 있게 되었을 때 신경증에 걸려 있지 않으면 알 수 없을 것이네. 나는 이 사례를 처음 진찰했을 때를 오이디푸스 콤플렉스를 가지고 설명하자면, 아이가 남자아이이기 때문에 어머니를 따라야 하는데 어느 시기부터 아버지만 따랐다고 말했네. 나는 그 '어느 시기'에 문제가 있는 것 같다고 생각했네. 나중에 보니, 살해된 아버지에 대한 동정 때문이었네. 아버지가 살해를 당한 것이라면 동정받아야 마땅하다고 아이는 본능적으로 깨달았겠지. 그러한 동정심이 생기고 나서 아버지에 대한 공포심이 쏙 들어갔고, 반대로 아버지 역할을 대신하는 사람에게 애착이 생겼네. 그리고 리비도 경제의 법칙에 따라 어머니에 대한 애착이 사라졌지. 이 급격한 변화 때문에 나는 아이 아버지의 죽음이 자살이 아닌 타살일지도 모른다고 추측했네. 이때 말에 대한 공포, 즉 아버지에 대한 공포가 사라졌다는 증거가 있었다는 것이 이론상 매우 흥미로워.

그럼 아이의 동물 공포증에 관해 설명해 보도록 하지. 이 아이는 말에 대한 공포가 해소되자, 이번에는 반대로 작은 동물을 무서워하게 되었네. 이 또한 이론적으로 딱 맞아떨어지네. 그런데 무의식중에 사체에 대한 애착이 남아 있어서 죽은 쥐를 보면 몸을 움직일 수가 없게 되는 것이지. 그 자리를 떠날 수 없게 되는 거야. 즉, 아이에게 강박 제지 증상이 나타났다고 볼 수 있어. 강박 제지 증상이 나타날 정도로 사체에 대한 애착이 강하다는 것 또한 외부의 힘으로 인해 해를 당한 아버지에 대한 강한 동정을 의미하는데, 나는 이것을 단서로 타살을 예측했네.

피가 묻은 쥐는 무서워하지 않았다는 것도 살인이 외부 힘을 통한 교살이었다는 사실에 기반하네. 게다가 원초경, 즉 아버지가 살해당하는 모습을 바라볼 때 우연히 망막맥관시가 일어났고, 이 두 가지 상황이 결합하면서 완전한 신경증을 일으킨 것이야.

그리고 이른 아침 헤이스케가 갑자기 상하이에서 돌아와 현관문을 세게 두드리고 들어왔을 때, 원초경이 다시 점화되면서 격한 발작을 일으킨 것인데, 이는 친아버지를 살해한 자가 헤이스케라고 추측할 수 있는 결정적인 근거가 되네. 신경증을 연구하면 할수록 이 '원초경'의 정확함, 그 존엄함을 통감하네. 오카무라 군의 실력이 확실히 드러난 때가 바로 이 원초경을 확신하고 헤이스케가 살인범이라는 것을 예측해 냈을 때지.

어찌 되었든 아이가 친아버지의 복수를 한 셈이네.

단지 불쌍한 건, 오카무라 군이지. 앞으로 이 분야에서 오카무라 같은 수재는 한동안 나오지 않을 것일세."

선생은 이 이야기를 하실 때마다 오카무라 학사의 요절을 슬퍼하고 안타까워하셨다.

〈신청년〉 메이지 9년 11월 발표

잠자는 인형

기기 다카타로

1

니시자와 선생의 아내는 착한 사람이었다. 그들은 결혼한 지 십 년 가까이 됐지만 아직 아이가 없었다. 제자들이 선생을 잘 따랐던 원인 중 하나가 아이가 없기 때문이었을지도 모른다.

아이가 없는 이유는 의학상 여러 원인이 있을 수 있다. 그리고 그중에는 수술을 통해 아이를 낳는 사례도 많이 있다. 하지만 니시자와 선생은 본인이 의학박사이자 생리학 교수임에도, 누군가 그것을 권유하거나 심지어 그의 아내가 원한다고 말해도 절대 로 수술 같은 것을 받아들이려고 하지 않았다. 그뿐 아니다. 자 신과 아내가 병이 났을 때에도 좀처럼 내과 의원을 부르려고 하 지 않았다. 하지만 선생은 기초의학자인 만큼 그 병 치료에 관해 서는 학창시절 배운 것이 전부였을 것이고, 그것도 꽤 세월이 지 났기 때문에 믿을 만한 것이 못됐다. 결국 자연치료의 힘으로 병이 나았으니 잘된 일이기는 하지만. 이에 관해서는 매우 아마추어 같은 냄새가 났다.

제자들은 이런 부분에 대해 잘 알고 있었다. 제자들은 단순히 니시자와 선생이 본인과 본인이 사랑하는 사람의 몸을 타인에게 맡기는 것을 극도로 꺼리는 사람이라고 생각했다.

그런데 최근에 선생의 아내가 갑자기 큰 병에 걸렸다. 선생님도 당황했고 제자들도 매우 놀랐다. 모두가 문병을 갈 겸 집안일을 도와 드리겠다고 말씀드렸다. 제자들은 하녀가 하는 부엌일 외에 집사 일부터 방과 정원 청소까지 분담을 정해서 다 같이 하기로 했고, 총지휘는 당시 조교수였던 내가 맡기로 했다.

병실에는 새로운 간호사를 두었다. 주치의는 내과 조교수 후루사와 박사가 맡았다. 그리고 내과 교수 고이케 류조 박사가 매일 진찰을 하러 갔다.

"아무래도 기면성 뇌염(嗜眠性腦炎)*이라고 봐야 할까. 하지만 내가 본 사례 중 이런 케이스는 처음이네."

"왜? 어떻게 다른가?"

"다른 정도가 아니야. 일본에서 일반적으로 기면성 뇌염이라고 하면, 우리가 알고 있는 바로 그것, 1919년에 에코노모가 처음 발견한 것인데, 그것과는 아주 많이 다른 것 같네. 원인은 같을지 몰라도 아마 특이한 케이스일 것이네. 이것을 유행성 뇌염이라고 부르는 것이 맞다고 하니 그렇게 부르고 있지. 물론 이

---

* 유행성 뇌염의 일종으로 침울, 무기력, 기면 등의 증상을 보이며 심해지면 혼수상태에 빠지기도 한다.

두 가지 병은 모두 원인이 아직 밝혀지지 않았네. 같은 병인데 형태가 두 가지인 것이라고 보는 사람은 기면성 뇌염을 A 형 뇌염, 유행성 뇌염을 B 형 뇌염이라고 명명하고 있네. A 형은 겨울철에 주로 나타나고, B 형은 여름철에 주로 나타나니까 하계 뇌염이라고 부르자고 주장한 놈까지 있을 정도야.

그런데 자네의 아내가 걸린 케이스는 아무리 봐도 유행성 뇌염은 아닌 것 같네. 그러니까 흔히 나타나는 유형이 아니라는 것이지. 경부강직(頸部强直)*도 없었고 커니그 징후(Kernig's sign)**도 없었네. 안검하수(眼瞼下垂)*** 축닉(搐搦: 경련), 진전(振顫)****도 없었어. 그리고 무엇보다도 열이 없었네. 단지 의식을 잃고 혼수상태에 빠진 것이 증상의 전부라네. 후루사와 군, 글로불린(globulin)*****은 어땠나? 뇌척수액(腦脊髓液)******은?"

"뇌척수액은 투명합니다. 뇌압도 정상입니다. 글로불린 반응 또한 음성이었습니다."

"좋아. 소변은?"

* 머리와 목이 뻣뻣하여 펴지 못하면서 아픈 증상.
** 고관절에서 몸을 앞으로 굽히거나 대퇴를 앞쪽으로 굽혀 몸과 대퇴가 이루는 각도를 거의 90도까지 구부린 경우, 반사적으로 고관절에 있어서 하지가 굴곡하는 현상.
*** 윗눈썹의 가상부전으로 윗눈썹이 처짐에 따라 안열이 비정상적으로 협소해진 상태.
**** 몸의 일부를 무의식적으로 떠는 것.
***** 단순단백질 중 물에 용해되지 않는 단백질군으로, 동식물의 조직 및 체액에 주로 존재한다.
****** 수액이라고도 부르며 뇌와 척수를 감싸고 있는 연막과 지주막 사이에 있는 지주막 하강 및 뇌실을 채우고 있는 액체.

"요폐(尿閉)*가 있었기 때문에 카테터(catheter)**로 제거했습니다. 색이 조금 짙었고 단백뇨는 없었습니다. 당도 없습니다."

고이케 박사는 여기까지 보고를 듣고 후루사와 박사에게 펜라이트를 건네 받아 환자의 눈을 손가락으로 벌렸다.

"자, 여기를 보게. 동공이 상당히 작네. 기면성 뇌염인 경우라면 동공이 확대되어 있을 텐데, 이렇게 동공이 작은 경우는 보통 잠을 자고 있을 때네. 이것 보게. 동공반사도 정상이야. 건반사(腱反射)***는 꾸준히 높은 상태네. 말을 한 번 걸어보니 순간적으로 눈을 뜨지만 사물을 보는 것 같지는 않았어. 기면성이든 유행성이든 말을 걸면 눈을 뜨고 잠에서 깨야 하는데 말이네. 이는 곧 앞이 보인다는 뜻이지. 뭔가 질문을 하면 대답을 하네. 하지만 자극을 멈추면 바로 다시 잠이 드는 것이 특징이야. 단, 위독해지면 그런 증상은 없지만, 이 경우에는 특이한 증상이 없고 심지어 잠이 훨씬 깊네. 따라서 이것은 기면성 뇌염의 순형(純型)에 가까운 것이 아닌가 생각되네. 그런데 에코노모가 발표한 순형 증상 중에서도 이렇게 증상이 없고 기면 증상만 나타나는 경우는 없어. 하지만 어찌되었든 나는 아무래도 이 병을 기면성 뇌염이라고 진단할 수밖에 없네. 누가 진찰하든 마찬가지일 것이야."

"아니, 자네가 봐 줬으니 다른 사람에게 보일 필요는 없네. 단

* 방광에 오줌이 괴어 있지만 배뇨하지 못하는 상태.
** 주로 오줌의 배출 등 체내 내용액의 배출을 위해 사용되는 고무 또는 금속제의 가는 관.
*** 척추 반응 중 가장 간단한 것으로, 건을 두드리면 그 다리가 갖고 있는 근육이 수축하는 현상.

지, 앞으로 어떻게 될 것인지가 궁금한데, 어때? 낫겠는가?"

"예후라는 녀석이 참 어려운 것이지. 잘 모르겠네."

내과 의사로서 신적인 존재로 여겨지던 고이케 류조 박사조차 동료 니시자와 박사 앞에서는 이 분야에 관해 권위가 없음을 솔직히 고백했다.

잠시 생각에 잠기더니

"그렇겠지. 이렇게 깊은 잠이 일주일씩이나 계속되고 있으니 요폐도 생길 것이고…… 친척들에게 미리 알려 둬야겠어."라고 말했다.

요폐는 정말 질색이다. 간호사가 카테터로 소변을 배출시키려고 하면, 선생님은 타인이 당신의 아내 몸을 만지는 게 정말 싫지만 억지로 참는다는 표정을 하고 있었다.

고이케 박사가 말한 예후는 적중했다. 일주일 정도 지났을 때 전신 근육을 만져 보니 근육이 굳어 가고 있었다. 이를 의학 용어로 리지디티(rigidity)*라고 한다. 리지디티는 몸에 손이 닿으면 닿을수록 더욱 딱딱하게 굳어지는 다소 특이한 증상이다. 이것 또한 니시자와 선생님이 발견했다면 그렇게 볼 수도 있다.

"아직 내과의가 진찰하지 않았지만, 이것은 반사성 리지디티라고 해야 할 것이네. 독이 중뇌에 있는 적핵까지 퍼졌다는 증거지."

니시자와 선생님은 우리에게 말씀하셨다.

"무슨 독을 말씀하시는 겁니까?"

---

* 골격근 또는 이와 연결된 신경에 적당한 자극을 반복적으로 가하면 자극에 의해 일어나는 경련과 수축이 합성되어 수축 상태가 지속되는 현상.

나는 무심결에 이렇게 물었다.

이때 니시자와 선생님이 한 방 얻어맞은 것처럼 깜짝 놀라더니, 바로 공포에 질린 표정을 지으셨다. 나는 그때 그 표정을 아직도 잊을 수 없다.

선생님은 매우 당황하면서

"독이라니, 자네……. 기면성 뇌염의, ……그래, 고이케 군이 가정한 독소를 말하는 거지. 뇌염의 독소 말이야."라고 말했다.

"아아, 그 독소 말씀이십니까."

바로 내가 이렇게 말했지만, 선생님은 이상할 정도로 침묵하고 계셨다. 내가 무심코 한 말이 왜 그렇게 선생님을 자극했는지 그때는 알지 못했다.

이때부터 니시자와 선생님은 아내의 손과 발을 계속 주물렀다. 그 몸짓에서 애석함이 보이기도 했고, 애무를 하는 것처럼 보이기도 했다. 이윽고 2주가 지났을 때, 전신의 모든 근육이 솜처럼 부드러워졌다. 마비 증상이 나타나기 시작한 것이다.

하지만 사모님의 몸 상태보다도, 니시자와 선생님의 상태가 간병을 하면서 점점 변하기 시작했다. 선생님은 수염을 깎지 않으셨다. 처음에는 사람이 없을 때만 기면에 빠진 부인을 애무하는 것 같더니, 나중에는 간호사나 제자들 앞에서도 전혀 거리낌 없이 그 행위를 계속하셨다. 선생님은 병석에 있다가 이제 막 회복한 사람처럼 구레나룻을 길렀고 인상도 완전히 바뀌었다. 선생님은 주변 사람들이 무엇을 하든 신경 쓰지 않고, 기면 환자인 아내 얼굴에 자신의 얼굴을 맞대고 떨어지려고 하지 않았다. 처음에는 아내를 너무 사랑해서 그러시는 것이라고 생각했지만, 나중에는 자기 잘못으로 아내가 병에 걸렸다는 듯 슬퍼하시는 것처럼 보였다. 보기에 따라서 죽어 가는 생명을 어떻게 해서든 붙잡으려고 애쓰는 것처럼 보이기도 했다.

선생님은 자연과학자로서의 위엄도 교육자로서의 위엄도 전부 집어던진 사람 같았다. 심지어 묘하게도 옆에서 간호를 하는 간호사와 그의 제자들도 그 광경을 보면서 마치 자신이 애무를 당하는 듯한 불쾌감을 느끼게 되었다.

선생님의 아내는 결국 발병한 지 18일 째 되는 날 숨을 거두셨다.

이 순간에도 나는 선생님의 의외의 모습을 보았다.

선생님은 아내가 죽었는데도 장례식에 관한 말씀을 하지 않으셨다. 그뿐 아니라 시체를 마치 살아 있는 사람 대하듯 애무를 멈추지 않으셨다. 하지만 그 상태로 계속 내버려둘 수는 없었기에, 내가 스스로 나서서 장례 위원장을 맡았고 겨우 고별식 순서를 정할 수 있다.

고별식에는 많은 사람이 분향하러 왔다. 이는 10월 초의 일이었다.

장례식 날, 예상 밖의 추운 바람이 불어서 갑자기 겨울이 온 것 같았다. 친척과 제자들이 관을 들었다. 젊은 간호사가 선생님 뒤를 따랐다. 그 간호사 손에는 자색 만년청 잎사귀가 가득 쥐어져 있었다.

이것은 돌아가신 사모님이 좋아하던 식물이었다.

2

니시자와 선생님 아내의 죽음은 너무나도 무서운 범죄였다.

그뿐이 아니다. 이는 또 다른 범죄의 출발점이기도 했다.

이 죽음 이후 계속된 범죄는 감춰진 세월 동안 차츰차츰 진행되어서 십 년이 지난 뒤에야 비로소 세상에 알려지게 되었다. 나는 내 은사인 니시자와 후미타로 선생님이 평소 해 오셨던 생활이나 과오를 범죄라고 말하고 싶지는 않다.

나는 선생님이 하셨던 정상이라고 할 수 없는 그 모든 일이 천재가 행한 혁명적이고도 학문적인 대업이었을 것이라고 믿는다.

한편, 선생님은 수염을 밀고 다시 위엄 있는 모습으로 돌아오셨다. 그리고 선생님의 날카로운 눈빛에서 예전과 같은 연구에 대한 한없는 열정이 보이기 시작했다. 그뿐만 아니라, 선생님은 오히려 예전과 반대로 연구를 서두르려고 하시는 것 같았다.

사랑하는 아내를 잃은 슬픔을 달래기 위해 연구에 몰두하시는 것일까. 가정을 돌볼 의무가 사라져서 자유로운 연구를 할 수 있게 된 걸까. 어찌 되었든 선생님은 연구와 지도에 상당한 열정을 쏟으셨다.

선생님의 전공은 생리학 중에서도 특히 중추 신경 계통의 생리학이다. 선생님은 전공 분야에서 거의 천재라고 일컬어질 정도의 학자셨고, 특히 수면 생리와 수면제, 또는 마취제 연구에 관해서는 전 세계를 통틀어 선생님을 따라올 학자는 없을 것이라는 평가도 있었다. 학계에서의 명성도 욱일승천의 기세였다. 그 위풍당당한 논진, 쾌도난마의 토론은 듣는 사람으로 하여금 가슴속 깊은 곳에서부터 솟아나는 의문을 떨쳐 버릴 수 있게 했다.

당시 선생님은 모르모트와 쥐를 이용해 강력한 수면제를 합성하는 것에 연구의 역점을 두고 있었는데, 아내가 돌아가시고 나서는 갑자기 고양이와 원숭이를 이용해 연구에 매진하기 시작하셨다.

선생님의 연구 과정은 항상 뜻밖에서 나온다. 연구가 비약에 비약을 거듭해 가는 것도 천재로서는 어쩌면 당연한 것이었을지 모른다. 연구만이 아니다. 사생활에 있어서도 적잖이 그러했다. 선생님의 갑작스러운 재혼 이야기 또한 그중 하나였다. 제자들 중 몇몇은 아내가 돌아가신 지 일 년 정도가 지나면 선생님을 찾아뵙고 재혼을 권해야겠다고 마음을 먹고 있었다. 그런데 선생님이 먼저 재혼을 할 거라는 말씀을 꺼내셨고 그 시기가 너무빨라 다들 놀라고 말았다.

놀랄 일은 또 있었다.

첫 번째는 선생님의 재혼 상대가 아내를 간호하던 내과 간호사라는 점이었고, 두 번째는 그 간호사가 아직 스물한 살밖에 되지 않은 대학교 간호사 양성소를 갓 졸업한 아가씨였다는 점이었다. 선생님과 무려 스무 살 이상 차이가 나는 셈이다.

선생님은 천재라고 불렸다. 천재라는 타이틀은 아무에게나 붙는 것이 아니다. 하지만 선생님은 분명, 그의 연구가 말해주듯이, 그리고 저서인 『최신생리학요의』 1권이 말해 주듯이 천재라는 타이틀과 어울리는 사람이었다. 그리고 그와 동시에 유별난 부분 또한 다분한 분이셨다.

때마침 봄이었다. 선생님은 새로운 젊은 부인을 데리고 번화가나 교외를 걸었다. 젊은 부인을 아내로 맞이하고 나서 연구는 완전히 뒷전으로 밀려났고, 선생님은 젊은 부인에게만 목을 매시는 것 같았다. 실상은 그것이 전부가 아니었을 것이다. 선생님은 보통 연구를 하실 때는 척척 진행하지만 쉬실 때는 철저하게 내려놓으시는 성향이 있었는데, 선생님에게 이 두 시기가 번갈아가며 찾아오고는 했다.

한편, 6월의 어느 날이었다. 나는 갑작스럽게 선생님의 자택으로 불려갔고 뜻밖의 이야기를 들었다.

무슨 이유인지, 선생님이 XX 대학의 요직을 그만두기로 결심하신 것이다.

나를 비롯한 사람들은 여기서 그만두시면 안 된다, 대학에서도 곤란해할 것이다, 그러니 제발 결심을 물러 달라고 진심으로 부탁드렸지만 소용이 없었다.

"내 후임으로 자네만 한 사람이 없네. 자네도 내가 있는 동안 나에게 의지했겠지만, 이번에는 자립해서 제대로 한번 해 보게."

그렇게 말씀하시며 선생님은 차근차근 설명했다.

이 결심은 얼마 되지 않아 학교 내에도 퍼졌다. 교수들과 조수들 사이에서 반대 운동이 일어났다. 하지만 선생님은 거절하셨다. 가장 끈질긴 것은 학생들의 만류였지만, 선생님은 그들의 순수한 바람까지도 단번에 거절하셨다.

"이유는 묻지 말게. 만약 꼭 이유가 필요하다면, 마쓰코(아내의 이름)에게 미열이 있어서 걱정하던 참에 보슈(房州)에 있는 해안에 가서 한동안 요양을 하게 되었다고 말해 주게. 이제부터는 자네 몫이네. 과연 다치바나가 니시자와 선생의 제자라서 그런지 거침없이 잘 해내고 있구나라는 말이 나오게 해주게. 잘하고 있는지 꼭 어딘가에서 지켜보고 있겠네. 하지만 꼭 말해 두고 싶은 것이 있어. 절대로 내가 있는 곳에 찾아오지 말게. 부디 내 은퇴가 진정한 은퇴로 남을 수 있도록 해주게. 내가 인생에 관해 돌아볼 수 있도록 내버려 두게. 마지막으로 부탁이 하나 더 있네. 그게 무엇인가 하면, 내 저서의 인세를 자네가 내 대신 관리하고 내가 알려 주는 곳으로 보내 주었으면 하네. 나에게 약간의 돈이 있으니, 인세를 보태면 편하게 살 수 있을 것 같아. 그럼 아무쪼록 잊지 말고 도와주게. 내 부탁을 들어주는 것이 자네가 나에게 할 수 있는 최고의 호의일 것이야."

선생님은 이렇게 말씀하셨다.

선생님이 이유를 묻지 말라고 했던 것이 오히려 각양각색의 소문을 만들어 내는 원천이 되었다. 학내에서는 간호사와 결혼한 것 때문에 풍기문란 문제에 책임을 느껴 사직하셨다는 소문까지 돌았다. 이러한 소문이 사실이 아니라는 것은 분명하다. 그렇다면 진짜 이유는 무엇일까. 제자들 중 아무도 아는 사람이 없었다. 선생님은 우리 제자들에게서만 도망친 것이 아니라 친척과 친구, 그 외의 모든 관계를 끊고 도피하셨다.

나는 선생님의 당부를 자주 잊어 버렸다. 교내 일이나 학계 일로

골치 아픈 문제가 생길 때마다 나는 선생님을 찾아가고자 했다.

편지를 썼다. 몇 번이고, 몇 번이고…….

결국 나는 은퇴한 이후 보슈에 계시는 선생님을 찾아갔다. 하지만 문은 굳게 잠겨 있었고 만나 주지 않으셨다. 하녀가 대문 앞까지 나와서 거절했지만 나는 포기하지 않고 이틀 동안 아무것도 먹지도, 마시지도 않은 채 대문 앞에 서서 기다렸다. 나는 그런 사람이었다. 결국 선생님이 게타 바람으로 뛰어나오셨다. 그러고는 마치 예전 조수 시절 혼을 내셨던 것처럼 아주 무서운 표정으로

"끈질긴 녀석. 돌아가!"라고 말씀하시며 손짓을 하셨다. 나는 풀이 죽어 돌아왔다. 하지만 조금도 원망스럽지 않았다. 선생님 또한 나였기 때문에 그렇게 단호하게 혼내신 것이라고 생각했기 때문이다.

왜 그렇게 철저하게 나와 친척, 그리고 친구들을 밀어내는 것일까. 그 이유를 짐작하기 힘들었다.

그러던 사이, 선생님이 주소를 바꾸셨다. 보슈에서 어딘가로 이사를 하시고 새로운 주소를 나에게조차 숨기신 것이다. 어떤 사람은 간사이 모 지역에서 선생님을 보았다고 알려 주었고, 어떤 사람은 도호쿠의 벽촌에서 선생님과 비슷한 사람을 봤다고 연락해 주었다. 하지만 그 이후 선생님의 행방은 묘연했다.

그러나 나는 잊지 않았다. 거듭되는 선생에 대한 사모의 정과 함께 10년의 세월이 흘렀다. 그리고 어느 여름 날 아침, 나는 뜻밖의 장소에서 뜻밖의 모습으로 선생님과 재회했다. 그 뜻밖의

장소는 바로 도호쿠의 어느 마을이었다. 그리고 그 뜻밖의 모습이란 바로 선생님이 목을 매어 죽은 시체로 발견된 것이었다.

선생님은 지난 10년 동안 떠돌고 떠돌다가 여기까지 오시게 된 것일까. 그 젊었던 두 번째 아내는 어떻게 되었을까. 무엇보다 지난 10년 동안 선생님은 어떤 인생을 살아 오셨을까.

이러한 의문은 시체가 발견되면서 새롭게 드러난 선생님의 고백서에 소상하게 적혀 있었다.

이것을 고백의 글이라고 해야 할까, 참회록이라고 해야 할까. 아니면 인생의 기록이라고 해야 할까. 선생님이 경험하신 너무나 이상한 생활이 이 글에 담겨 있었다. 이는 우수한 생리학자가 인간의 몸을 가지고 시도한 실험 보고서이기도 했다.

문장은 선생님 특유의 문체로 쓰여 있었다. 의학을 공부한 사람이기 때문에 군데군데 라틴어와 독일어가 보였고 생리학 용어도 꽤 많이 쓰였다. 그중 이해하기 어려운 부분은 임의로 수정을 가했다. 구어체로 고치는 것이 좋을 것 같아서 수정했지만, 뛰어난 학자로서 위엄이 넘치면서 인간으로서의 나약함이 묻어나는 이 고백서의 문체를 과연 내가 생생하게 재현해 낼 수 있을까. 우려가 된다. 만일 제대로 재현하지 못했다면, 그 죄는 전부 나에게 있다.

3

그 후로 벌써 3년이 흘렀다. 나도 쉰여섯 살이 되었으니, 내 힘이 약해지고 있다는 사실을 인정하고 각오를 해 둬야 한다. 각오해 야 할 것은 세 가지다. 첫 번째는 아내 마쓰코이고, 두 번째는 장 남 후미오이며, 마지막 세 번째는 과거 10년에 걸친 나의 참회에 관해서다.

나는 이 세상에 태어나 학자에 뜻을 두었고 생리학 분야에서 알려지게 되었다. 중년이 되고 교단에서 물러나기는 했지만, 숨 이 끊어지기 전까지는 역시 이 학문 분야에서 무언가 공헌을 하고 싶다는 생각을 떨치지 못했다. 내가 지금 남기는 이것은 태만하게 보였을 지난 10년간의 내 연구이기도 하다. 하지만 이 것을 세상에 공개하지 않는 것이 나으리라는 생각 때문에 내 첫 제자인 다치바나 세이시로 박사에게 남긴다. 다치바나 박사 가 좋은 곳에 써 주기를 바란다.

그 당시 내 연구의 초점은 중추 신경 기능과 수면 현상의 관계 였다.

동물은 왜 매일 자는가가 연구 과제였다. 그 연구의 결과를 얻 기 위한 가장 빠른 지름길은 강력한 수면제를 합성하는 것이 었는데, 나는 모르모트와 토끼를 사용해 실험했고 끝내 상당 히 강력한 수면작용을 일으키는 화합물을 합성해 냈다. 합성 의 경과를 바탕으로 실험식을 도출해 보면, 탄소고리에 두 개의

CH3와 두 개의 NH2를 합성하고 두 개의 CaCl을 합성한 매우 간단한 구조이다. 이는 물론 좌선성(左旋性)*과 우선성(右旋性)** 이라는 성질이 있고, 이것이 균등하게 존재할 때 실험동물은 체중 1kg당 0.1mg에 30분에서 50분 사이의 깊은 잠에 빠지고 48시간이 지나야 잠에서 깨어난다. 그리고 그 후 어떠한 후유증도 남지 않는다.

이를 처음 발견했을 때는 그야말로 전인미답의 경지에 이르렀다는 것을 예감했다. 이 화합물이 중추 신경 어디에서 작용해 힘을 발휘하는 것인지 아직 확실히 밝혀내지 못했을 때, 내 아내가 불면증을 호소했다. 그녀의 불면증은 일종의 히스테리성으로, 시중에서 판매하는 수면제로는 심장에 해가 가해질 정도의 양을 먹어도 듣지 않는 상당히 정도가 심한 불면증이었다. 그래서 문득 시험 삼아 극히 소량의 이 화합물을 먹여 보자는 아이디어가 떠올랐다. 체중 1kg당 0.1mg 분량의 화합물이 모르모트나 토끼에게 48시간의 수면을 발생시켰으니, 체중 1kg당 0.025mg 정도면 사람에게 무효하지는 않을 수 있어도 위험하지 않을 거라고 생각했다. 하지만 예상과 달리 약물이 너무 강하게 작용해서 아내는 결국 영원히 깨어날 수 없는 잠에 빠지고 말았다.

당대 내과 일인자로 명성이 자자하던 친구 고이케 류조 박사는 이를 기면성 뇌염이라고 진단했다. 고이케 박사의 말대로 아내

* 좌회전성. 어떤 물질이 직선 편광을 받으면 그 편광면을 왼쪽으로 돌게 하는 성질.
** 우회전성. 어떤 물질이 직선 편광을 받으면 그 편광면을 오른쪽으로 돌게 하는 성질.

의 수면 증상은 기면성 뇌염의 증상들 중 기면 증상만 있고 그 외의 부수적인 증상, 즉 뇌염에 해당하는 증상은 거의 하나도 없었다. 내가 나쁜 짓을 저지른 것인가. 나는 고이케 박사의 진단이 다행이라고 생각하면서 내가 저지른 죄를 은폐하고자 했다. 이 점에 관해서는 문제가 있다. 그러니까 내가 만든 화합물이 아내 몸속에서 반응을 일으켰을 수도 있지만, 그와 동시에 기면성 뇌염까지 걸린 것일 수 있다는 말이다. 죽이려는 의도도 없었고 생전 처음 만든 화합물을 잘못 사용한 것이 전부이니, 법률적으로 과실죄조차 성립하지 않을 것이다. 하지만 분명 나는 도덕적으로 나쁜 짓을 저질렀다.

하지만 이러한 반성보다도 무언가가 내 마음을 강하게 이끌었다. 그것은 바로 이 화합물의 놀랄 만한 작용이었다. 이 화합물은 대뇌에 작용하는 다른 마취제와 달리 생리학적으로 시상하부위(視上下部位)*의 수면 중추를 선택적으로 침범하기 때문에, 기면이라기보다는 수면 증상이 나타나게 된다. 또 시간이 지남에 따라 위쪽 간뇌(間腦)와 아래쪽 중뇌로 영향을 미치거나 결국 뇌염 증상을 보이는데, 그렇게 되면 기면 증상은 극도로 깊어진다. 나는 이러한 생각에 이르렀을 때 매우 기뻤다. 결과가 이러했기 때문에 그 똑똑하다고 소문난 고이케 군이라고 해도 기면성 뇌염이라는 진단을 내릴 수밖에 없었던 것이다.

하지만 어찌되었든 나는 아내를 죽였다. 이 사실은 천지신명

---

* 척추동물 간뇌의 일부분으로 자율 신경계 중추. 생명 현상을 수행하기 위해 가장 중요한 통어 기능을 갖은 중추이다.

앞에 끌려간다고 해도 명백한 살인이다. 그 생각에 나는 두려워 등골이 오싹해졌다. 불현듯 아내가 가여워졌다. 아무리 용서를 빌어도 내 과실의 희생양이 된 아내에게 용서받지는 못할 것이다.

아내가 죽고 나서 이 존엄한 인간의 희생으로 얻은 숱한 의문을 해결하기 위해 나는 연구에 매진했다. 그 결과 고양이와 원숭이 같은 동물에게는 수면사를 발생시킨다는 것을 발견했다. 그와 동시에 수면사를 당한 동물의 부검과 특별한 실험을 실시한 결과, 간뇌 하부와 중뇌 상부에 걸쳐 수면 중추가 존재하고 내가 만든 화합물이 이 중추를 선택적으로 침해한다는 사실을 깨달았다. 생리학 분야에서 이들 중추와 대뇌반구의 관계는 매우 중요하다. 이 연구를 발전시키면 세계를 놀라게 할 수 있을 것이다. 응용의 범위 또한 넓어질 것이다. 사형수에게 이 약을 0.002g 이상 처방하면 바로 사망할 것이다. 어쨌든 응용 사례를 여기에서 언급할 만한 여유는 없다. 나는 학술상 승리를 얻었지만, 발표의 자유를 빼앗겼다. 세상에 나가 아내의 죽음을 사죄할 용기가 없기 때문이다.

그래서 나는 대학을 떠나기로 결심했다.

갈팡질팡하며 결심이 흔들리던 그때, 나에게 이상한 운명이 찾아왔다. 아내가 병을 앓았을 때 간호해 주던 젊은 간호사가 아내를 잃고 텅 빈 집에 자주 드나들게 되었고, 나는 그 아가씨에게 애착을 가지게 되었다.

이 시점에 남의 이목을 신경 쓸 것 없으니, 망설임 없이 쓰겠다.

나는 아내와 결혼하기 전까지 여자가 무엇인지 몰랐던 남자다. 아내로 인해 처음 여자를 알았고 연정이 무엇인지도 깨달았다. 그런데 이 연정이라는 것이 젊은 사람들이 하는 사랑과 다르다는 사실을 이 젊은 아가씨를 사랑하게 되면서 비로소 알게 되었다. 마흔여섯 살에 처음 사랑을 했다. 사랑이라는 것은 얼마나 신비로운 것인가. 그것은 새로운 인생, 미지의 세계와도 같았다. 나 같은 늙은이가 이렇게 말하면 모두 비웃겠지. 하지만 나는 청년 시절 무언가를 잃어 버렸다는 것을 깨달았다. 그리고 그 시절에 무언가를 잃어 버리면, 나중에 바람직하지 않은 일이 발생할 수 있다는 것을 깨달았다.

지금의 내 아내인 마쓰코는 긴 속눈썹에 피부가 매우 하얀 아가씨였다. 통통하게 살이 오른, 키가 너무 크지 않은 아가씨였다. 머리카락은 칠흑 같지만 피부가 하얗고 솜털조차 보이지 않을 정도로 털이 얇은 사람이었다. 겨드랑이에도 거의 털이 없고, 코털 같은 것도 거의 없었다. 그리고 나중에 알게 된 사실이지만, 그녀의 알몸은 너무나도 하얀 인형 같은 피부였다. 토끼나 고양이 중에서도 유난히 희고 털이 부드러운 것들이 있는데, 그런 동물들은 마취제에 특히 더 취약하다.

내가 강제로 이 아가씨와 관계를 가졌을까. 아니, 그렇지 않다. 우리 서로가 원했다. 하지만 나는 무슨 일이 있어도 결심한 일은 해야 하는 성격이다. 언뜻 강제적으로 보였을지도 모른다. 적어도 마쓰코는 그렇지 않다는 것을 알고 있었을 테지만, 나중에는 마치 강제적이었던 것처럼 생각하게 되었다.

지금 돌이켜 보면 고이케(류조 박사)는 친절했다. 내 이야기를 듣자 "그런 일을 나에게 묻는 사람이 어디 있나. 간호사와 문제를 일으키면 곤란하네. 자네 교수회에는 뭐라고 설명할 건가. 간호사라고 해도 그만두면 괜찮겠지. 어쨌든 나는 이 상담에 응할 수 없네."라며 언짢은 표정을 했다.

당시 학부장을 맡고 있던 고이케 박사는 다음 날 마쓰코가 시험관을 깨뜨렸다는 이유로 그녀를 면직시켰다.

마쓰코는 나를 찾아와 울었지만, 나는 그 의미가 무엇을 말하는지 잘 알고 있었다.

이 결혼을 계기로 나는 대학을 그만둬야겠다는 결심을 더욱 굳히게 되었다.

하지만 내가 대학을 그만둬야겠다고 생각한 진짜 계기는 다른 확실한 이유가 생겼기 때문이었다.

내 솔직한 고백을 부디 들어주기를 바란다. 이것이 바로 수많은 사람 중 대학교수이자 칙임* 2등(나는 당시 이런 사람이었다)이며 마흔여섯 된 남자의 품행이다.

비웃고 싶으면 비웃어도 상관없다. 하지만 이 이야기가 누군가에게 도움이 된다면, 그것은 불행한 일일 것이다.

나는 대부분의 연구 생활을 그만두고 새로운 아내와의 생활을 즐겼다. 나이 차이는 전혀 신경 쓰이지 않았다. 나는 인형 같은 마쓰코를 진심으로 사랑했다.

* 칙임은 천황의 의사인 칙지에 의해 관직을 맡는 것을 말하는데, 그 칙임을 맡은 사람은 칙임관이라고 한다.

초여름이 왔다. 댕강목꽃(卯の花)*의 향기가 정겨운 그 시절이 찾아온 것이다. 어느 날 나는 마쓰코를 부르려다가 실수로 마쓰코라는 이름 대신 전처의 이름을 부르고 말았다. 뜨끔했지만 이미 때는 늦었다. 마쓰코는 이상한 표정으로 꼼짝 않고 서 있었다.

"아, 잘못 불렀군. 미안해, 마쓰코."

꼼짝 할 수 없다는 듯이 그대로 서 있기에 일시적으로 마비가 온 줄 알았다. 마비가 풀렸나 싶더니, 마쓰코는 갑자기 울음을 터트리기 시작했다. 내 옆에 서서 아이처럼 얼굴을 가리고 흐느껴 우는 마쓰코의 모습이 오히려 귀여워 보였다.

"그렇게 울지 마요. 내가 잘못했어. 미안해, 마쓰코. 하지만 나는 너를 훨씬 많이 사랑해. 이제 울지 마. 잘 생각해 봐. 전에 아내가 있었던 것도, 그 아내를 사랑했던 것도 모두 너를 사랑하기 위한 연습이었다는 생각이 들 정도야."

이런 상황에도 심리적 깊이가 있었다. 그것을 나도 처음 깨달았다. 하지만 아직 인생 경험이 풍부하지 않은 마쓰코는 그 깊은 심리가 어떤 의미인지 이해하지 못했을 것이다.

한편, 이 일을 계기로 마쓰코는 어쩐지 아내를 질투하는 것 같았다.

밤에 내가 포옹을 하면 벌떡 일어나 마치 더러운 것을 뿌리치는 듯 나를 뿌리치기도 했다. 간호사 시절, 마쓰코는 죽은 아내를 간호해 주었고 아내의 대소변까지 받아 주었다. 따라서 그녀

---

* 매화말발도리라고도 하며 수국과의 낙엽 관목이다.

는 아내의 몸이 어땠는지 잘 알고 있었을 것이다. 내가 마쓰코를 애무할 때의 손길이 전 아내를 떠올리게 했을지도 모른다.

나는 나이 차이가 많이 나는 부부의 비애를 절실하게 느꼈다. 그와 동시에 후처와 후처를 가진 사람의 심리까지도 이해하게 되었다.

이렇게 서로 사랑하는데, 무엇이 아직 불만인 것인지. 결국 내가 두려워하던 일이 닥쳐왔다.

마쓰코도 질투가 많았지만, 나도 그에 못지않게 질투가 많았다. 어느 날, 마쓰코 앞으로 뜻밖의 편지가 왔다. 편지를 보낸 사람은 전에 다니던 내과에서 근무하던 남자 의사였는데, 그는 지금 지방 병원에 취업한 상태였다. 나는 마쓰코에게 허락을 구하지 않고 그 편지를 뜯어 보았다. 너무나 스스럼없는 편지였다. 마쓰코는 내가 편지를 함부로 개봉했다는 것과 편지를 읽고 그 편지 내용이 너무 스스럼없다는 것에 화를 냈다.

내가 마쓰코를 사랑하면 할수록 그녀는 히스테릭하게 변했다. 마쓰코가 히스테리를 부리면 얼굴이 매우 창백해져서 밀랍처럼 깨끗하다. 맞아. 그러고 보니 마쓰코의 얼굴과 몸은 마치 정교한 밀랍 인형 같아. 마음이 차분하거나 우울할 때의 얼굴은 아주 약간의 외로움을 머금고 있다. 그녀의 이 염세적인 질투심이 뭐라 형용할 수 없는 애착을 더해 주었다.

어느 날 밤, 마쓰코의 옆모습을 바라보는데 내 마음속에 기묘한 상념이 떠올랐다. 그것은 바로 이 여자를 영원히 내 마음대로 하고 싶다는 생각이었다. 내 아내가 되었다는 것만으로는 그녀를 완벽히 내 마음대로 할 수 없다. 이 여자에게도 자유가 있으므로 완벽하게 내 마음대로 할 수 없는 것이다. 하지만 내가 내 육체를 마음대로 하듯이 이 여자를 완전히 소유하고 싶다는 욕망이 생기기 시작했다.

절대로 마쓰코를 미워해서가 아니다. 사랑하고도 사랑했기 때문이다.

그런데 내가 이런 생각을 하는 사이, 이 세상 사람들이 이제껏 한 번도 떠올리지 못했던 방법이 떠올랐다.

그래서 나는 대학교수를 그만두기로, 마지막 결심을 했다.

마쓰코는 찬성하지 않았다. 그런데 마침 그날 저녁, 마쓰코의 몸에서 조금씩 미열이 나기 시작했고, 마쓰코는 간호사였기 때문에 직접 체온을 재며 걱정했다. 나는 그것을 기회 삼아 마쓰코를 설득했고, 결국 보슈로 이사를 하게 되었다.

마쓰코는 하녀로 젊은 여자보다 노파를 데려가고 싶어 했기 때문에 나는 결혼 당시 있었던 하녀를 해고했다. 그때 우연히도 학생시절 하숙을 하던 집 노파가 가족이 죽고 혼자 남아서 난처한 상황이었기 때문에 나는 그녀를 하녀 대신 고용했다. 이 노파까지 합해서 우리 세 가족은 해안의 볕이 잘 드는 집을 빌렸고 목수를 불러서 집을 서양식으로 개조했다. 서양식으로 하려면 몇 가지 아이디어가 필요했다. 남향으로 난 방을 서양식으로 꾸미고 그 옆에 역시나 빛이 잘 드는 서양식 욕실을 만들었다. 처음에는 서양식 방을 손님방으로 썼지만, 나중에 침대를 두고 침실로 사용하기로 했기 때문이다.

마쓰코의 미열은 일주일 정도 지나자 사라졌다.

미열이 사라지자 마쓰코는 도쿄로 돌아가고 싶다고 말했다. 역시나 영화와 음악을 즐기고 싶었겠지. 끝내 마쓰코는 집요하게 조르기 시작했고, 이리하여 나의 당초 계획을 마쓰코 스스로가 재촉하는 결과가 되었다.

그러던 어느 날 아침, 나는 마쓰코에게 그 화합물을 아주 조금 주었다.

"어머, 나 왜 이러지. 졸려서 어쩔 줄 모르겠네."

아침 식사를 끝내고 산책을 다녀온 마쓰코는 이렇게 말하고 툇마루에 엎드리려고 했다. 9월부터 10월까지 이어지던 여전히 뜨거운 햇볕이 툇마루를 가득 비추고 있었다.

"마쓰코. 이런 곳에서 자면 어떡해. 졸리면 유모에게 이불을 깔아 달라고 해서 자는 것이 어때?"

내가 아무것도 모르는 척 하며 이렇게 말했을 때 마쓰코는 이미 잠이 들려고 하던 참이었다. 나는 유모를 불러서 당시 침실로 사용하던 안쪽 방에 이불을 깔도록 했다. 그리고 마쓰코를 흔들어 깨웠다.

"그런 곳에서 자는 사람이 어디 있나. 빨리 가서 누우세요."

내가 말하자, 마쓰코는 터덜터덜 걸어서 이불 속으로 들어갔다.

"곤히 잠들었으니 이대로 놔두게."

점심 식사 시간이 되자, 유모가 마쓰코를 깨우려고 하기에 나는 이렇게 말하고 유모를 말렸다. 마쓰코는 가끔 몸을 뒤척였지만 대체적으로 조용했고 저녁때까지 푹 잤다. 저녁 시간에는 마쓰코를 세게 흔들어 깨웠다.

"아아아, 나 푹 잤지요. 기분 좋게 잤어요. 벌써 밥 먹을 시간이에요?"

마쓰코는 이렇게 말하고 웃었다.

눈은 충혈되어 있지만 넋이 나간 것 같지는 않았다. 식탁에 앉아 젓가락을 들었지만 반 공기 정도 먹다가 젓가락을 내려놓더니 몸이 푹 꺼졌다.

나는 당황해 마쓰코의 어깨를 잡고서

"아이, 자면 어떡해. 어쨌든 밥은 먹어야지."라고 말하자, 마쓰코는 깜짝 놀라 얼굴을 들고 나를 보았다.

"어머, 바보 같아. 나 지금 잠들었죠?"라고 말하더니, 그녀는 호호호 하고 웃었다.

"아, 너무 졸려요……. 밥은 됐어요. 이제 자게 내버려 둬요."

"그래. 자는 건 괜찮지만, 화장실은 다녀오는 것이 좋을 것 같은데."

"아, 그런가. 네."라고 말하며 마쓰코는 일어섰다.

나는 마쓰코의 모습을 지켜보았다. 화장실 쪽으로 가는 줄 알았는데 바로 되돌아와 침실로 들어가려고 했다.

"이봐, 자면 안 된다고. 같이 화장실에 가 줄 테니 소변을 보고 자요."

말을 걸기도 하고 흔들어 깨우기도 하고 눈앞에서 손을 휘저어 보니 겨우 깨어 있는 상태였다. 자극이 조금이라도 사라지면 바로 잠들어 버리는 상태였던 것이다.

기면성 뇌염에 걸린 사람은 이 정도의 잠을 자는데, 나는 훗날 관찰한 결과를 바탕으로 이를 기면 제1기라고 명명하기로 했다.

할 수 없이 화장실에 함께 들어가 소변을 보도록 도와주었다. 그 사이 어깨를 잡고 흔들어 깨우며 자극을 주었고 쉴 새 없이 말도 걸었다.

다음 날 아침, 나는 잠에서 깨어 옆에서 자고 있는 마쓰코를 보았다. 아무 일 없다는 듯이 잘 자고 있었다. 시험 삼아 흔들어 깨워 보니 번쩍 눈을 떴다. 힘들게 깨우고 났더니 옷도 갈아입고 일어나 앉기도 했다. 일어난 김에 세면대로 데려가서 세수를 하라고 말하면, 하기는 하지만 어린아이 달래듯이 끊임없이 명령을 내려야 하고 자극을 주어야 했다. 그렇지 않으면 바로 멍해지면서 잠이 들려고 했다. 어쩔 수 없이 세수를 해 준 뒤 수건으로 잘 닦아 주었다. 유모가 이상하게 생각하기에, 이것은 일종의 병이기 때문에 시간이 꽤 걸릴지는 몰라도 간호만 잘 하면 나을 거라고 설명했다.

아침 식사 준비가 다 되었다. 큰 소리로 다그치자 겨우 먹는가 싶더니 또 바로 잠들어 버린다. 나는 마쓰코 뒤로 가서 젓가락을 쥐여 주고 밥공기를 들게 한 다음 아이에게 먹이듯 밥을 먹게 했다. 씹는 행위는 음식을 입 속에 넣기만 하면 완벽하게 행한다. 겨우 식사를 끝내면 또다시 기면 증상이 찾아온다.

이렇게 해서 나는 그날 하루 종일 마쓰코를 간호하며 보냈다.

내가 합성한 이 화합물은 어느 일정량 이상 투여되면 수면 중추에 어느 정도 이상의 해를 가하게 돼서 그보다 나빠지지도 않고 그보다 빨리 깨지도 않는 것으로 보인다. 수면제로 사용되는 것은 이 정도의 양보다 더욱 적은 양을 투여하는 경우로, 이 이상의 양을 투여할 때에는 회복이 불가능할 정도의 해를 끼칠 것으로 생각된다.

이리하여 나는 시간을 정확히 재 가며 마쓰코를 화장실에 데려가거나 식사를 하게 해 주었다. 모든 반사가 정상이므로 우선 생명 유지에는 별 문제가 없을 것으로 보인다.

밤이 되면 나는 잠이 든 마쓰코의 모습을 가만히 지켜보았다. 기면 상태를 관찰하고 일기에 적었다. 마치 갓 태어난 아이를 관찰하면서 처음 말을 했다, 처음 웃었다라고 기록하듯이 흥미롭게 관찰 결과를 모두 일기에 적었다. 맥박수와 피부 상태, 그 외 간호학이 규정한 여러 가지 항목도 조사한 뒤 기록했다. 이 정도 깊이로 잠이 든 경우, 매우 심하게 흔들어 깨우면 일시적으로 깨어나며 의식도 있다. 또한 일상 속에서 꼭 해야 하는 것들은 잘 따르지만, 그 외에 행동은 귀찮아할 것이다. 애무를 하는 손도 번번이

"하지 마세요."라며 떨쳐 버렸다. 입가에 입술이 닿으면 키스를 한다. 이는 어린아이에게서 나타나는 조건 반사인 흡철 반사(吸啜反射)*와 같은 것인가.

그 외의 무조건 반사는 모두 정상이다. 위에서도 말했듯이 조건반사에 해당하는 것, 무의식적으로 하는 것이라고 할 정도로 몸에 깊게 밴 행위는 쉽게 하지만 그 외의 것들, 예를 들어 스스로 피부에 손을 대는 행위 등은 귀찮아한다. 이것이 기면 제1기

---

* 유아의 구강, 구강 점막에 손가락 등으로 접촉하면 반사적으로 흡철 운동을 하는 것.

의 증상이다.

나는 얼마 안 되어 화합물을 조금 더 먹여 보았다. 즉시 효과가 나타났다. 그리고 기면 증상이 더욱 깊어졌다. 이제는 흔들어 깨워도 눈만 뜰 뿐이다. 내 얼굴을 바라보는 눈빛에서 초점이 사라졌다. 의식이 거의 없어진 것인가. 기면 증상이 깊지 않았을 때와 비교해 보면 확실히 알 수 있다.

이제는 애무하는 손을 뿌리치려고 하지 않는다. 뿌리치려고 하지 않는 정도가 아니라 왠지 잠에서 깨어 있을 때보다 쾌감의 정도가 더 늘어난 것 같다.

이렇게 해서 마쓰코는 완벽하게 잠든 인형으로 다시 태어났다. 나는 등불을 밝히고 마쓰코가 자는 모습을 지켜보았다.

마쓰코. 이제 너는 영원히, 완전히 내 것이 되었다. 이제부터 내가 너를 내 몸처럼 간호하지 않으면 네 목숨은 유지될 수 없을 거야.

"마쓰코. 나를 용서하게. 나는 너에게서 이 세상을 완전히 빼앗았어. 그 대신 나는 너의 하인이 되었어. 너를 소유하기 위해서는 앞으로 너를 간호하며 살아야 할 테니까 말이야."

나는 아무것도 모르는 마쓰코에게 그렇게 말했다.

내가 가진 생리학적 지식이 이 일을 하는 데에 상당한 도움이 될 것이다. 내가 가정한 수면에 대한 학설이 맞아떨어진다면, 이제 마쓰코를 내가 원하는 대로 영원히 살려둘 수 있을 것이다.

마쓰코는 영원히 나의 것이 되었다. 그런 생각이 들자, 갑자기 마쓰코가 가엾고도 가여워서 견딜 수가 없었다. 천천히 띠를 푸르고 마쓰코를 알몸으로 만들었다. 이것은 나의 것이다.

하얗고 털이 가는 마쓰코의 육신은 피가 통하는 밀랍 인형 같았다. 어디를 보아도 여드름 하나 없었다. 더럽혀지지 않은 여자라는 느낌이 들었다. 나는 가슴이든 배든 가리지 않고 애무에 열중했다. 하지만 마쓰코는 나를 더는 뿌리치지 않았다. 때때로 자극이 강해지면 눈을 떴지만 수치심 때문에 몸을 움츠리는 행위조차 하지 않았다. 매끈매끈한 피부가 내 얼굴과 코에 닿았다. 마쓰코는 이제 나에게 완전히 몸을 맡겼다. 나는 무언가에 이끌려 머리를 파묻었고 그곳에 있는 검붉은 부분을 빨았다. 그곳에서 감미로운 아로마 향기가 났다. 나는 두 손을 뻗어 마쓰코의 배를 만졌다. 양 손가락이 희고 털이 거의 없는 아랫배로 빨려 들어가는 것 같았다. 아이가 만족할 줄 모르고 엄마의 유방을 탐하듯이 나는 눈을 감고 그곳을 빨았다.

그 순간 갑자기 내 얼굴에 미지근한 물이 흐르는 것을 느꼈다. 얼굴을 들자 미지근한 물이 세차게 뿜어져 나왔다.

나는 이 신기한 배뇨 반사를 보고 매우 기뻐했다. 왜냐하면 이때 내가 세운 가장 자신 없었던 가정이 '깊은 기면 상태가 제2기에 접어들면 요폐가 일어난다'는 것이었는데, 이것이 우연한 발견으로 완벽하게 해결되었기 때문이다.

이는 기존 생리학자들은 전혀 몰랐던 반사이다. 배뇨 반사라는 것은 방광 안에 일정량의 오줌이 찼을 때 일정한 압력을 받으면 이 자극이 요천수(腰薦髓)* 중추로 가게 되고 반사를 일으켜

* 허리 엉치뼈를 말함.

방광의 괄약근으로 가는데, 그때 이 근육이 이완되면서 배뇨가 이루어지는 것이다. 중추 신경 계통에 이상이 있는 경우 이 반사가 일어나지 않게 되고, 그렇게 되면 요폐 증상이 나타나거나 혹은 반대로 조절이 되지 않아 요실금을 일으켜 깨끗한 배뇨가 이루어지지 않는다. 기면 상태인 경우에는 주로 요폐 증상이 나타나는데, 요폐가 생겼을 때는 카테터로 소변을 배출해 줘야 한다. 그런데 카테터를 한두 번 사용한다면 소독을 철저히 하므로 괜찮지만, 매일 사용하게 되면 절대로 소독이 잘 되지 않는다. 결국 세균이 침투해 방광염이나 신우염을 일으키게 되고, 이는 장티푸스 환자를 보는 의사들이 자주 경험하는 부분이다.

나는 전처의 죽음을 경험하면서 요폐가 올 것을 예견했다. 그리고 이것이 가장 두려웠다.

하지만 음핵 또는 요도구(尿道口)를 가볍게 자극하면, 요폐가 있는 경우에도 방법에 따라 배뇨 반사가 일어날 수 있다는 것을 지금 깨달은 것이다.

이 반사야말로 지금까지 그 누구도 몰랐을 것이다. 나는 이것을 부배뇨 반사(副排尿反射)라고 명명하기로 했다. 부배뇨 반사를 발견했기 때문에, 앞으로 잠든 인형의 오줌을 누일 때는 이리게 이터(irrigator)*를 사용해 정확히 사람 체온 정도로 데운 물을 일정한 빠르기로 요도구 부위에 따라 주면 될 것이다. 이것이 자극을 주면서 배뇨 작용을 일으킬 것이다. 내가 가장 두려워하

---

* 액체의 주입이나 세정을 하기 위한 의료 도구.

던 부분이 해결되었다.

잠든 인형은 식이 반사(食餌反射)*를 충분히 일으키고 있다. 너무 딱딱한 음식은 안 되지만 부드러운 음식을 입 안에 넣어 주면 씹는 행위를 한다. 물이나 유동식은 처음에 소량을 주다가 흡철반사가 일어날 때 양을 늘려 주면 매우 잘 먹는다. 의식이 없기 때문에 능동적으로 아무것도 할 수 없지만 배려 깊은 간호 때문에, 이 잠든 인형은 보통 인간과 다르지 않은 생활을 할 수 있다.

나는 그녀를 어두운 방 안에만 있게 해서는 안 될 것 같아서 손님방을 침실로 꾸미고 침대를 가져다 놓았다. 이 위에 잠든 인형을 재웠다. 낮 시간에는 따뜻한 빛이 들어오기 때문에 창문을 열어 일광욕을 시켜줄 수 있다. 옆방에는 이미 서양식 욕조를 만들어 두었다.

나는 서양식 욕조에 따뜻한 물을 가득 채운 뒤 잠든 인형의 옷을 벗기고 욕조에 눕혔다. 잠들어 있는 그녀의 몸을 씻겼고 얼굴을 닦아 주었다. 먼저 비누 거품을 낸 다음 전신에 거품을 바른다. 그리고 이 밝은 방에서 그녀의 살을 정성스럽게 씻겨 주었다. 마쓰코의 나체는 원래 맑고 깨끗한 느낌이 들 정도로 하얗다. 나는 두꺼운 타월로 아이의 몸을 닦듯이 꼼꼼하게 닦고 몸이 아직 따뜻할 때 옆방 침대로 옮겼다.

이제 그녀는 나만의 것이다. 나는 잠든 인형의 어디를 핥든 어떠

* 먹이 그릇의 소리를 듣거나 사육자가 오는 것만 보아도 반사적으로 군침을 흘리는 현상.

한 거리낌도 없도록 했다.

이 방은 사랑스러운 잠든 인형을 간호하는 방이기도 하고 애무를 하는 방이기도 하다.

잠든 인형은 더는 조금의 수치심도 느끼지 않는다.

그래서 보통 사람과 사람 사이에 존재하지 않는 어떠한 애무든 할 수 있게 되었다. 많은 사람이 어두운 밀실에서나 할 법한 자태도 이 밝은 방에서는 아무런 지장 없이 할 수 있다. 이제 잠든 인형을 그녀의 목숨을 비롯해 자유로움에 이르기까지 모든 것이 내 육체의 일부분이나 마찬가지다.

나는 내 얼굴을 그녀에게 보여줄 필요가 없다. 내 표정을 보여주지 않아도 된다. 나는 마치 임금이 후실을 들이는 것 같은 전능하고도 가슴 벅찬 기분이 들었다. 아무리 부부 사이라고 해도 내 마음 속 쾌락과 기호, 탐욕을 그대로 허심탄회하게 드러낼 수는 없을 것이다. 하지만 잠든 인형은 내 육체의 일부분이다. 그러므로 절대 나를 볼 수 없고 나는 이 인형 앞에서 조금도 거리낄 필요가 없다.

나는 거울을 보는 것을 잊어 버렸다. 그래서 수염이 많이 자라 있다. 그리고 잠든 인형과 단둘이 있을 때 내 얼굴은 아마도 마음 가는 대로, 어떤 때는 천박하게, 어떤 때는 교활하게, 어떤 때는 황홀경에 빠져서, 콧물을 흘리고 눈물도 닦지 않고, 이성을 잃기도 했을 것이다.

내가 얻은 또 하나의 즐거움은 잠든 인형의 옷을 갈아입히고 화장을 해 주는 것이었다. 처음에는 서툴렀지만 점차 하얀 분칠도 가볍게 바를 수 있게 되었다. 정작 내 얼굴은 더럽고 머리도 흐트러져 있어도, 마쓰코에게 화장을 해 줄 때는 마치 거울을 보며 내 얼굴을 화장하는 것 같았다.

마쓰코는 결국 내 몸의 일부나 마찬가지가 되었다.

"마쓰코. 드디어 너는 내가 되었어. 날 원망하지 마."

대답 없는 나의 잠든 인형에게 나는 여러 번 그렇게 말했다.

그렇게 매일매일 간호를 하느라 바쁘게 지내고 있는 사이, 1년이 순식간에 지나갔다.

그동안 잠든 인형은 감기에 한 번 걸렸다. 잠든 인형이 기침을 했다. 열도 났다. 하지만 전혀 깨지 않았고 결국 감기도 나았다. 나는 의사에게 진찰을 받고 싶지 않았기 때문에 의과 대학 시절에 배웠던 치료법을 떠올리려고 애를 썼다.

얼마 되지 않아 또 하나의 경이로운 일이 일어났다. 그것은 바로 잠든 인형이 임신을 한 것이다.

앞에서 언급하지는 않았지만 잠든 인형은 월경이 규칙적이었다. 나는 그 모든 뒤처리를 아무에게도 맡기지 않고 혼자 해왔다. 전처와 함께 산 13년 동안 아이가 생기지 않았기 때문에 처음 임신인 것을 알았을 때 믿기지 않았다. 만일 평범한 결혼 생활이었다면, 나는 마쓰코의 아이가 내 아이가 아니라며 믿지 않았을지도 모른다. 하지만 1초도 눈을 뗀 적이 없는 나의 잠든 인형이기 때문에 내 아이를 임신한 것이 틀림없었다.

입덧은 전혀 없었다. 개월 수가 거듭되면서 발생한 증후들은 보통 여자가 임신한 경우와 전혀 다르지 않았다. 그렇게 순조롭게 예정일이 다가왔다. 마쓰코가 스물세 살이던 해 가을, 11월에 나는 축복스럽게도 장남 후미오(芙美男)를 낳았다.

이때도 나는 이 일을 다른 사람 손에 맡기지 않았다. 산파를 고용하지 않고 예전에 배운 산부인과 지식과 유모의 경험을 빌어 출산 절차를 전부 밟았다.

"오, 도련님입니다. 도련님이에요. 사모님이 주무시면서 쉽게 큰일을 해내셨네요."라고 유모는 입에 발린 소리를 했다.

그러나 대뇌 반구가 멈춰 있는 상태이기 때문에 오히려 고통에 대한 반사가 매우 컸다. 그래서 잠든 인형이 진통을 하며 큰 소리로 울부짖어서 엄청난 고생을 했다. 고통과 쾌락 모두 그에 대한 반응이 매우 컸다. 하지만 그렇기 때문에 나는 수면 학설에 관한 실험을 유감없이 할 수 있었다.

후미오가 태어나고 나서 나의 노동력은 두 배로 늘었다.

엄마와 아이 둘 다 돌봐야 했기 때문이다. 하지만 수유는 엄마의 가슴에 포개어 안겨 주면 문제없이 할 수 있었다.

후미오는 말이 없는 엄마의 젖을 1년 동안 먹었고, 그러고 나서 1년을 더 말이 없는 엄마 옆에서 지냈다. 하지만 후미오가 철이들 때가 되니, 아들에게 이 이상한 생활을 보여 줘서는 안 된다는 생각이 들었다. 그래서 아내의 친정인 이시카와 현 시골집에 장인어른이 살고 계시니 아들의 양육을 부탁하기로 했다.

나의 이 수기는 고백록임과 동시에 유서이기도 하다.

내가 죽거든 부디 후미오가 다치바나 세이지로 박사의 슬하에서 교육을 받았으면 한다. 나는 이런 이상한 인생을 살다 가겠지만. 다치바나 박사는 학자로서 훌륭한 생애를 보낼 수 있는 사람이니까…….

아무튼 나는 후미오를 데리고 적어도 사흘 동안 집을 떠나 있게 되었다. 그 사이 마쓰코를 어떻게 하면 좋을까.

고민한 끝에 나는 유모가 할 수 있을 만한 일들을 가르쳐 놓고 후미오를 데리고 이시카와 현으로 떠났다. 장인어른께 잘 말씀드려서 후미오를 맡기기로 했고, 덤으로 머리가 조금 나쁘기는 하지만 정직한 열여섯 살 하녀와 보슈로 돌아왔다.

이 사흘간의 여행으로 인해 마쓰코가 얼마나 나의 간호를 필요로 하는지가 여실히 드러났다.

방치된 나의 잠든 인형은 위장이 상하고 요폐를 일으켜 보기에도 안쓰러운 상태였다. 앞서 설명했듯이 대뇌 반구가 멈춰 있는 상태였기 때문에 고통과 쾌감에 더욱 민감하게 반응했다. 마쓰코는 울부짖으며 나를 기다리고 있었던 것 같았다.

"아, 그대여. 나를 알아볼 수는 없어도 나의 은혜는 알아줄까."

나는 이 잠든 인형이 더더욱 가엾게 느껴졌고 센티멘털해졌다. 이때 즈음부터 마쓰코는 서서히 살이 찌기 시작해 그녀의 육체는 한층 더 풍만해졌다.

나는 이렇게 수년을 아무도 만나지 않고 철저하게 세상과 섞이지 않은 채 그저 이 잠든 인형과 하루하루를 보내며, 세월을 보냈다.

이윽고 나에게 운명의 타격이 가해졌다. 그건 바로 유모가 죽은 것이다.

올해 들어 나 또한 건강이 급격하게 쇠약해지는 것을 느꼈다. 머리끝이 하얗게 세어서 얼룩덜룩해졌다. 나의 세상도 이제 끝을 향해 달리고 있다는 것을 느낄 수 있었다. 매일 간호하는 것만으로도 보통 환자를 간호하는 것보다 몇 배 이상 힘든데, 유모가 죽고 나서는 청소, 세탁 등 집안일까지 모두 내가 해야 했다. 상황이 이렇게 되니 염려가 되는 점이 생겼다. 만일 내가 병이 나서 2~3주 동안 누워 있어야 한다면, 내 잠든 인형은 죽고 말 것이다.

결국 나는 아내를 죽이고 따라 죽는 것이 내 마지막을 완수하는 것이 아닐지 진지하게 생각하기 시작했다.

그러는 사이 나는 보슈를 떠나 도호쿠(東北)로 갔다. 이는 잠든 인형에 관한 소문이 이상하게 나는 것을 염려했기 때문이었다. 그렇게 벌써 두 달을 전전하다가 지금은 이 도호쿠의 작은 도시에서 봄을 맞이하게 되었다.

나는 결심하고 내가 합성한 화합물을 잠든 인형에게 조금 더 먹였고, 그러고 나서 의사를 불렀다.

이 마을에서 성업 중인 내과를 운영하는 세오(瀬尾)라는 의학사였는데, 그는 내 전처와 같은 증상이라고 판단하더니 마쓰코도 전처와 같은 기면성 뇌염이라고 진단을 내렸다. 나는 의학과 전혀 관련이 없는 사람인 척 했고, 그뿐만 아니라 이름도 가명을 사용했다. 간호를 하느라 손이 매우 거칠어졌기 때문에 서민일 거라고 생각했을 것이다. 그러면 됐다.

이리하여 나의 잠든 인형은 내가 명명한 기면 제3기에 들어갔고 전처와 같은 최후를 맞이했다.

그리고 나는 아직 살아 있다. 하지만 이는 희망이 있는 삶이 아니다. 언젠가는 나도 죽을 기회를 얻을 수 있으리라.

지금의 나는 그저 한 사람을 실수로 죽이고, 다른 한 사람을 죽일 작정으로 죽인 사람이다. 이를테면, 아니, 정말로 내 인생은 이제 아무것도 남지 않았다. 살인범이라는 사실이 의식 어딘가에서 나를 괴롭히고 있다는 느낌 외에는.

4

다이쇼 XX년 여름, 나는 내가 속해 있는 대학의 명령에 따라 도호쿠 지방으로 대학 하계 순회 강연을 가게 되었다.

그때 나는 은사님인 니시자와 후미타로 선생님의 가르침을 전하기 위해 강연 주제를 「수면의 생리 및 병리」로 정했다.

다른 교수는 경제학부나 법학부 교수였는데, 이 강연의 제목과 강연자 이름이 이곳 지방 신문에 크게 보도되었다. 한편, 기묘하게도 이 신문 기사 중 내 이름이 쓰인 부분을 오려서 베개 맡에 두고 목을 맨 키가 작고 머리를 산발한 쉰대여섯 정도 된 남자의 시체가 발견되었다.

남자의 시체 옆에 열일곱에서 열여덟 살 정도로 보이는 시골 소녀의 교살 시체가 있었다. 소녀의 시체를 통해 성교가 있었다는 사실이 드러났는데, 부검 결과 소녀가 죽고 난 뒤 강간을 당했다는 것이 밝혀졌다.

2, 3주 전에도 같은 시에서 마찬가지로 교살된 소녀의 시체가 빈 집에 유기되어 있었는데, 그 범죄의 수법이 완전히 같았고 모든 시체가 간음을 당한 상태였다. 따라서 동일범의 소행이었고, 교사체로 발견된 이 남자가 범인으로 추정되었다.

남자의 신원이 드러난 다음, 소녀의 신원이 판명되었다. 이 남자는 4, 5개월 전부터 이 마을에 거주하던 이노 조타로(飯野丈太郎)라고 하는 자였고, 소녀는 그의 하녀였다. 이 사건이 알려지면서, 이 남자의 아내가 바로 2, 3개월 전에 당시로서는 희귀병인 기면성 뇌염으로 죽었다는 사실이 밝혀졌다. 나중에 죽는 소녀도 머지않아 신분이 밝혀졌다. 결국 이 중년 남자는 아내를 잃은 뒤 하녀를 범했고 2, 3주 뒤에 빈민촌에 사는 소녀를 유괴한 것으로 추정된다.

이 사건은 50세가 넘은 남자가 소녀를 노렸다는 것, 소녀를 죽인 뒤에 강간을 했다는 것이 특징이자 이제껏 없었던 드문 사례이기도 했다.

마침 이 사건의 담당 경찰의가 내가 대학에서 가르쳤던 제자였다. 그 제자는 신문에서 오려진 부분이 나에 대한 기사였다는 점 때문에 시체 부검 때 참관하지 않겠느냐고 물었다.

나는 아무 생각 없이 갔다가 경악하고 말았다.

이것이 바로 상상도 하지 못했던 곳에서, 상상도 하지 못한 모습으로 만난 니시자와 후미타로 선생님과의 재회였다. 그는 오랫동안 잠든 인형과 함께 생활한 탓에 더는 평범한 성관계를 할 수 없었고 결국 이렇게 최후를 맞이한 것이다.

그렇다. 이것이 나의 은사, 니시자와 후미타로 선생, 당신의
끝이었다.

〈신청년〉 쇼와(昭和) 10년 2월 발표

취면의식

기기 다카타로

1

그해는 여름이 빨리도 왔다. 그리고 중간에 여름이 사라졌다고들 하던 묘한 기후였다.

오코로치 선생님과 가족은 6월 18일에 대학 강의가 끝났기 때문에 일찌감치 가마쿠라로 피서를 가셨고, 그 후 선생님은 매일 가마쿠라에서 출근을 하게 되셨다. 유월 끝 무렵의 어느 일요일, 당시 의국장이었던 나는 월요일이 오기 전에 받아 둬야 하는 선생님의 지시가 있어서 이른 아침 가마쿠라로 나섰다.

선생님댁에 도착한 것이 아침 10시 정도였음에도 한여름에나 볼 수 있는 구름이 떠다니고 있었다. 참으로 무더운 여름이었다. 선생님께서 아침 일찍 유이가하마(由比ヶ浜)로 가셨다고 하여 그 길로 가 보았더니, 과연 해변에 성미 급한 비치 파라솔 몇 개가 세워져 있었다. 그 파라솔 중 하나에 유카타 차림을 한 선생님이 머리만 파라솔 안에 둔 채 엎드려 계셨다. 그리고 선생님

옆에 KK 대학 제복을 입은 학생 한 명이 긴장한 모습으로 정좌를 하고 있었다.

"선생님, 평안하십니까?"

"다치다 군이로군. 놀러 왔나?"

"Ja und Nein(그렇기도 하고 아니기도 하다)입니다. 급한 용건이 하나 생겨서 부랴부랴 왔습니다."

"그렇군. 마침 4학년 가와모토 군이라는 학생도 왔다네. 이 친구도 바닷가에서 나를 찾고 있었어."

세 사람은 한동안 바다를 바라보며 이야기를 나눴다.

유월의 바다는 조용했다.

내가 오기 전까지 나누던 이야기가 있었던 것 같은데, 내가 등장하자 그 이야기가 끊어졌다. 나는 미안한 마음이 들어서 괜찮으시다면 하던 이야기를 계속하시라고 말씀드렸다.

"아, 자네가 오기 전까지 가와모토 군이 희귀 신경증에 관한 이야기를 들려주고 있었네."

선생님은 그렇게 말씀하시고 턱을 한번 치커 올렸다. 이는 학생에게 이야기를 계속하라는 신호였다. 가와모토 군은 하던 이야기를 조심스레 다시 꺼냈다.

"상황이 이러하니 오코로치 선생님께 왕진을 한번 받아 보고 싶다는 이야기가 나와서요. 선생님이 여름에는 가마쿠라에 계신다기에 이렇게 찾아뵌 것입니다."

"그렇군. 하지만 여기에서 왕진을 가기란 아무래도 힘들 것 같네. 다치다 군에게라도 왕진을 부탁해 보겠나? 그런데 자네도 이제는 4학년이고, 이미 강의를 통해 신경증에 관해서 배우지 않았나? 의안(醫案)*은 내가 지정해 줄 테니 자네가 한번 해보는 것은 어떤가?"

"알겠습니다. 우선 왕진을 하려면 숙부의 양해를 받아야 하기는 하지만 만일 제가 할 수 있는 일이라면 선생님 지시하에 꼭 해보고 싶습니다."

청년은 이렇게 말하고 그 딸의 병세를 자세히 설명하기 시작했다.

이 청년의 어머니의 조카로, 공과 대학 전기과인가를 졸업한 공학사 중에 마쓰요라는 사람이 있다. 어느 탄광에서 일을 하다가 4, 5년 전에 그만두고 가마쿠라로 이사를 왔다. 이 남자의 가족은 부인과 그의 외동딸 미오코, 하녀 두 사람이 전부였다. 가와모토 가문과는 거의 왕래가 없었지만, 3년 전에 이 청년이 이곳으로 피서를 와서 신세졌던 것을 계기로 친척 간의 왕래가 잦아졌다. 그 이후 이 청년은 매년 여름 이곳을 찾았지만, 올해 여름에는 무슨 이유에서인지 오지 말아 달라는 연락을 받았다. 오지 말라고 하는 데에는 뭔가 이유가 있을 것이라고 생각해 오히려 내려와 봤더니, 최근 4, 5개월 전부터 외동딸 미오코가 병이라고 하기에도 뭣하고 버릇이라고도 할 수 없는, 일종의 불면증에 시달리고 있었다. 가족들은 손님이 집에 머물면 불면증이 더욱 심해질 수 있어서 손님을 들이지 않기로 했다고 말했다.

---

* 의사가 질병을 치료할 때 행하는 진단, 치료법, 처방 약의 사용 따위를 기재하는 진단 기록부.

미요코는 올해 열일곱 살, 여학교 4학년이었다. 그녀의 지적 호기심으로 보나 교양으로 보나 나무랄 데가 없는 밝고 활발하며 희망에 가득 찬 여자아이였다. 그런데 올해 3월 즈음부터 갑자기 심각한 불면증이 생겼다. 거의 일주일 정도 지나자 병이 낫기는 했지만 그 이후부터 어머니 말에 말대답을 하기 시작했다. 아버지를 대할 때도 눈에 띄게 심기가 불편해 보였다. 언제나 불만스러운, 언제나 뭔가 압박을 받고 있는 듯한 이상한 아이로 변한 것이다. 학교를 다니는 데에는 전혀 지장이 없었지만 이전보다 현저하게 게을러졌다.

결국 그녀에게 부모를 난감하게 할 만한 버릇이 생겼다.

그것은 바로 매일 밤 약속이라도 한 듯 자신의 방을 아주 세심하게 정리하지 않으면 잠을 잘 수 없다는 버릇이었다. 보다 못한 부모님이 주의를 주자, "나는 조용하지 않으면 잠을 잘 수 없단 말이에요"라고 대답했다. 맨 처음에 그녀는 자기 방에 걸려 있는 뻐꾸기시계를 정지시켰고, 손목시계를 풀어 책상 서랍 가장 깊은 곳에 넣어야만 잠을 잘 수 있었다. 하지만 시계를 그냥 넣어 두는 것만으로는 안 됐다. 반드시 신문지에 싸서 넣어 두어야 했다. 게다가 시계를 싸는 신문지는 꼭 그 날 발행된 신문이어야 했다. 어느 날 아버지가 도쿄에 가실 때 기차 안에서 읽으려고 신문을 들고 가신 적이 있는데, 그 때문에 그 날짜 신문이 단 한 장도 없어서 온 집안이 뒤집힌 적도 있었다. 결국 옆집까지 가서 그날 신문지를 빌려오고 나서야 잠에 들 수 있었다.

그뿐만 아니다. 손목시계를 풀었을 때 손목에 시계 가죽의 자국이 남으면 그 흔적이 사라질 때까지 잠을 잘 수 없었다. 그래서 한쪽 손으로 흔적을 세심하게 어루만지면서 지우고는 했다.

그보다 더 기묘한 것은, 이 집 복도 입구 끝에 응접실이 있는데, 그 응접실과 복도 사이에 난 문을 밤새 닫아 놓아야 잠을 잘 수 있다는 점이다. 그렇다고 그냥 닫혀 있으면 안 된다. 반드시 절반 정도는 열어 놓아야 한다. 만일 사람이 지나가다가 문을 닫기라도 하면 어찌나 귀가 예민한지, 그 소리를 듣고 바로 침대에서 나와 다시 문을 절반 정도 열어 둔다. 이런 증상은 굉장히 신기하기도 하지만 동시에 난감한 버릇이었다. 시계를 멀리하려고 하는 것은 주변을 조용하게 하려는 의미이겠지만, 문을 절반 정도 열어 두는 것은 아무리 생각해 봐도 무슨 의미인지 알 수가 없었다.

나아가 또 하나 특이한 점이 있다. 그것은 바로 어떤 종류의 칼이든 모두 포장해 넣어 두어야지 잠을 잘 수 있다는 점이다. 연필 깎는 작은 칼은 물론이고 손님에게 과일을 내갈 때 쓰는 칼도 무언가에 싸 두어야만 한다. 그래서 저녁 무렵이 되면 그녀가 집 안을 점검하며 둘러본 뒤 칼이라는 칼은 전부 넣어 두고 다니는 상황이 벌어졌다. 밤중에 다치면 안 된다는 것이 그녀가 말한 이유였는데, 어찌 되었든 그녀는 위의 조건이 전부 충족되지 않으면 결코 잠을 잘 수 없었다.

이 모든 조건을 충족시키려면 거의 한 시간 정도가 걸렸다. 조건이 완벽하게 충족되기 전까지 반복하고 반복했다. 그녀의 그런 수고스러운 모습을 보면 불쌍하다는 생각이 들었지만, 이로 인해 옆에 있는 사람들까지 번거로워질 수밖에 없었다.

"그렇군. 그래서 자네는 그것이 어떤 증상인지 알겠든가?"

"네. 이번 방학 전에 선생님이 하셨던 정신의학 강의에서 신경증에 관해 배운 뒤 알게 되었습니다. 이것이 바로 취면의식(就眠儀式)이라는 것이지요."

"그렇다네. 그건 사실 완벽한 취면의식이네."

"그런데 이 취면의식에는 이상한 점이 하나 더 있습니다. 이번 6월에 접어들면서 발견한 것인데, 그것은 바로 한 달에 한 번 기분이 상당히 좋아진다는 것입니다. 이러한 증상이 하루나 이삼일 정도 지속되는데, 하여간 기분이 상당히 들떠서 그 기간에는 부모님께도 매우 잘합니다. 그리고 이 기간 동안에는 문을 절반 정도 열어 두어야 하는 증상도 아주 약해져서 거의 다 나은 것처럼 보였습니다. 이런 날이 한 달에 한 번 어김없이 찾아옵니다."

"주기적으로 온다는 말이지. 1개월 1회 주기로군."

선생님은 그렇게 말씀하시고 내 쪽을 보셨다.

"자네, 흥미로운 사례 아닌가? 이렇게 전형적인, 프로이트가 강의할 때 공개한 사례와 정확히 일치할 정도로 전형적인 사례는 처음이네. 열일곱 살인 아이가 갑자기 신경질적 증상을 보인다. 갑자기 오이디푸스 콤플렉스가 나타나기 시작했다. 즉, 성에 눈을 뜨기 시작한 것이지. 게다가 시계 소리를 피하려는 증상은 그녀의 성적 욕구가 맹렬해졌다는 것을 말해 주지."

오코로치 선생님은 그렇게 말했다. 선생님이 그렇게 말씀하시자 왜인지 가와모토 군의 표정이 이상해졌다. 오코로치 선생님은 가만히 그를 보았다. 가와모토 군은 선생님의 시선을 깨닫고는 순간적으로 얼굴이 붉어졌다.

"자, 그렇다면 가와모토 군, 자네는…… 조금 더 이야기해 보게. 다치다 군을 어려워할 필요 없네. 그럼 자네가 편히 말할 수 있도록 내가 먼저 한마디 하지. 자네는 예전부터 그 아가씨에게 호의를 가지고 있었고 지금도 그렇지?"

가와모토 군은 주저했지만 결심했다는 듯 말하기 시작했다.

"사실 선생님께 말씀드리기 부끄럽지만, 저는 미오코가 아직 열네 살인가 열다섯 살이었을 때부터 그녀를 사랑했던 것 같습니다. 이번에 미오코가 신경증에 걸렸다는 것을 알고 나서 그 사실을 깨달았습니다. 선생님 강의에서 신경증은 병적인 성격을 말하는 것이 아니며 때때로 명민한 두뇌나 수재라 불릴 만한 두뇌를 가진 사람들과 천재가 걸릴 수 있는 것이라고 배웠습니다. 오늘 선생님을 뵙고자 바닷가에 온 것도 선생님의 의견을 여쭙고 싶어서입니다."

"그랬나. 그렇다면 나도 사실을 있는 그대로 말해도 되겠군. 이런 사례에는 역시나 정신분석 요법을 쓰면 효과가 있을 것 같네. 자네, 기분 나쁘게 생각하지 말게. 나는 그 아가씨를 한 번도 본 적이 없으니 그저 일반론을 말하는 것뿐이니까. 프로이트도 말했지만, 취면의식(Schlafzeremoniell)에는 하나하나에 정해진 의미가 있네. 따라서 그 의미를 찾아낸다면 신경증을 고칠 수 있겠지. 예를 들어 프로이트는 시계 소리를 Kitzler의 Pulsation(성욕적 박동)이며 심장이 두근거리는 것을 상징한다고 했네. 또한 칼을 두려워하는 것은 남근에 대한 공포(남성에 대한 불안)라고까지 말했지. 언뜻 들었을 때는 황당무계하게 들릴지 모르지만, 프로이트는 옆방에 있는 부모님의 침실 문을 열어 두지 않으면 잠을 잘 수 없는 딸을 예로 들었네."

오코로치 선생님은 그렇게 말씀하시며 프로이트 강의에 나와 있는 예를 간추려 설명해 주셨다. 그 사례는 프로이트가 빈에 있었을 때의 일인데 환자는 열아홉 살에 발육이 좋고 영리한 여자였다. 이 여자의 취면의식은 두 가지 동작으로 나타났다. 첫 번째는 역시 시계였다. 자기 방에 있는 큰 벽시계를 정지시킨다. 그리고 그 밖의 모든 시계를 전부 자신의 침실 밖으로 내놓는다. 두 번째는 화분과 화병이다. 만일 한밤중에 쓰러지거나 깨지기라도 하면 수면에 방해가 되므로 이것들을 떨어지지 않도록 책상 위에 제대로 세워 둔다. 이 두 가지 동작 외에도 자신의 방과 부모님의 방문을 절반 정도 열어 둬야 했다. 때문에 딸은 문이 닫히지 않도록 여러 가지 도구를 세워 두었다.

프로이트는 이 사례에서 문을 절반 정도 열어 두는 행위를 부모님이 가까워지는 것을 방해하려는 무의식적인 의도와 성욕적 의미를 담고 있다고 해석했다. 또한 화분이나 화병을 신경 쓰는 행위에 대해서는 화분이나 화병이 항아리와 마찬가지로 여자를 상징하며, 이는 호주에서 결혼을 앞두고 항아리나 접시를 깨는 관습이 널리 행해지고 있다는 사실을 떠올리게 하는데, 이러한 행위는 처녀성을 깨는 것에 대한 공포를 의미한다고 말했다. 또한 프로이트는 이전부터 시계에도 성적 의미가 있다고 설명해

왔다. 시계는 박동이라는 의미뿐만 아니라 주기가 있다는 점에서 여성의 특징을 의미한다는 것이다.

"가와모토 군이 말한 사례에서는 옆방 문이 아니라 응접실 문을 열어 두어야 잠을 잘 수 있다고 했는데, 어쩐지 많이 유사하지 않을까? 예상이 빗나간다고 하더라도 전혀 지장이 없겠지만, 지금 자네가 말한 이야기만으로 해석해 보면, 이는 틀림없이 정신적으로 Pubertat(혼기)에 이른 딸이 자네라는 Liebe(연애) 대상이 나타났음에도 불구하고 아버지에 대한 오이디푸스에서 완전히 벗어나지 못하고 있는 것이네. 오히려 미래의 남편이 될 남자에 대한 사랑과 아버지에 대한 오이디푸스 콤플렉스가 서로 싸우고 있다고 해석할 수 있지. 그러니까 자네가 분석 요법과 비슷한 방법으로, ─이 방법은 다치다 군에게 배우면 대략적으로 알 수 있을 테니─ 그 따님을 잘 돌보아 주게. 그러면 Abreaction(이탈)*에 이르게 되며 저절로 치료가 될 것이네. 또 그녀의 리비도(Libido)**가 자네를 향할 수도 있네."

오코로치 선생님은 6월의 유이가하마 바다를 바라보며 핵심을 정확히 짚어가며 의견을 말씀해 주셨다.

나도 가와모토 군에게 "일단 해보게나. 나도 조금은 도와줄 수 있을 거야. 필요하다면 대학병원에 와서 분석 사례를 봐도 되네.

---

* 프로이트가 신경증 치료법에 관한 연구를 하면서 처음 사용한 용어로, 영구적인 정신 장애를 남기는 정신적 외상을 입한 사건에 결부되어 있던 감정이 그 사건의 반복적인 경험을 통하거나 정신 치료를 받다가 깨끗이 제거되는 정동 방출의 순간을 말한다. 취면의식의 원문에는 Abrektion으로 표기되어 있음.
** 정신분석학 용어로 성본능, 성충동을 뜻함.

자네가 사랑하는 사람을 의사에게 맡기는 것은 원하지 않을 테니, 자네 힘으로 고칠 수 있다면 더할 나위 없이 좋지 않겠나"라고 권했다.

가와모토 군이 돌아가고 나서도 나는 이 문제를 화제로 삼았다.

"그렇다면 선생님께서는 정말 한 달에 한 번 취면의식을 하지 않는 것이 여성 주기에 해당해서 그런 것이라고 생각하십니까?"

"그렇네. 조금 전 들은 이야기만으로 판단하자면 우선 그렇게 판단하는 것이 무난하겠지. 하지만 실제 Monatsfluss(월경)과 일치한다고 볼 수는 없어. 헨리 엘리스(Henry Havelock Ellis)* 같은 사람은 남성에게도 주기가 있다고 말한 적이 있거든. 나는 프로이트 옆에 있었을 때, 이를 Psychische Menstruation(정신적 월경)으로 가정할 수 있다는 대담한 논문을 쓴 적도 있네. 그해 초여름 빈에서 말이지. 이미 20년이나 지난 일이지만……."

오코로치 선생님은 그렇게 말씀하시고 다시 바다를 바라보았다. 그리고 갑자기 떠올랐다는 듯이

"그런데 전혀 다른 주기를 생각해 볼 수도 있네. 말하자면 생리적인 주기가 아니라 경제적인 주기로 말이야."

"경제적인 주기요?"

"그래. 인간은 아이를 제외하고 누구나 이 Soziale Menstruation(사회적 월경)을 피할 수 없네. 싫든 좋든 월말에 빚쟁이가 찾아오는 것과 마찬가지지."

* 영국의 의학자이자 문명 비평가. 대표적 저서인 《성 심리 연구》는 저자의 의학 지식과 청소년 시절의 미개 사회에 대한 식견이 가미되어 화제를 모았다.

나는 선생님의 말씀을 듣고 대학에서 하시는 강의에서 들을 수 없는 그의 심오한 사상에 닿은 것 같은 기분을 느꼈지만, 마음속으로 의문이 솟아났다.

"그렇다면 선생님은 가와모토 군의 사례에 그런 주기가 있을 거라고 생각하시는 건가요?"

"아마 없을 것이네. 만일 있다면, 이는 단순한 그것이 아닐 것이야. 그래. 나는 가와모토라는 친애하는 제자를 위해서 그것이 없기를 바라고 있네."

오코로치 선생님은 그렇게 말했다. 그런 선생님은 어쩐지 마음속 의문을 스스로 부정하려는 것 같았다.

2

가와모토 학생은 내가 있는 연구실에 찾아와 두세 가지의 분석 사례를 연구하기도 했고 나와 상담을 하기도 했지만, 7월이 지나 8월이 올 때까지도 치유되었다는 보고는 들리지 않았다.

앞서 말했듯이 그해는 날씨가 들쑥날쑥해서 6, 7월에는 한여름 같았지만 8월에 접어들고 나서는 매일 비가 내렸다. 그리고 밤이 되면 가을처럼 시원했다.

오코로치 선생님은 비가 거세지만 않으면 바닷가에 비치 파라솔을 가지고 나가서 파라솔 안에서 독서하는 것을 좋아하셨다. 그래서 선생님을 찾아오는 손님은 늘 바닷가에 가서 선생님을 찾고는 했다. 그러던 어느 흐린 날, 오후부터 옅은 햇살이 내리쬐기 시작해 바닷가가 의외로 붐볐다. 비치 파라솔이 갑자기 늘어났고 성미 급한 사람들 중에는 이미 바닷물에 들어간 사람도 있었다. 나는 이 해안에서 오코로치 선생님의 구술 원고를 필기하고 있었는데 오랜만에 가와모토 군이 찾아왔다.

"자네, 오랜만이군. 취면의식 아가씨는 그 후 어떻게 됐나?"

"후, 요지부동입니다. 원인을 찾으려고, 어떻게든 해석을 해보려고 노력했지만 소용없었습니다. 선생님께 진찰을 받지 않고서는 방법이 없을 것 같은데 숙부가 그것을 허락하지 않습니다. 처음에는 왜 그런지 이해할 수 없었지만 나중에 알았어요. 이런 말씀 드리기 뭐하지만 선생님이 워낙 대단하시니 사례를 넉넉히 해야 할 거라는 생각을 하시는 것 같았습니다. 저는 숙부 댁이 넉넉한 편인 줄 알았는데 의외로 재정 상태가 어렵다는 것을 이번 일 때문에 처음 알았습니다. 선생님, 이 경제적 문제와 신경증이 어떤 관계가 있을까요?"

"글쎄. 경제적인 문제가 오이디푸스 콤플렉스에 영향을 미치는 경우도 여러 가지가 있네. 하지만 부자라서 갖는 일종의 죄책감이랄까, 책임감이랄까. 그런 것들이 신경증을 유발하는 경우는 있지만 이는 오히려 가난해지면 낫는다네. 하지만 자네의 경우, 우선 그런 것과는 관련이 없을 것이네. 신경증이 발생한 원인을 파악했나? 그것이 역시나 가장 중요하네."

"아니오. 확실히 파악하지 못했습니다. 다만, 그 이후 제가 알아낸 바로는, 숙부가 4, 5개월 전부터 이제껏 교류하지 않았던 사람과 교류하기 시작했다고 합니다. 취면의식 중 응접실 문과 관련된 것이 있었으므로 저는 아무래도 이 손님, 혹은 이 손님과의 교류가 연관되어 있지 않을까 생각합니다."

"가와모토 군, 그것 참 좋은 지적이야."

"미오코는 손님이 오면 늘 여학교 교복 차림으로 차를 들고 손님방에 들어가야 했어요. 그래서 미오코는 숙부를 찾아온 손님을 거의 다 알고 있었습니다. 물론 신경증에 걸린 뒤에는 차를 나르지 않았지만, 밤에 손님이 있을 때 취면의식 증상이 특히 심해지는 것 아닌가 싶은 점도 있었습니다. 일단 오이디푸스 콤플렉스라고 가정한다면, 아버지의 사랑을 독점하지 않으면 안 되고, 지나치게 아버지에게 관심을 갖고 있는 것, 이를테면 손님에 관한 것도 그렇고요, 이러한 점들이 아무리 해도 안심을 방해한다고 해석하고 싶습니다."

"흠. 최근에 교류를 시작했다는 사람은 대체 어떤 사람인가? 여성들이 관심을 가질 만한 젊은 사람이라도 되는 것인가?"

"아니오. 노인입니다. 선생님도 아실지 모르겠습니다만, 그는 바로 여기, 가마쿠라에 사는 다카나와 후지요시라는 고리대금업자입니다."

"아아, 이름은 들어본 적 있네."

"사실 그 사람은 예전에 숙부와 같은 탄광에서 일했었다고 합니다. 그런데 숙부보다 먼저 일을 그만두고 고리대금업을 시작했고, 지금은 어마어마한 부를 쥐고 있다고 합니다."

"그래서 그 다카나와 씨와 자네 숙부라는 사람이 최근 빈번히 만나고 있다는 것이군. 지금부터 내가 하는 질문은 아주 사적인 질문이니 만일 대답이 꺼려지면 답하지 않아도 되네. 그럼, 자네 숙부가 그 사람에게 돈을 빌렸다는 말인가? 적어도 자네는 그럴지도 모른다는 의심을 하고 있나?"

"아니오. 그렇지 않습니다. 만일 숙부가 돈을 빌렸다면 오히려 숙부가 다카나와 씨가 있는 곳을 가셔야 맞는데, 숙부가 그쪽으로 가신 것은 한 번인가 두 번이 전부였습니다. 늘 다카나와 씨가 숙부를 찾아오셨습니다."

그렇게 말하고 가와모토 군은 다카나와에 관한 이야기를 계속했다. 심지어 오코로치 선생님은 언뜻 봤을 때 미오코의 신경증과 관련이 없어 보이는 다카나와 씨 이야기에 상당한 흥미를 보이셨다. 오코로치 선생님은 하나부터 열까지 질문하기 시작했다.

통통하게 살이 찌고 불그스름한 얼굴을 한 그는 늘 하오리(羽織)*를 입지 않고 편한 복장으로 찾아온다. 당당한 풍채를 가진 사람이었다. 그런데 그 순간 그 사람이 척수로(脊髓癆)** 환자 아닌가 하는 생각이 들었다고 가와모토 군이 말했다.

"그렇군. 자네의 설명을 듣고 보니 고리대금업자인 다카나와 씨에게 척수로라는 병이 너무 잘 어울리는군. 그것을 어떻게 알았나?"

---

* 일본 기모노의 일종으로 방한이나 격식을 차릴 목적으로 입는다.
** 매독균에 의해 척수의 후색 및 후근이 침해를 받는 질병으로, 척수매독이라고도 한다. 중년 이후 남성에게 많이 발병하며, 힘줄 반사가 소실되고 동공 반사 이상, 운동 실조에 의한 실조성 보행, 지각 이상 등의 증세가 나타난다.

오코로치 선생님이 묻자, 가와모토 군은 이렇게 대답했다. 비가 줄기차게 내리던 어느 여름, 비가 갠 뒤 다카나와 씨가 찾아왔는데, 그 후 또다시 비가 세차게 쏟아지기 시작했다. 결국 비가 폭풍우로 바뀌었고 손님방 전등이 나갔다. 그래서 모두 양초를 찾으려고 술렁이는데, 다카나와 씨는 전혀 침착함을 잃지 않으면서 '마침 잘 됐군, 나는 항상 큰 휴대용 전등을 가지고 다니거든.'이라고 말하면서 현관에 두었던 자신의 휴대용 전등을 가져와 손님방에 걸었다. 마침 그때 전기회사에 전화를 걸려고 현관 근처에 있었던 가와모토 군은 다카나와 씨가 손님방에서 나와 현관으로 가는 모습을 볼 수 있었다. 그리고 그의 걸음걸이는 분명히 실조성 보행*이었다.

다카나와 씨가 항상 전등을 가지고 다니는 것은 그의 병 때문이었을 것이다. 숙부도 이 사실을 알고 있었는지, 다카나와 씨가 어떤 병을 앓고 있는 건지 가와모토 군에게 물어왔다. 가와모토 군은 척수로인 것 같다고 대답하면서 다음과 같이 설명했다. 척수로는 앞이 보일 때는 괜찮지만, 눈을 감거나 갑자기 빛을 잃는 등 시각을 잃으면 운동 실조증**이 나타난다. 이를테면 길을 걸을 때 몸의 균형을 잡지 못하고 비틀거리는 것이다. 시야가 밝은 곳에서는 아무렇지 않지만, 밤길에 넘어지지 않도록 주의하라는

---

* 감각 신경, 척수 신경 및 대뇌의 정보를 전달하는 소뇌의 기능 실조에 의해 나타나는 비정상적인 보행 패턴을 말한다.
** 각 근육이 모두 정상인데도 근육 간 조화 장애로 일정한 운동을 잘할 수 없는 병증 또는 상태.

의사의 언질 때문에 다카나와 씨는 휴대용 전등을 가지고 다녔을 것이다. 또한, 손전등은 빛이 너무 약하기 때문에 들고 다닐 수 있는 큰 전등을 가지고 다니는 것이라고도 덧붙였다.

"그렇군. 그런 병이었군. 그러고 보니, 처음 내가 우리 집에 오려거든 밤에 와 달라고 했을 때, 다카나와는 밤에 오는 건 곤란하다고 말했었네. 하지만 다카나와 자신의 이익 문제 때문에 꼭 나를 만나야 하기에 어쩔 수 없이 밤에 오게 된 거야."

이 일이 있고 나서 숙부는 자신이 직접 휴대용 전등을 설계해 조립하기 시작했다. 마치 무슨 실험이라도 하듯이 대대적으로 작업을 시작했고 재료를 직접 골라 조립했다. 그런데 듣자 하니, 그렇게까지 했음에도 다카나와는 전등이 어두워서 못쓰겠다고 했다. 결국 숙부는 고심 끝에 버튼을 누르면 한번에 확 밝아지는 전등을 발명해 다카나와에게 강매했다고 말했다. 원래 공과 대학 전기과 출신이기 때문에 전기에 관해서 매우 해박했다.

이 전등은 다카나와 씨의 요구에도 안성맞춤이었다. 이 전등의 기능으로 말할 것 같으면, 평소에 길을 걸을 때는 보통 모드로 하다가 울퉁불퉁한 길이 나오면 버튼을 눌러 빛의 세기를 세게 할 수 있었다. 그러다가 평평한 길이 나오면 다시 보통 모드로 바꾸면 되는 것이다.

오코로치 선생님은 이 이야기에 한층 더 집중하셨다.

가와모토 군은 모르겠지만, 나는 안다. 오코로치 선생님은 집중하면 목소리가 낮아지고 점점 저력을 발휘하신다.

"오호. 그것 참 흥미롭군. 자네는 그것이 어떤 원리인지 살펴

보았나?"

"숙부도 딱히 설명을 해 주지는 않았지만, 뭔가 우드메탈이라는 것으로 만들었다고 했습니다."

"뭐? 우드메탈이라고?"

오코로치 선생님은 현저하게 낮은 목소리로 확인했다. 그러시더니

"그렇다면 일시적으로 밝아질지는 모르나, 일정 시작이 지나면 갑자기 어두워질 텐데."라고 중얼거렸다.

그러더니 갑자기 고개를 드시고 "가와모토 군, 자네가 좋아하는 그 미오코라는 아가씨를 내가 한번 진찰해 보고 싶네. 물론 조금 전 자네가 말한 사례금은 필요 없어. 내가 한번 보고 싶은 것이니까 말이야. 자네 이야기를 듣다 보니까 아무래도 흥미가 생겼네. 어떤가. 자네가 그 댁에 이야기를 전해 주겠나. 됐다고 하신다면 괜찮네. 가 보고 싶기는 하네만……."

오코로치 선생님이 이렇게 말씀하시자, 가와모토 군은 매우 기뻐했다.

"그렇다면 바로 돌아가서 이야기해 보겠습니다. 상황만 괜찮다면 내일 아침에라도 선생님을 모시러 오겠습니다."

"아니, 내일이 아니라 오늘, 지금 당장 가 보고 싶네."

선생님이 말씀하시자 가와모토 군은 곧바로 일어섰다. 그는 일단 숙부님 댁의 상황을 보고 바로 돌아오겠다며 선생님 댁을 나섰다.

아직 오후 세 시인데 하늘이 별안간 어두워지더니 이윽고 비

가 내리기 시작했다. 선생님과 내가 비를 피하려고 바닷가에서 돌아왔을 때는 비가 더욱 거세게 내리고 있었다. 선생님 댁 유리창 밖에서 누군가가 물을 끼얹는 것처럼 밖을 내다볼 수 없을 정도였다.

며칠 동안 비가 내리다가 겨우 오늘에서야 개었는데. 이렇게 비가 많이 내리다가는 가마쿠라의 하천이라는 하천은 크든 작든 모조리 범람할 것이다. 땅의 상태에 따라서 홍수가 날지도 모른다.

나는 선생님 댁 응접실에서 그런 생각을 하며 담배를 연달아 피웠다. 선생님도 같은 방에서 담배를 피우며 가만히 앉아 계셨다. 선생님의 붉은 담뱃불이 보일 정도로 방 안이 어두웠다. 이렇게 밤을 새우는 것은 아닌지 불안해졌다.

그런 어둠 속에서 선생님 특유의 낮은 목소리가 들려왔다.

"다치다 군. 지금 생각해 보니 가와모토 군이 말한 아가씨의 취면의식에는 전혀 뜻밖의 의미가 포함돼 있는 것 같네. 그런 면에서 상당히 신경이 쓰여. 가와모토 군의 이야기를 들으면서 깨달았는데, 우리가 한 발 늦을 리는 없겠지만, 이를 미연에 방지하지 않으면 엄청나게 불행한 사건을 불러일으킬 수 있어.

신경증 증상이 '과거'를 반영한 사례는 이미 여러 차례 봐 왔었네. 하지만 통찰력이 있는 사람이라면 신경증 때문에 '미래'를 예견할 수도 있지 않겠나. 이번 신경증의 경우는 분명 그에 해당하는 사례가 될 것 같은 느낌이 드네. 그렇다면 가와모토 군이 빨리 답신을 가져와야 할 텐데……."

3

선생님과 내가 가볍게 저녁을 먹고 기다리는데 가와모토 군이 장대비를 무릅쓰고 돌아왔다.

가와모토의 말에 따르면, 집에 돌아가 보니 숙부 마쓰요는 부재중이었다고 한다. 그래서 숙모에게 이야기했더니 매우 기뻐하면서 숙부의 허락을 받을 수는 없지만 꼭 와 주시기를 바란다고 하셨다고 했다. 그런데 숙부가 오늘 오후 외출하면서, 다카나와 씨가 밤에 찾아올 예정이라면서 본인이 그때까지 돌아오지 않으면 조금만 기다려 달라는 말을 전해 드리라고 했다고 한다.

오코로치 선생님은 다카나와 씨가 있어도 방해만 되지 않는다면 상관없다, 그저 그 댁 따님 방에 가서 따님을 진찰해 보고 싶을 뿐이지 대접 받기를 원하는 것이 아니기 때문에 가와모토 군만 자신의 옆에서 보조를 해 주면 된다고 말했다. 그리하여 우리 세 사람은 바로 집을 나섰다.

마쓰요의 집은 상당히 넓은 정원이 있는 일본식 건축으로 된 집이었지만, 응접실만 서양식으로 되어 있었다. 듣던 대로 복도로 나가는 문이 있었고 그 복도 안쪽으로 들어서면 오른쪽이 미오코의 방, 왼쪽이 부모의 방이었다. 2층에도 방이 세 개 있었는데 그중 하나를 가와모토 군이 사용하고 있었다.

마쓰요의 집에 도착했을 때부터 그렇게 세차게 내리던 비가 이제 그치려고 하는 모양이었다. 머지않아 빗발이 약해졌고 그러다가 이내 설탕 같은 이슬비로 바뀌었다.

오코로치 선생님은 집의 배치 등을 살펴본 뒤 미오코의 방으로 갔다. 무서운 얼굴의 몸집이 큰 신사가 들어가자 미오코는 놀랐지만 조금도 주눅 들지 않은 모습이었다.

과연 아름다웠고 열일곱이라는 나이에 비해서도 몸매가 훨씬 어른스러운 아가씨였다. 나는 신경증에 걸린 젊은 여자를 자주 보는데, 그들 중에는 특정 증상 외의 모든 행동이 정상인과 전혀 다르지 않은 사람도 있다. 미오코 또한 바로 그런 케이스로, 한눈에 본 바로도 이 아가씨가 고질적인 취면의식을 행하는 사람이라고는 보이지 않았다.

오코로치 선생님은 반사 기능 등 간단한 검사를 하고 나서 두세 가지 문진을 했다.

"손님방 문을 열어 놓기만 하면 손님이 있어도 잠을 잘 수 있다고 하셨지요?"

"글쎄요. 곰곰이 생각해 보니 아무래도 잘 모르겠어요. 손님이 있을 때 손님방 문은 늘 닫혀 있었으니까요. 열려 있었던 적은 한 번도 없었어요."

"한 번 잠이 들면 아침이 올 때까지 깨지 않나요?"

"아니오. 가끔 한밤중에 한두 번 눈이 떠지고는 해요."

"화장실에 가려고 깨는 건가요? 아니면 손님방 문이 닫혀 있는지 신경이 쓰여서 그런 건가요?"

"글쎄요. 아마도 손님방 문이 신경 쓰여서 그런 것 같아요."

"그런데 아가씨, 방 안의 뻐꾸기시계나 벽시계들은 꽁꽁 싸서 넣어 둔다고 해도, 손님방에도 시계가 있지 않습니까? 추측컨대,

문을 열어 놓고 자면 밤이 깊어져 주위가 조용해졌을 때 그 시계 소리가 이 방까지 들리지 않을까요? 잘 생각해 보세요."

오코로치 선생님이 이렇게 말씀하시자 미오코는 가만히 생각했다. 처음에는 "잘 모르겠어요"라고 대답했지만, 오코로치 선생님과 내가 다그치지 않고 말 없이 기다리자 약 2분 정도 후에 이렇게 대답했다.

"맞아요. 이제 깨달았어요. 손님방 문을 열어 둬야 잘 수 있었던 이유는 손님방 시계 소리가 들리지 않으면 마음 편히 잘 수 없어서였는지도 몰라요."

"아가씨. 당신은 이해가 참 빠른 분이시군요. 중요한 점을 깨달으셨어요. 그렇다면 다시 한 번 묻겠습니다. 잘 생각해 보세요. 아가씨 방의 시계를 멈춰 두고 손목시계를 숨기는 것은 시계 소리가 신경 쓰여서 그런 것이 아니라, 그 시계 소리가 들리면 손님방에 있는 시계 소리와 혼동되어서 손님방 시계 소리를 들을 수 없기 때문이군요. 그래서 잠도 잘 수 없는 것이고요? 잘 생각해 보세요."

이에 대한 대답은 의외로 바로 나왔다.

"선생님 말씀을 듣고 보니 그 말이 맞는 것 같아요. 저는 시계 소리가 성가셔서 잠을 못 자는 것이라고 생각했는데……."

"그렇군요. 그렇다면 오늘 밤에는 아버지와 어머니의 허락을 받아서 손님방 시계를 이곳에 들여놓고 자 보세요. 그렇다면 분명 잠을 잘 수 있을 것입니다."

아가씨는 선생님의 말씀을 확실히 이해한 것 같았다. 그녀는

"감사합니다"라고 인사하며 머리를 숙였다.

"아가씨. 또 하나 물어보고 싶은 점이 있습니다. 칼을 포장해 넣어 두지 않으면 잠을 못 잔다고 하셨는데, 왜 손님방 란마(欄間)*에 걸려 있는 도검은 넣어 두지 않았습니까? 그 칼은 신경 쓰이지 않았나요?

미오코는 선생님의 예리한 질문에 놀란 것처럼 보였다. 하지만 이에 대해서는

"지금까지 그 검이 신경 쓰였던 적은 한 번도 없어요. 아마도 몰래 손에 쥘 수 있는 칼이 신경 쓰이지, 그렇게 큰 칼은 아무렇지도 않은 것 같아요."

미오코의 진찰은 이것으로 끝이 났다.

돌아가려고 하는데 마쓰요 부인이 만류해서 선생님과 나는 손님방에 앉아서 차를 마시고 있었다. 그런데 또 다른 손님이 찾아왔다. 그 사람은 말할 것도 없이 다카나와 씨였다. 나는 다카나와 씨가 왔으니 이를 기회 삼아 돌아가야겠다 싶어서 선생님을 보았는데, 선생님은 모르는 체 하고 앉아 계셨다. 선생님께 아직 이 집을 떠날 수 없는 목적이 있는 것이 분명했다. 나는 그렇게 믿으며 가만히 있었다. 다카나와 씨는 그 거구를 이끌고 손님방으로 들어왔고 우리를 보더니 손님이 있는 줄 몰랐다는 표정을 지었다.

다카나와 씨는 선생님의 근엄한 얼굴을 보고 예의를 차리는

---

* 천장과 윗미닫이틀 사이에 통풍 채광을 위해 교창을 낸 부분.

것 같았으나 나와 가와모토 군은 거들떠보지도 않았다. 선생님은 한눈에 다카나와 씨를 파악했지만, 그 후에 관심이 사라지셨는지 손님방에 걸린 유화 같은 것들을 보고 계셨다. 나는 선생님이 저렇게 느긋하신 것은 다카나와 씨를 보기 위해서라고 생각했지만, 사실은 그렇지 않았다. 나는 나중에서야 선생님의 목적을 깨달았다. 선생님은 바로 마쓰요 씨를 보고 싶어 했던 것이다.

다카나와 씨가 온 지 불과 20분 정도 지났을까. 현관을 거칠게 열어젖히는 소리가 나더니 마쓰요, 바로 그가 돌아왔다. 마쓰요는 느닷없이 손님방으로 들어오는데, 그 순간 다카나와 씨 외에 손님이 더 있는 것을 보고 묘하게 움찔했다. 그리고 오코로치 선생님을 가만히 바라보았다. 그때 나는 그에게서 어쩐지 섬뜩한 표정을 보았다. 하지만 마르고 빈틈없어 보이는 그 검은 얼굴에서 이전의 감정은 금세 사라지고 이내 온유한 빛이 감돌았다.

가와모토 군이 당황해서 마쓰요 씨에게 오코로치 선생님과 나를 소개했다. 마쓰요 씨가 인사말을 건네기 전에 선생님은 "저는 이런 환자를 관심 있게 연구하는 사람입니다. 허락 없이 진찰을 해봤습니다만, 가벼운 병이니 며칠 이내에 원래 상태로 말끔히 돌아올 것입니다. 걱정할 정도는 아닙니다"라고 말씀하시고 유유히 일어서서 서둘러 자리를 떴다.

마침 비가 그쳤으므로 선생님은 조금 걷자고 말씀하셨다. 현관을 나서는데 뒤에서 가와모토가 헐레벌떡 뛰어왔다.

"가와모토 군. 그 아가씨는 참 좋은 분이더군. 그 아가씨를 만나보기 전에는 신경증에 걸린 사람이니 나중에 완치가 된다고 하더라도 자네의 결혼 상대로 반대하고 싶었지만, 지금은 오히려 그 아가씨와 결혼할 것을 추천하고 싶네. 그리고 진찰 결과는 내일 아침에 말하겠지만, 오늘 밤 자네에게 특별히 부탁하고 싶은 것이 있네. 내가 하는 말이 무슨 의미인지 모르겠지만, 의심하지 말고 한번 해보게. 그 부탁이 무엇이냐 하면 바로, 오늘 밤 숙부의 상태를 잘 살피는 것이네. 만일 숙부가 집을 나서려고 하면 자네가 모시고 가게. 그리고 만약 수행이 필요 없다고 하시면 미행해 보게. 물론 자네라면 어떤 사건이 일어난다면 임기응변으로 대처할 수 있을 것이네. 그리고 내일, 오늘 밤에 일어난 일을 나에게 들려주게. 그렇게 해준다면, 나는 미오코 씨의 신경증을 어떻게 치료해야 할지 최선의 방책을 생각할 수 있을 것이네. 오늘의 진찰로 대부분의 구상은 잡혔지만 오늘 밤 일에 관해 든는다면 결정적인 도움이 될 것이야. 알겠나?"

"숙부에 관해서라면 지금도 대략적이나마 말씀드릴 수 있습니다만……."

"아니야. 다카나와라는 손님이 왔을 때 숙부의 태도와 상태를 알고 싶네. 특히 다카나와가 돌아간 뒤 자네 숙부가 어떤 식으로 신경질을 내는지 주의 깊게 살펴보게."

가와모토 군은 선생님이 하신 말씀을 명심하고 다시 집으로 뛰어들어 갔다.

선생님과 나는 비 온 뒤의 길을 말없이 걸었다. 어두운 길이었다. 암흑이라고 할 수 있을 정도로 어두웠다. 그 어둠 속에서 선생님 목소리가 들려왔다.

"다치다 군. 인간이란 앞날을 예견할 수는 있어도 미연에 방지하기는 여간 어려운 일이 아니라네. 아무래도 어쩔 수 없겠지."

"그렇다면, 선생님께서는 어떤 사건을 예견할 수 있을 것 같다는 느낌을 받으셨나요? 예를 들어 다카나와 씨가 아가씨의 신경증과 관련이 있나요? 설마 다카나와 씨가 그 아가씨에게 손을 댄 것은 아니겠지요."

"물론이네. 다카나와 아무개라는 자가 손을 대려고 한들 가와모토라는 기사가 있으니 그럴 리는 없지."

그렇게 말씀하시고 선생님은 한동안 아무 말 없이 걷기만 하셨다.

"아무래도 나로서는 아직 잘 모르겠지만, 가와모토 군이 아주 훌륭하게 꿰뚫어본 것 같네. 가와모토 군이 말했듯 그 아가씨가 앓고 있는 신경증은 아버지 마쓰요 씨와 다카나와 씨 사이의 관계 때문에 발병한 것 같아. 그렇다고는 해도 그 아가씨가 이 두 사람 사이의 관계를 알지는 못할 것이야. 단, 이 두 사람 사이에 있는 뭐랄까, 기 싸움 같은 것이 그 아가씨를 위협하고 있는 것 같았네."

"그 말씀은 즉 두 사람 사이에 금전적인 문제 같은 것이 있다는 말씀이신가요?"

"물론이네. 어른들 사이에 절실한 문제가 있다면 금전적인 문제 외에 다른 문제일 리 없지. 신경증을 앓고 있는 이 아가씨는 그 경제적인 문제 때문에 두 사람 사이에 어떤 사건이 일어나야만 한다고 느끼는 것 같네. 하지만 나로서는 그것이 무엇인지 짐작이 가지 않아. 둘 사이에 이익이 있는 쪽은 다카나와 씨이고 경제적으로 힘든 사람은 마쓰요 씨이니까 말이야. 그 반대라면 여러 가지 해석이 가능할 텐데 말이야."

선생님은 그렇게 말씀하시고 다시 아무 말씀도 하지 않으셨다.

머지않아 선생님 댁에 도착할 때 즈음, 선생님은 우선 기다려 보기로 하셨는지 갑자기 기운 빠진 목소리로 이렇게 말씀하셨다.

"신경증이라는 녀석은 평소에는 알 수 없는 인간의 심오한 마음을 감지하지. 이런 사례는 우리 정신과 의사에게 매우 적절한 연구 대상이네."

선생님은 그렇게 말씀하시고 또다시 아무 말도 하지 않으셨다.

과연 이 날 밤, 사건이 일어났다.

이는 매우 기묘한 사건이었다. 어쩐지 우리가 연구하고 있는 신경증과 관련이 있는 것 같은데, 그럼에도 불구하고 이 사건의 어떤 부분이 관련이 있는 것인지 도무지 알 수가 없었다.

4

다카나와 씨가 마쓰요 댁을 나선 것은 저녁 여덟 시가 지났을 때였다. 자동차로 가야겠다고 해서 마쓰요 씨 댁에서 전화로 차를 한 대 불렀다. 늘 이용하는 택시였다.

이 날 밤, 마쓰요 씨가 자신이 직접 설계해서 만들어 놓은 휴대용 전등을 주었기 때문에, 다카나와 씨는 자신이 가져온 손전등과 함께 총 두 개의 전등을 들고 택시에 올라탔다.

마쓰요 씨는 오늘 외출을 해서 피곤했는지 배웅하고 나서 손님방으로 들어와 의자에 깊숙이 앉아 있었다. 가와모토 군 또한 오코로치 선생님의 분부대로 슬그머니 숙부의 상태를 살피며 같은 방 구석에 앉아 연달아 담배를 피우고 있었다.

두 사람은 가만히 각자의 생각에 빠져 있는 것처럼 보였다. 머지않아, 한 시간 정도 지났을까. 느닷없이 가마쿠라 경찰서에서 형사 한 명이 차를 타고 찾아왔다. 가와모토 군이 나가 봤더니 형사는 "다카나와 후지요시 씨가 이 댁을 떠나 자택으로 가던 중, 때마침 빗물 때문에 허물어진 자택 뒤 절벽에서 전락해 사망하셨습니다. 이에 대해 택시 운전사도 관련이 있고, 나아가 오늘 다카나와 씨의 행적 또한 조사할 필요가 있어 찾아왔습니다. 사실 내일 해도 상관없지만, 출두할 용의가 있으시다면 오늘 밤에 해 주십사 부탁드립니다"라고 말했다.

가와모토 군이 이 내용을 마쓰요 씨에게 보고하자 마쓰요 씨는 얼굴이 사색이 되며 매우 놀랐다. 하지만 금세 정신을 차리더니 당연히 가야지, 어쨌든 다녀오겠네, 라고 말했다. 그는 곧바로 형사와 함께 집을 나섰다.

가와모토 군은 오코로치 선생님의 당부도 있었기에 마쓰요 씨를 따라 나섰다.

나중에 들어보니 가와모토 군은 경찰서로 바로 가지 않았다고 한다. 어두운 길을 따라서 사건 현장에 한번 가 보았다고 했다. 현장에 가 보니 이미 시체 수습이 끝난 상태였고 형사로 보이는 두세 명의 남자가 뭔가를 찾는지 어둠 속에서 경찰서 제등(提燈)*을 들고 그 주변을 우왕좌왕하고 있었다. 가와모토 군은 다시 돌아가 경찰서로 향했고 마쓰요 씨보다 약 30분 늦게 도착했다.

마쓰요 씨와의 면회가 바로 허가되었다.

이 시점은 다카나와 씨의 부검도 끝난 상태였는데, 부검 결과 타살이 의심된다는 것으로 밝혀졌다. 시체와 함께 두 개의 휴대용 전등이 발견되었는데 모두 바위 모서리에 맞아 부서져 있었다. 주요 용의자는 가마쿠라의 택시 운전사였는데, 이 운전사가 왜 가장 유력한 용의자가 되었는가 하면 다음과 같은 사정 때문이다.

마쓰요 댁에서 나와 택시를 탔을 때 다카나와 씨는 기분이 매우 좋아 보였고 운전사에게 두세 번 말을 걸었다고 한다. 택시는 다카나와 씨의 자택을 향했지만 자동차가 다리 근처에서 멈추고 말았다. 다카나와 씨 댁은 이 다리를 건너야만 갈 수 있다.

"손님. 이 다리는 통행 금지라고 하네요. 난처하게 됐습니다."

"그럴 리가 없네. 내가 아까, 그래, 약 한 시간 반 전에 자동차로 여기를 지날 때만 해도 분명 지나갈 수 있었어. 그때는 도로 공사를 전혀 하지 않았는데 무슨 일이지?"

"하지만 손님, 칸델라**가 걸려 있고 통행 금지 표지판이 저렇게 버젓이 나와 있지 않습니까. 새끼줄도 걸려 있고요."

"그렇군. 이것 참 곤란하게 됐군. 여기서 내 집까지 걸어서

---

* 자루가 있어서 들고 다닐 수 있는 등.
** 휴대용 유용 등화. 금속 도기 등으로 만든 용기에 석유를 넣고 면사를 심지로 하여 불을 켜는 등.

10분이나 걸리는데. 게다가 어두운 밤이고 말이야……."

"선생님. 그렇다면 이 강을 따라서 댁 근처까지 가 볼까요? 그곳에 작은 다리가 있는데 선생님 댁 뒷문으로 나가면 2분 정도 거리에 있는 다리입니다."

운전사는 넓은 낭떠러지가 나올 때까지 강을 따라서 거슬러 오르면 넓고 으리으리한 다카나와 씨 저택의 뒤편이 나온다는 사실을 알고 있었다. 그 좁은 다리를 건너서 벼랑길을 따라 조금만 더 걸으면 저택의 돌담이 나오는데, 운전사는 이때 돌담을 휙 돌면 바로 정문이 나온다는 사실 또한 알고 있었다. 이 길로 가면 조금만 걸어도 되기 때문에 운전사는 이 길을 권한 것이다.

운전사의 진술이 사실이라면, 그 당시 다카나와 씨는 아무런 주저함 없이 기꺼이 "그게 좋겠군"이라고 말했다고 한다.

매우 좁은 다리였지만 아무리 그렇다 해도 외나무다리는 아니었다. 돌다리였고 튼튼했기 때문에 사람 한 명은 족히 건널 수 있었다. 이 날 밤에는 이 부근에서도 탁류가 엄청났다. 다카나와 씨는 대수롭지 않게 자동차에서 겨우 내리더니 준비해 온 휴대용 전등을 양손에 들고 양쪽 모두 스위치를 켰다. 그리고 운전사를 향해 "이보게. 미안하지만 내가 눈이 조금 안 좋으니 내가 다리를 다 건널 때까지 자동차 헤드라이트를 다리 쪽으로 비춰 주지 않겠나?"라고 말했다.

운전사는 다카나와 씨가 손전등을 두 개나 켠 것도 모자라 자동차 헤드라이트까지 요구하다니 어지간히 조심성이 있는 사람이군 하고 생각했다. 하지만 요구하는 대로 자동차를 다리 쪽으로 옮기고 라이트를 켜서 다리를 환히 비췄다. 이때 운전사는 두 가지 의문이 들었다.

첫 번째, 그가 보기에 발걸음이 다소 조마조마해 보였다. 하지만 이는 아마도 마쓰요 씨 댁에서 술을 드신 데다가 기분이 좋아서 그런 것이라고 생각했다. 그리고 두 번째는 아무리 자동차 헤드라이트를 비춘다고 해도, 그렇게 해서 다리를 무사히 건넌다고 해도 다카나와 씨 댁과 강 사이를 연결하는 길은 다리와 마찬가지로 좁고 위험한 벼랑길인데 어쩌시려는 것일까라는 의문이었다.

하지만 그래도 자신은 어려움 없이 다니는 길이었기 때문에 불안하다는 생각은 전혀 하지 않았다고 진술했다.

그런데 다카나와 씨가 그 돌다리를 다 건널 때 즈음, ─맞습니다. 두 간(間, 일본의 옛 길이의 단위로서 한 간은 약 1.8m이다) 반인가 세 간 정도 되는 짧은 다리였기 때문에 그때 즈음이면 다 건너셨을 거라고 생각했습니다─ 바로 그때 무슨 일인지 헤드라이트가 확 꺼져 버렸다. 깜짝 놀라서 손을 뻗어 다시 시동을 켜보니 라이트가 다시 들어왔지만, 다시 라이트를 켜는 그 3, 4초 사이에 으악 하는 비명이 났다. 그 비명과 함께 다카나와 씨가 벼랑 아래로 추락했고 탁류 위 바위 모서리에 부딪히고 말았다. 운전사는 라이트가 다시 들어온 순간 그가 떨어지는 모습을 확실히 보았다.

어떻게 된 영문인지 모르겠다. 노인이라 이런 일이 생긴 것인가. 헤드라이트가 꺼져서 발을 헛디뎠다니, 아무래도 납득이 가지 않는다라는 것이 그의 진술이다.

현장을 보고 온 형사들은 "고작 라이트가 꺼졌다고 해서 발을 잘못 딛을 만한 곳은 아니야. 게다가 다카나와 씨는 양손에 아주 밝은 전등 두 개를 들고 있었어. 그러니 헤드라이트가 꺼진다고 추락할 리는 없지. 당신이 밀어서 떨어뜨린 것이지? 어떤 원한이 있어서? 아니면 돈이라도 빼앗으려고 했나? 왜 밀었는지 자백해!"라며 운전사를 추궁했다. 하지만 운전사는 절대 아니라고 주장했다고 한다.

"그 증거를 말씀드리겠습니다. 저는 현장에서 벌어진 일을 보고 큰일 났다 싶어 바로 차를 몰고 가까운 파출소로 가서 신고를 했습니다. 제가 신고한 시간을 계산해 보세요. 마쓰요 씨 댁에서 출발한 지 고작 15분도 걸리지 않았다는 것을 알 수 있습니다. 저는 절대 도망치거나 숨으려고 하지 않았다고요."

운전사는 열의를 다해 호소했다.

다카나와 씨의 호주머니에는 손이 베일 만큼 빳빳한 지폐가 2천 엔 정도 들어 있었다. 다카나와 씨 아내의 증언으로는 집을 나설 때 2, 30엔 정도의 푼돈이 전부였고, 마쓰요 씨 댁 말고 다른 곳에 갔을 리는 없다고 했다.

마쓰요 씨는 사법 주임 방에서 있었던 취조에서 자신이 다카나와에게 2천 엔을 줬다고 진술했다. 그는 다카나와에게 약 1만 엔 정도의 빚이 있었는데 지난 3월에 바로 갚아 달라는 말을 듣고 월부로 매월 2천 엔씩 갚고 있었다. 그리고 바로 오늘, 마지막 2천 엔을 갚았고 증서도 받았지만 안타깝게도 다카나와 씨가 집에 돌아간 뒤 그 증서를 태워 버렸다. 하지만 마쓰요는 주머니에 있던 그 돈은 그가 건넨 것이 분명하다고 진술했다. 이를 통해 운전사가 돈을 노리고 죽은 것이 아니라는 것을 증명할 수 있었다. 나아가 운전사가 진출한 시간적 순서도 마쓰요 씨가 진술한 부분과 일치했다.

가와모토 군도 마쓰요 씨를 대신해 사법 주임의 질문에 두세 개의 증언을 했다. 사법 주임은 가와모토 군에게 운전사가 진술한 부분에 대해 질문했는데, 그에 대해 가와모토 군은 "주제넘는다고 생각하실지 모르지만, 저는 KK 대학 의학부 학생인데, 다카나와 씨가 낭떠러지에서 떨어진 것은 그가 앓고 있던 척수로라는 병 때문이라고 생각합니다"라고 말했다. 사법 주임은 이 진술을 듣고 매우 기뻐했다. 또한 사법 주임은 오코로치 박사에 대해 잘 알고 있었는데, 그가 현재 가마쿠라에 있다는 소식을 듣고 서둘러 그 밤에 오코로치 선생님에게 전화를 걸었다.

사법 주임에게 전화가 왔을 때 나는 아직 오코로치 선생님 댁에 있었다. 원래는 오늘 밤 막차를 타고 돌아갈 생각이었기 때문에 아침부터 하던 선생님의 구술 필기 원고 작업을 조금 더 하려던 참이었다. 그날은 그다지 서늘하지 않았다.

오코로치 선생님은 전화를 받고 매우 놀라셨다. 아마도 선생님은 어떤 사건이 일어날 수는 있어도 이런 식으로 일어나지는 않을 거라고 예측하셨을 것이다. 어쨌든 오코로치 선생님은 기꺼이 경찰서로 출두했다. 그리고 척수로에 관해 다음과 같이 진술했다.

"만일 어느 정도 심한 척수로를 앓고 있는 환자가 낭떠러지를 걷다가 갑자기 시각을 잃으면 바로 실조증을 일으키게 됩니다. 따라서 이 병에 걸린 자가 벼랑 아래도 떨어질 위험은 분명 있을 수 있습니다. 척수로라는 병은 척수 후색(脊髓後索)*이 침해를 받는 질병입니다. 척수 후색이란 근각신경섬유(筋覺神經纖維), 즉 근육이 어느 정도의 무게를 담당하고 있는지 그 감각을 신경으로 전달하는 길이라고 할 수 있습니다. 그것이 손상되면 걸을 때나 손을 사용할 때 발이나 손 근육이 어떤 상태인지 파악할 수 없게 됩니다. 따라서 눈이 보일 때는 시각을 통해 발의 위치를 확인할 수 있어서 잘 걸을 수 있지만 눈을 감으면 발의 위치를 확인할 수 없기 때문에 실조증이 와서 비틀거리며 걷게 되지요. 따라서 다카나와 씨가 정말 척수로 환자였다면, 헤드라이트가 꺼졌을 때 갑자기 시각이 혼미해졌을 것이고, 그로 인해 낭떠러지로 떨어졌을 수 있습니다."

오코로치 박사의 이러한 진술을 듣고 사법 주임은 바로 다카나와 씨의 주치의에게 확인해 그가 척수로 환자가 확실하다는 증언을 받았다. 게다가 운전사는 이 병이 무엇인지 모른다는 사실이 확실히 드러났기 때문에 살해 혐의에서 풀려나게 되었다.

이는 사건이 발생한 지 2, 3일만의 결론이었다.

하지만 사법 주임은 오코로치 선생님의 증언을 듣고 이 사건이 타살이 아닌 예기치 않은 사고였다는 사실은 이해했지만, 그이후에도 여전히 한 가지 의문에 사로잡혀 있었다.

* 척수 주위를 둘러싼 백질 가운데 후외측구 사이에 긴 세로로 달리는 섬유군을 후색이라고 한다.

"잠깐, 다카나와 씨가 오후 7시에 자택을 나왔을 때 분명 정문으로 나가 자동차를 탔지. 그렇다면 자동차를 타고 그 다리를 지났다는 것인데, 그때는 통행 금지가 아니었다는 것 아닌가. 그런데 귀가하던 오후 8시 반에는 그 다리에 통행 금지 표지판이 세워져 있었어. 아무래도 이상하지 않아?"라고 사법 주임은 생각했다. 그리고 즉시 토목과에 전화를 걸어 도로 개수가 진행된 장소를 알아보라고 지시했다. 그런데 그 토목과 담당자로부터 사고가 일어난 다리에서는 개수 공사를 하지 않았다는 답변이 돌아왔다. 게다가 그 근처에 통행 금지였던 곳이 한 군데 있었는데 그곳은 다리도 아니었고 자동차 도로도 아니었다. 이 사실을 알게 된 사법 주임은 그 밤중에 형사를 보내 다리를 다시 조사하라고 지시했다. 운전사는 조금 전 다리가 통행 금지였다고 진술했는데 다시 가 봤더니 통행 금지 표지판이 없었다. 토목과에서 말했듯, 그 근처에 통행 금지였던 곳은 단 한 곳뿐이었다.

운전사가 다시 의심받기 시작했다. 거짓 진술을 한 것이 아닌지 의심이 갔기 때문에 바로 소환해 이 점에 대해 추궁했지만 운전사의 진술은 전혀 바뀌지 않았다.

"분명 통행 금지 표지판이 있었습니다. 다카나와 씨도 그것을 보시고 '그렇군, 어쩔 수 없으니 돌아가야겠군'이라고 분명 말씀하셨다고요. 지금 그 표지판이 사라졌다니, 마치 여우에게 홀린 기분이네요. 하지만 여우가 장난을 친 것이라고 해도 다카나와 손님과 저는 분명 보았습니다. 게다가 저희는 어떻게 해서든 그 다리를 지나가고 싶었기 때문에 자동차를 세우고 1, 2분 정도 고민하기까지 했어요. 따라서 제 말에 털끝만큼도 거짓은 없습니다."

"하지만 방금 조사해 본 결과 다리 위에 그런 표지판은 없었어. 무슨 바보 같은 소리를 하는 거야!"

"말이 안 된다고 하셔도 어쩔 수 없습니다. 저 말고 다른 보행자가 봤을 수 있으니 다시 조사해 주세요."

운전사가 이렇게까지 말하다니, 그 나름대로 필사적으로 머리를 쓴 결과였을 것이다. 그는 매우 영리했다. 결국 다음 날 밤 8시 반부터 9시 반 사이 그 다리에 통행 금지 표지판이 있는 것을 보고 지나갔다고 증언한 사람이 두 명 나왔다. 그와 동시에 9시 반부터 12시 사이 다리에 통행 금지 표지판이 없었다고 증언한 사람도 나왔다. 이 운전사는 이 증언이 인정되어 바로 방면되었다. 다소 불명한 부분도 있기는 했지만, 결국 이 사건은 과실사로 마무리되었다.

오코로치 선생님은 그날 밤 경찰서에서 돌아와 한 마디도 하지 않으셨다. 그리고 나 또한 아무 말도 하지 않았다. 내가 생각하기에 이 사건은 의문투성이지만, 오코로치 선생님이 아무 말씀을 하지 않으시니 나도 잠자코 있기로 했다.

이 사건이 일어난 뒤 일주일이 지나고 마쓰요 미오코의 병은 완치되었다. 그녀는 어머니와 함께 오코로치 선생님께 인사를 드리러 왔다.

"아가씨. 당신이 그때 걸린 병은 신경증이라는 병입니다. 그런데 이 신경증이란 병은 어떤 커다란 사건으로 인해 갑자기 낫기도 해요. 아가씨는 마쓰요 댁과 관련된 사건이 아닌 다른 댁에서 일어난 사건 때문에 병이 나았으니 다행입니다."

나는 오코로치 선생님이 미오코 아가씨를 위로하시는 것을 듣고 있었다.

하지만 이 사건에 관한 의문은 결국 1년이 지나고 나서 오코로치 선생님의 입을 통해 완전히 해결되었다. 선생님은 나에게만 이와 관련된 의문에 관해 말씀해 주셨다. 나는 이 사건이 일어났을 때, 선생님께서 이미 모든 것을 정확히 추리하고 예상하셨다는 것을 알고 선생님의 놀랄 만한 추리능력에 더욱 탄복할 수밖에 없었다.

5

가와모토 군은 다음 해 3월에 졸업해 의학사가 되었다.

내과를 전공으로 선택했기 때문에 한동안 서로 만날 기회가 없었는데, 나는 이 젊은 의학사가 그 후 매우 우울하게 지냈다는 소물을 들었다.

그런데 여름이 다가온 어느 날, 가와모토 군이 대학에 계시던 오코로치 선생님을 불쑥 찾아왔다. 그때 나는 의국 일 때문에 선생님 방에 있었다.

가와모토 의학사는 차마 쳐다보기 민망할 정도로 수척해져 있었다.

"이야, 오랜만이군. 그건 그렇고 자네 너무 수척해 보이네."

"네. 그래서 선생님께 상의를 드리고자 찾아뵈었습니다……."

가와모토 학사는 그렇게 말하고 잠시 말을 멈췄다.

"아, 자네가 무슨 말을 하려고 하는 건지 알 것 같기도 하네. 내 예상이 틀렸다고 하더라도 화내지 말게. 혹시 미오코 씨와 자네의 결혼이 잘 되지 않은 것인가?"

"맞습니다. 사실 잘 되지 않은 정도가 아닙니다. 미오코는 다른 사람과 혼담이 오가는 중이고, 이미 내년 봄에 결혼식을 올리기로 했다고 합니다."

"그게 무슨 말인가. 자네와 미오코 씨 사이가 틀어졌다는 말인가?"

"아니오. 그건 아닙니다. 사실 금전상의 문제가 있습니다. 숙부가 저에게 미오코를 포기하라고 하셨어요. 숙부 말에 따르면, 지난번 다카나와 씨 사건이 일어나기 전, 다카나와 씨가 예전에 있었던 어떤 일을 가지고 숙부를 협박했다고 합니다. 1만 엔을 요구해서 어쩔 수 없이 매월 2천 엔씩 내는 것으로 그 요구를 들어주고 있었는데, 중간에 다카나와 씨가 뜻밖의 사고를 당한 것입니다. 그 사고 때문에 벗어나기는 했지만, 이미 8천 엔이나 지급한 상태라서 그 이후로 재정상 어려운 처지에 놓이게 되었다고 합니다. 그래서 미오코의 승낙하에 이번 혼담이 성사된 것입니다."

"그렇다면 미오코 씨도 원하지 않았지만 집안 사정 때문에 결혼을 승낙했다는 것이군."

"네. 그렇습니다. 의심할 여지가 없어요. 그러니 저도 용서해야 하고요……."

"그런가. 그것 참 안 됐군. 하지만 가와모토 군, 나는 가난하더라도 참고 자네와 미오코 씨가 결혼하는 것이 맞다고 생각하네. 그리고 이는 바로 미오코 씨를 사랑하는 자네의 권리이기도 하네. 그게 아니더라도 자네는 숙부에게 결혼을 요구할 충분한 권리가 있어."

가와모토 군은 오코로치 선생님의 말을 듣고 가슴이 철렁해 고개를 들었다. 그리고 그의 얼굴에서 아주 무서우면서도 바다같이 깊은 두 눈을 보았다.

"자네가 원한다면 내가 마쓰요 댁에 가서 미오코 씨를 자네에게 내어 달라고 말하겠네. 어떤가?"

오코로치 선생님이 그렇게 말씀하시자, 가와모토 군의 볼이 붉어졌고 눈은 더욱 빛났다.

"마침 내일 가마쿠라에 가네. 자네 생각을 들려준다면, 마쓰요 씨도 만나고 오랜만에 미오코 씨도 만나 보겠네."

이틀 뒤였다. 오코로치 선생님은 의국에 오시더니 내가 혼자 있는 것을 보고 이렇게 말씀하셨다.

"어제 가와모토 군의 결혼을 어떻게 할지 확실히 정해졌네. 마쓰요 씨와 그의 가족들은 지금의 혼담을 파하더라도 가와모토 군이 원하는 대로 해주겠다고 약속했네. 말하자면, 내가 마지막 카드를 내놓은 것이지. 마쓰요 씨에게 직접 이야기했네. 작년 사건 때 다리 근처에 세워져 있던 통행 금지 표지판과 칸델라를 그대로 옮겨와 다리 위에 놓고 다카나와 씨가 지나갈 수 없게 만든 사람은 바로 당신이야. 당신은 다카나와 씨가 자택 뒤 낭떠러지 길로 돌아가도록 계획적으로 일을 꾸몄어. 당신 입장에서는 그런 일을 꾸미는 것도 무리는 아니었지. 다카나와가 뻗은 협박의 손을 피하려고 저지른 방위 수단이었으니까. 손전등의 퓨즈로 우드메탈을 사용한 것도 그가 낭떠러지 길을 걸을 때 중간에 빛이 갑자기 약해지도록 하기 위한 설계였어. 이를 보더라도 충분히 추리할 수 있지. 하지만 실제로 다카나와 씨는 운전사의 헤드라이트가 꺼져서 사고를 당했고, 운 좋게도 당신에게는 죄가 없게 됐어. 하지만 다리 위에 있던 통행 금지 표지판이 발견되고 그로 인해 의심을 샀다면, 결국 당신의 모략은 들켰을 것이야. 그런데 다카나와 씨가 숨진 직후, 사법 주임이 이 사실을 눈치채기 전에 누군가 통행 금지 표지판을 제거했어. 이는 당신에게 매우 다행인 일이었지. 어느 청년이 당신이 형사와 함께 집을 나선 뒤, 은밀히 그 표지판을 치워 버렸다고 추정할 만한 근거를 내가 가지고 있소. 그리고 그 청년은 기특하게도 그 후 1년이나 지났는데도 이 사실을 아무에게도 말하지 않았어. 하지만 나, 오코로치는 미오코 씨의 신경증을 진찰했을 때부터 당신의 살의를 짐작하고 있었소. 이 청년도 나와 마찬가지로 어느 시점에 같은 느낌을 받았을 거야. 그 증거가 바로 통행 금지 표지판을 제거한 행위다. 그렇다면 비록 가난할지라도, 이 청년의 명민한 두뇌와 당신에 대한 호의, 그리고 견인불발의 의지는 외동딸인 미오코를 차지할 권리임과 동시에 미오코 일가를 행복하게 해줄 수 있는 지혜와 각오를 증명해 주는 것이오.'라고 말해 주었네."

"아, 선생님. 저도 이제야 그 사건의 전말을 이해했습니다. 그런데 신경증을 진찰하시던 날, 사건을 이미 예상하셨다니 참으로 놀랍습니다."

"아니, 자네, 신경증이라는 병은 보통의 건강한 두뇌로 보면 결코 알 수 없는 것을 무의식적으로 알고 있는 상태를 말하는 것이네. 이 사건의 전말은 나의 그 해석이 맞았다는 것을 정명하는데, 미오코는 그의 신경증 때문에 다카나와가 집에 드나들기 시작하면서 아버지가 그에게 살의를 품기 시작했다는 것을 무의식적으로 알 수 있었네. 다카나와는 한 달에 한 번 중요한 일 때문에 찾아왔고, 그때 두 사람이 마주하고 있던 자리에 차를 대접하던 이 젊은 아가씨의 무의식은 겁을 내고 있었어. 그 주기 때문에 신경증 증상이 완화되어 나타난 것인데, 그것을 Menstruation(여성 주기)로 인한 증상이라고 진단하다니, 지금 생각하면 웃음이 나는군.

그리고 칼을 무서워한 것도 사실은 살의를 두려워했던 것이지. 시계 소리는 전에도 말했듯 Pulsation(박동)을 의미하는데, 프로이트가 말한 것과 같은 성욕적인 의미는 아니네. 그보다 더 절박한 것이지. 이는 심장 박동 그 자체를 상징하네. 손님방에 있던 시계가 바로 아버지의 심장 박동을 의미한다고.

물론 그녀의 취면의식은 그 근본적인 원인이 오이디푸스 콤플렉스였고, 아버지에 대한 이상한 애착이었네. 즉, 아버지가 죽어서는 안 된다는 것이 불면증의 원인이었지. 신경증에 걸린 딸의 감각이라고 할까 아니면 감성이라고 할까. 아무튼 손님방으로 차를 나르는 사이, 손님과 아버지의 관계, 협박의 분위기를 감지하다니, 이 얼마나 예민한 감각인가.

처음 미오코 씨의 취면의식에 관한 이야기를 들었을 때는 그렇게 생각하지 않았지만, 두 번째로 가와모토 군의 이야기를 듣고 직접 그 댁에 가서 아가씨를 진찰했을 때 짐작했네. 하지만 미오코 씨는 손님방에 있는 칼만 아무렇지 않다고 말했지. 그것은 아버지가 그를 협박하는 악인을 베었으면 하는 마음이 담겨 있는 한편, 손님방의 칼 외의 모든 칼을 숨기는 행동으로 아버지가 죄인이 되면 안 된다는, 죄를 짓지 말았으면 하는 마음이 나타난 것이네. 이는 신경증에 걸린 사람에게 나타나는 이른바 대립 양존성이라는 것이네.

결국 손님방 시계 소리가 들리지 않으면 잠들 수 없다고 했던 증상은 아버지를 사랑하는 마음의 상징이었던 것이지. 시계 소리를 확실히 듣기 위해 다른 시계를 멈추거나 숨긴 것이야.

신경증 증상은 각각의 의미가 있어. 이 부분이 치매 같은 병과 다른 점이지."

오코로치 선생님의 말씀을 듣고 있는데 의국 사람들이 들어왔다. 선생님은 여기서 말씀을 멈추고 전혀 말을 잇지 않았다.

내가 이 이야기를 아무에게도 말하지 않겠다고 결심한 것은 오코로치 선생님의 태도에서 얻은 교훈이었다.

〈프로필〉 쇼와(昭和) 10년 6월에 발표

문학소녀

기기 다카타로

사부(死父)

　아버지는 미야가 여학교를 졸업하던 해에 죽었다.

　졸업한 해라고는 해도 사실 3월 초였기 때문에 미야가 아직
여학생이던 시기였다.

　미야의 친어머니는 이미 오래 전에 죽고 계모가 와 있었다. 미
야가 여섯 살인가 일곱 살이었을 때니까 그때 기억이 확실하지
는 않다. 친어머니에 대한 기억이 또렷하지는 않지만, 이는 달콤
하고도 그리운, 가슴이 죄여오는 듯한, 오랜 시간 몸을 맡기고
결국 가라앉아 버려도 억울하지 않을 것 같은 이상한 감정이 솟
게 만드는 것이었다.

　미야는 아버지를 사랑했을까.

　아버지가 죽고 나서 생각해 보니 분명 아버지를 좋아했다. 하
지만 아버지가 살아 있을 때는 때때로 아버지가 싫었다. 예를 들
어 미야가 학교에서 일등을 해도 아버지는 전혀 칭찬해 주지 않

왔다. 아니, 이상하게도 그 반대였다. 공부를 잘하는 아이는 집 안일을 잘 돕지 않는다며 오히려 꾸짖기까지 했다.

그래서 미야는 자신이 잘할 수 있는 일을 숨기게 되었다.

일부러 답안을 틀리게 작성했다. 하지만 담임 선생님께 바로 발각되어서 미야는 역시나 수석 아래로 내려가지 않았다.

그 마을에서 가장 부자로 알려진 집 딸도 공부를 잘했다. 미야는 그 딸에게 수석 자리를 양보하는 것이 그 딸에게도, 그녀의 부모에게도, 나아가서는 자신을 위해서도 어느 정도 좋지 않을까 생각했다. 그 아이에게 책을 여러 권 빌려 읽었기 때문에 친하게 지내며 책을 빌릴 수만 있다면 5등이든 8등이든 상관없다고 생각한 것이다.

어느 날 그 여자아이 집에 놀러갔는데 그 아이 어머니와 어머니의 손님이 있었다. 어머니는 미야를 보면서 그 여자 손님에게 말했다.

"미야가 1등이고 우리 딸이 2등이에요. 담임 선생님이 우리 딸은 어느 학교를 가도 1등을 놓치지 않을 거라고 하셨지만, 이 학교에는 미야 같이 특별한 아이가 있어서 그렇게 됐어요. 이 아이가 바로 미야예요."

미야는 이 말을 듣고 죄송한 마음이 들었다. 그리고 어쩐지 그녀가 자신을 원망하고 있다는 기분이 들었다. 미야는 소학교를 마치면 더는 학교를 다니지 않을 생각이었지만, 담임 선생님과 그 여자아이가 권유하기도 했고, 그 지방 농가의 부업이던 누에 농사가 풍년이 나서 여학교에 들어갈 수 있었다.

여학교는 약 1리* 반 정도 거리에 있었다. 미야는 그 친구가 마차로 다니는 길을 조금 더 빨리 일어나 걸어서 다녔다. 집에 돌아갈 때는 마차를 타고 서둘러 집에 돌아가서 집안일을 했다. 아침에 마차를 타지 않고 요금을 아끼면 매월 잡지를 한두 권 살 수 있었기 때문이다. 집에 갈 때 내는 마차 요금도 아껴서 잡지를 더 사고 싶었지만, 빨리 집에 가서 집안일을 돕지 않으면 아버지가 또다시 학교를 그만두게 할지도 모른다는 생각에 무서웠다.

2학년이 되었을 때 그 여자 친구는 기숙사에 들어갔다. 그 마을에서 여학교가 있는 도시까지 다니는 데에는 전혀 불편함이 없는데도 왜 기숙사에 들어갔는지 잘 모르겠다. 그저 금전적인 여유가 있으니 여러 가지 경험을 해보기 위함이 아니었을까.

이 친구가 기숙사에 들어가면서 미야에게 광대한 천지가 열렸다. 왜냐하면 기숙사에 도서실이 있었고 기숙생이라면 자유롭게 책을 빌릴 수 있었기 때문이다.

미야는 그 친구를 통해 책을 빌려 읽었다.

빌린 책을 들고 집에 돌아가 집안일을 다 도와 드린 후 포장을 풀어 아주 재미있게, 시간가는 줄 모르고 책을 읽었다. 미야가 태어나서 가장 즐거웠던 시간은 바로 구석진 작은 책상에서 보낸 이 시간들이었다.

2년이 지나고 드디어 기숙사 도서실에 있는 책을 거의 다 읽

---

* 1리를 km로 환산하면 약 3.9km다.

었다.

어쩐 일인지 이 도서실에는 쇼펜하우어의 철학서 번역본이 있었다. 마지막에 미야는 그 책을 빌려 처음부터 읽기 시작했다. 다카야마 조규(高山樗牛)*를 읽었기 때문에 이해가 안 가는 것은 아니었지만 그래도 이 책은 어려웠다. 하지만 읽다 보니 이 염세 철학의 일면만은 확실히 이해하게 되었다. 그리고 미야가 이 세상도, 인생도 은하수처럼 허무하다는 결론을 읽었을 때는 자신의 생각을 거침없이 드러내는 사람을 만난 것 같은 친밀한 기분을 확실히 이해할 수 있게 되었다.

미야는 이윽고 소설을 읽기 시작했다.

여학교 4학년 때였다. 그 전까지는 소설을 읽는 것이 금지였기 때문에 다카야마 조규의 『다키구치 뉴도(滝口入道)』나 번역서인 『소공자(Little lord Fauntleroy)』같은 책만 읽었다.

소설은 미야의 마음을 아주 깊은 곳까지 떨리게 만들었다.

미야는 자신의 소설이 쓰고 싶어졌다. 그리고 5학년이 되었을 때, 도쿄에서 발행하던 어느 여학생 잡지에 단편 소설을 응모해 2등에 입상했고 상금을 받았다.

부모님께는 당선되었다는 사실을 숨겼지만 미야가 집을 비웠을 때 도착한 우편 서류를 아버지가 열어보면서 결국 부모님도 알게 되었다. 부모님 몰래 여러 일을 하고 있었다는 이유로 심하게 꾸중을 들었고 결국 그 이후로 잡지와 책 읽는 것을 금지당하

* 메이지 시대 일본 문예 평론가이자 사상가이다.

고 말았다.

미야는 아버지가 미웠다. 그리고 사람들이 모두 잠들고 조용해진 밤 책상에 앉아서 원고지를 펼치는 기쁨을 빼앗긴 것이 안타까워 견딜 수가 없었다.

하지만 미야는 얼마 되지 않아 문학에 대한 자신의 마음을 아버지가 왜 그렇게 싫어하는지 알게 되었다.

지금으로부터 몇 해 전, 새로운 여성 집단에 의해 「세이토」(靑踏)*라는 잡지가 창간되었는데, 아버지의 여동생 중 한 명이 그 운동에 참가하려다가 ―아버지의 말을 빌리자면― 타락했고 결국 가출했다. 그리고 그 이후 아직까지 행방을 알 수 없는 상태다. 미야의 숙모이기도 한 그 여인은 아마도 방종한 여자가 되어 신세를 망친 것이 아닌가 싶은데, 그녀가 염문을 뿌리며 신문에서 비난받았던 기억이 아버지를 두렵게 했다.

"그런 문학이니 잡지니 하며 설치는 사람은 시집도 제대로 못가!"

아버지는 그렇게 말하며 미야를 꾸짖었다.

미야는 여태까지 결혼에 대해 생각해 본 적이 한 번도 없었다. 연애 또한 소설에서 읽고 소설 속에서 연애하는 것 말고는 단 한 번도 속으로 생각해 본 적이 없었다. 미야의 마음은 그저 문학으로 가득 차 있었다.

한편, 그 후 얼마 되지 않아 아버지가 죽었고 미야는 결혼을

* 여성 운동가 히라쓰코 라이초를 주축으로 1911년 9월부터 1916년 2월까지 발행된 여성들에 의한 월간지를 말한다.

하지 않으면 안 되는 상황에 놓였다.

계모

아버지가 죽은 것은 3월 초였는데, 그 죽음은 매우 이상한 죽음이었다.

당시 경찰에서는 살인 사건일 수도 있다고 보고 꽤 엄격하게 수사를 했는데 결국 타살의 증거는 발견되지 않았다.

그 마을 의사인 요코사와 씨의 진단에 따르면 사인은 급성 알코올 중독이었다. 알코올 중독이라 함은 술을 자주 마시는 사람이 걸리는 병이고 중풍이나 뇌졸중의 원인이 된다고 알고 있던 미야는 술을 많이 마셔서 급성 중독을 일으켜 사망했다는 말은 처음 들어 본다고 생각했다.

아버지에게는 미안하지만 미야는 그렇게 문학을 싫어하고 화만 내던 아버지가 어찌 되었든 돌아가셔서 조금 숨통이 트이는 것 같다는 가뿐함마저 느꼈다.

아버지의 장례식이 끝나고 한 시름 놓을 시기에 미야는 여학교를 졸업했다. 그리고 졸업한 다음 날 뜻밖의 혼담을 들었다.

"자, 미야. 이제 너도 여학교를 졸업했고 아버지가 남긴 재산이라 봤자 얼마 되지 않으니, 색시로 데려가겠다는 사람이 있을 때 시집을 가는 것은 어떻겠니?"

미야는 그녀를 데려가겠다고 한 사람에 관해 듣기도 전부터

"조금만 더 이 집에 있게 해 주세요, 뭐든지 다 할게요"라고 말해 보았다.

그때 즈음, 그녀의 집에 드나들면서 변호사 시험을 준비하던 청년이 있었다.

미야는 어머니의 눈도 있었기 때문에 그 기우치라는 청년과 대화를 나눠본 적이 없었다. 이 청년은 아버지가 돌아가신 이후로 미야의 집에 자주 찾아오기 시작했고, 그러면서 좋든 싫든 이야기를 나눌 기회도 생겼다. 어느 날 러시아 문학에 관한 이야기가 나왔는데 그 청년은 톨스토이나 도스토예프스키 같이 자신이 잘 아는 이야기는 신이 나서 하더니, 미야가 체호프나 쿠 홀린에 관한 이야기를 하자 전혀 모르는 눈치였다.

미야는 부끄러워서 얼굴이 빨개졌다. 그 이름들을 꺼낸 자기 자신이 꼴불견 같아서 참을 수 없었기 때문이다. 상대는 대충 아는 척을 해 대며 엉뚱한 대답을 했고, 그 때문에 화가 끝까지 나서 참을 수가 없었다. 심지어 체호프와 쿠 홀린을 모독했다는 기분마저 들었다.

미야는 자신을 아내로 맞고 싶어 한다는 남자가 이 기우치라는 청년이 아닐까 걱정도 되고 불안했지만, 실제로 이야기를 들어 보니 이 사람이 아니라 그 마을 출신으로 고등공업을 졸업한 후 그 마을 전력 회사에 다니는 가와사키라는 남자였다.

미야는 어떻게 하면 이 운명을 피해 갈 수 있을지 고민했지만 전혀 짚이는 것이 없었다.

미야는 누군가가 밀어붙이면 그대로 휩쓸리고 마는 조류 같다는 생각이 들었지만, 오로지 피해 보자는 마음으로 싸웠다. 하지만 계모뿐만 아니라 모든 친척이 미야가 이 좋은 혼처로 시집을 가면 좋겠다고 의견을 모았기 때문에 미야 혼자서는 어떻게 할 도리가 없었다.

미야는 그렇다면 마지막으로, 적어도 두세 번 이야기를 나눠 보고 자신이 문학을 사랑한다는 것을 이해 받고 싶다고 생각했다.

그는 미야를 쉽게 이해해 주었다.

"누구나 취미 한두 가지쯤은 가지고 있지 않나요. 저 또한 가정의 평화를 어지럽히지 않을 정도의 취미는 있어요. 고상한 취미가 있으시다니, 오히려 멋있는데요."라며 믿음직스러운 대답을 했다.

미야는 그것으로 만족했다.

하지만 여자라면 누구나 그렇듯, 미야는 처녀 시절과 영원히 이별이라는 점 때문에 가시지 않는 슬픔을 느꼈다. 미야가 너무나 사랑했던 소설에는 아름다움, 슬픔, 그리고 마음속 깊은 곳에서 끓어오르는 연애가 있었다. 미야는 연애를 해 보지 않았지만 소설 속 주인공들과 함께 깊은 슬픔과 기쁨을 나눌 수 있었다.

하지만 지금의 현실 속 인생에서는 연애도 그 무엇도 없이 자신의 처녀 시절을 마쳐야 하는 것이다.

미야는 결혼이 사흘 앞으로 다가왔을 때부터 전혀 책을 읽을 수 없었다.

그녀는 그저 울기만 했다. 평소에는 책을 손에 쥐기만 해도 현실 세계의 고통이 전부 사라졌는데 지금은 문학도 그 힘을 잃어 버렸다.

이렇게 해서 미야는 결혼했고 결혼 사흘째 되는 날, 남편의 취미, 그 고상한 취미가 무엇인지 처음 알게 되었다.

그것은 바로 나니와부시*를 듣는 것이었다.

결혼

결혼을 하게 되면서 정리한 이삿짐 중 가장 부피가 컸던 것은 미야가 지금까지 사 모은 책이었다.

그 책 중 잡지에서 오린 소설을 정성껏 엮어 만든 발췌장이 있었다. 외울 정도로 재미있게 읽은 소설들을 모아서 미야가 직접 편집한 것인데, 미야는 그동안 준엄하고 가차 없이 그 소설들을 편집해 왔다.

그것을 보면 미야의 비평 실력이 어느 정도인지 쉽게 알 수 있었다.

미야는 자신의 책들을 상자 깊숙이 보관했고 다른 사람이 만지는 것조차 싫어했다.

결혼하고 나서 남편은 미야의 문고본을 한 권씩 꺼내 읽었다. 침대 안에서 책을 펼치면 머지않아 바로 잠들어 버리는 남편의 잠버릇 때문에 미야의 소중한 책이 베갯머리에서 굴러다니게

* 일본의 전통 악기인 샤미센 반주에 곡조를 붙여서 부르는 일종의 창을 말한다.

되었다.

미야는 이 책을 머리맡에서 조심스럽게 빼내서 제자리에 둬야지 성에 찼다. 결국 페이지가 펼쳐진 채 베개 밑으로 굴러떨어지기라도 하면, 남편이 자신의 책을 소중히 다루지 않는다며 원망했고 눈물이 저절로 나왔다. 아니, 책을 소중히 다루지 않는 것을 원망한 것이 아니다. 미야의 마음속 깊은 곳에 자리하고 있는 문학이 함부로 모독을 당했다는 생각에 화가 나서 참을 수 없었던 것이었다.

이 모독에 비하면, 진심으로 존경하지 않는 사람에게 자신의 몸을 욕보이는 것 따위는 아무것도 아니었다.

"미안해요. 아마도 제가 아직 성숙하지 않은 것 같아요."

미야는 그 불쾌한 침대에서 빠져나왔다. 머릿속에 떠오른 문학을 위해 조용히 책상에 앉아 원고지를 펼치고 고단한 집필을 하면서 사색할 때의 기쁨, 비록 앞으로 어떤 목적이 있는 것은 아니었지만, 이 기쁨은 적어도 불만족스러운 그녀의 생활을 위로해 주었다.

처음에는 남편에게 잘하려는 생각에 남편이 문학에 대해 틀린 말을 해도 성의 있게 정정해 주었다.

하지만 미야는 결국 그러지 않기로 했다.

옷을 살 돈이 생기면 그 돈으로 책을 사고, 나니와부시 들으러 갈 시간이 생기면 동네 서점 앞에 진열돼 있는 책을 집어 들었다.

결혼 후 약 1년이 지나고 미야는 여자아이의 엄마가 되었다.

미야는 엄마가 되었다고 해서 문학에 대한 동경을 지울 수 없었다. 심지어 점점 더 문학에 빠져들었다.

미야는 여류 작가들이 신문이나 잡지에서 동인을 결성해 문단 한편에서 발랄한 문학 운동을 일으키는 것을 보고 자신도 그 운동에 참여하고 싶다는 생각을 자주 하게 되었다. 「세이토」가 히라쓰카 라이초(平塚雷鳥)* 다무라 도시코(田村俊子)**, 오타케 베니요시(尾竹紅吉)*** 등 사람들의 손에 발행되며 세간에 공론을 일으키던 시대는 이미 지나 있었다. 「세이토」의 동인들은 여성 해방의 목소리를 낼 수 있다면 그걸로 목적을 이룬 것이라고 생각했지만, 시대는 이제 단순히 여성 해방을 위해서가 아니라 문학운동을 위해서 여성들이 뭉치는 시대로 바뀌어 있었다.

「불새(火の鳥)」에 모인 다케시마 기미코(竹島きみ子)****, 고야마 이토코(小山いと子)*****, 쓰지무라 모토코(辻村もと子)******, 고가네이 모토코(小金井素子)*******, 이시이 기누코(石井きぬ子)********, 야마카와 류코(山川柳子)*********, 후루타니 후미코(古

---

* 일본의 사상가, 평론가, 작가, 페미니스트이다. 전전과 전후의 여성 해방 운동, 여성 운동의 지도자로 활동했고 후년에는 평화 운동에도 관여했다.
** 일본의 소설가이다. 〈체념〉으로 등단하였으며, 관능 묘사와 탐미적 작품으로 호평을 받았다.
*** 수필가이자 여성 운동가.
**** 일본 여류 시인이자 잡지 「불새」를 창간한 편집장이다.
***** 일본 여성 작가로, 1933년 「가이몬바시」로 등단했다. 1950년, 「집행유예」로 제23회 나오키상을 받았다.
****** 일본의 소설가로 대표작으로는 장편소설 「마오이 들판」이 있다.
******* 다이쇼, 쇼와 전기의 가인으로, 다이쇼 15년 「창」을 간행했다. 또한 여성 문예지 「불새」의 동인으로 활동하며 소설 또한 집필했다.
******** 다이쇼, 쇼와 시대의 가인(歌人)이다.
********* 메이지, 쇼와 시대의 가인으로, 메이지 15년 「단가인」을 창간했다.

谷文子), 구리하라 기요코(栗原潔子)*, 무라오카 하나코(村岡花子)**
등의 젊은 여성들이 그러한 진격의 발걸음을 시작한 때였다.

　미야는 「불새」의 운동을 멀리서 지켜보면서 도시에 물들게 되었고 마침내 이 모임에 가입하고 싶다는 희망을 품게 되었다. 그리고 「불새」의 동인에게 편지를 써서 이 시골 여자의 희망을 받아줄 관대함은 없으신지, 속으로 생각해온 것들을 모두 적어서 우편함에 넣었다.

　몇 번인가 편지를 보냈는데 동인 중 한 사람에게 친절한 답장이 왔다. 언젠가 상경할 때 이곳에 한 번 들러서 면담을 하시라고, 희망에 부응할 수 있다면 하고 싶다는 답장이었다.

　미야의 희망이 이루어진다면 어쩌면 미야는 동인에 가입해 그녀의 독자적 창작 활동을 인정받을 수 있을지도 모른다.

　그런데 이 한 장의 엽서가 의외의 방향으로 미야의 운명을 이끌었다.

연애

　나중에 생각해 보면, 그 청년이 미야에게 온 「불새」 동인의 엽서 내용을 보고 의도적으로 접근했을 것이라는 상상은 애초에

---

* 다이쇼, 쇼와 시대 가인이다. 단가(短歌) 잡지 「마음의 꽃」의 주요 가인 중 한 사람으로 가풍(歌風)이 이지적인 것으로 알려져 있다.
** 다이쇼, 쇼와 시대의 아동 문학가이다. 『빨강머리 앤』의 번역자로 유명하다.

미야 본인이 했어야 하는 것이었다.

그는 그 동네 우체국 직원이었다. 그는 미야가 잡지에 투고하기 위해 원고를 부치러 우체국 창구에 갔을 때 그녀의 서명을 보고 말을 걸더니, 어느 날 끝내 미야의 생사를 좌우할 만한 말을 꺼냈다.

그것은 바로 「불새」 동인 중 한 명이 그의 사촌이고, 만약 미야가 원한다면 그 사촌에게 미야를 소개시켜 주겠다는 이야기였다. 이 이야기를 창구에서 나눌 수는 없으니, 미야가 괜찮다면 여유 있게 만날 수 있는 시간을 알려 달라고도 했다. 미야는 얼굴이 빨개졌다. 운명의 길이 미야가 개척하고자 했던 방향으로 열렸기 때문이다.

미야는 밤에 짬을 내서 썼던 글들을 청년에게 가져가 비평을 부탁했다. 그리고 만일 글이 괜찮은 것 같으면 그 사촌에게 꼭 보여 달라고도 부탁했다.

청년은 청년대로 그 글을 정성스레 읽고 그가 할 수 있는 최대한의 비평을 했다. 그의 비평으로 보면 미야는 그야말로 숨겨진 작가, 여류 소설가로서 그 누구도 범접할 수 없는 사람이 등장한 것이나 마찬가지였다.

그 우체국 직원은 「불새」 동인에게 미야를 추천할 생각을 도통 하지 않았지만, 그 사이 미야의 마음은 그 청년에게로 기울었다. 미야에 관한 비밀 한 가지를 말하자면, 그것은 바로 그녀의 유일한 즐거움을 돕기만 하면 그것만으로 미야의 마음을 빼앗을 수 있다는 것이다.

이따금 이 청년이 먼저 유혹하고 미야가 이 청년을 필요 이상으로 만나게 되면서 미야는 결혼 전에 잃어 버렸던 것, 그 잃어 버린 것의 존재를 깨닫고 말았다.

연애! 미야의 가여운 인생에 단 한 번의 연애. 미야는 자신의 연애에 온 정성을 다하고 싶었다.

결국 운명은 미야에게 미소를 보내지 않은 것인가.

문학에 깊게 심취한 미야가 어째서 연애에는 심취하지 않았을까. 미야는 처음의 목적도 잊은 채 한동안 이 문학청년과 사랑을 발전시키는 데에 마음을 빼앗겼다. 미야에게는 이미 법도 도덕도, 그 어떠한 것도 없었다. 미야의 마음에 걸렸던 단 하나는 바로 그때 다섯 살이었던 미야의 아이였다.

"내게 양심의 눈물을 흘리게 만드는 존재가 이 세상에 딱 하나 있어요. 그건 바로 우리 준코예요."라고 미야는 편지를 썼다.

하지만 미야의 마음을 돌아서게 한 것은 미야의 딸만은 아니었다. 결국 그 문학 청년이 이제껏 보여준 문학에 대한 진지함의 실체가 무엇인지 벗겨질 때가 찾아온 것이다.

그는 문학 청년도 무엇도 아니었다. 주위들은 소설가의 이름과 신문에서 읽은 지식을 훔치고 문학에 대한 미야의 열정을 이용해 입맞춤과 정조를 빼앗으려고 음모를 꾸민 사기꾼일 뿐이었다.

그래도 미야를 만나면서 조금씩 미야를 이해하기 시작한 그 청년은 그의 목표를 달성하기 위해 신중에 신중을 더했다. 미야를 손에 넣기 위해서는 그녀를 확실한 궁지로 몰아야 한다고 생각했다.

미야의 남편이 그 청년과의 관계를 알게 돼 분노한 것도 그의 음모였다. 또한 그는 죽지 않기 위해 둘이서 도망쳐야 한다는 음모도 꾸몄다. 그렇게 하지 않으면 미야의 정조를 빼앗을 수 없을 거라고 생각했기 때문이다. 하지만 그 청년은 그때 미야의 끈질긴 성격에 놀라고 말았다.

청년의 시나리오는 미야의 정조를 빼앗은 다음 미야를 버리는 것이었다. 하지만 쉽게 버릴 수 없었기 때문에 결국 죽음으로 미야를 협박하는 것 외에 방법이 없었다.

"결국 우리 여기까지 와 버렸군요. 그리고 저는 이제 당신 것이 되었어요. 하지만 우리 꼭 살아서 함께 문학을 해요. 마음 굳게 먹어야 해요."

"그럼 당신은 우리의 연애보다 문학을 하는 것이 훨씬 가치 있는 일이라고 생각하오?"

"그래요. 그러니까 우리 함께 도쿄로 도망쳐 당신의 사촌을 찾아봐요."

이들은 이 한 가지 문제에 대해서 다방면으로 몇 번이고 이야기를 나눴다. 그런데 청년의 사촌이라는 그 사람은 어디에 있는 것일까.

결국 청년은 자신에게 사촌 따위는 없었다고, 우리 둘은 죽는 것 외에 아무것도 할 수 없다고, 이것 모두 우리의 연애를 위해서니까 목숨을 바치자고 말했다.

아아, 미야가 그 말을 들었을 때는 이미 그 청년을 원망할 힘조차 사라진 뒤였다.

"죽기 싫어요. 저도 점점 당신을 이해할 수 있게 되었어요. 그리고 연애는 문학을 위한 하나의 영역에 불과하다는 것도요. 연애는 둘이서 하는 것이지만, 문학은 고독한 작업이라는 것도 깨달았어요."

미야는 눈물 한 방울 흘리지 않았다.

이렇게 해서 미야의 유일한 연애가 끝났다.

아니, 그녀는 인생의 끝자락에 또 한 번의 연애를 하게 된다. 연애라고 부르기에 너무나 벅찬 감정이었다. 훗날 미야가 죽기 직전, 하나의 편린이 있었는데, 그때 미야는 그 진정한 사랑 때문에 뜨거운 눈물을 흘렸다.

지금 미야가 단 한 방울의 눈물도 흘리지 않는 건 이것이 가짜 사랑이기 때문일까.

이혼할 각오로 저지른 일이었기 때문에 남편이 용서한다고 말했음에도, 미야는 다시 돌아가지 않으려고 했다.

미야는 마음에서 우러나는 대로 움직였지만, 결국 가면을 벗은 거짓 연애 때문에 너무나 큰 대가를 치러야 했다.

미야는 저속한 병에 걸렸다.

하지만 그 병을 고치기 위해 받은 치료의 고통보다 자존심의 상처를 고치기 위한 고통이 훨씬 컸다.

바로 그 즈음 미야가 비통해할 또 하나의 사건이 일어났다. 그것은 바로 미야의 계모가 남동생들의 의견을 무시하고 기우치라는 젊은 변호사와 결혼을 한 것이다. 정신으로 결혼식을 올리지는 않았어도, 어쨌든 동거를 시작했기 때문에 남동생들과 뿔뿔이 흩어지게 되었다. 그러면서 미야의 아버지가 남긴 얼마 안 되는 재산까지 계모가 가지고 떠나 버렸다.

재정적으로 쇠퇴한 친정에 돌아가 있던 잠시 동안, 미야는 엄마를 대신해 남동생들을 위로했다.

하지만 이윽고 미야는 남편 집에 두고 온 얼마 안 되는 소설들이 그리워졌다. 그곳에 두고 온 쓰다만 원고가 아까워졌다. 남편은 이미 이렇게 될 줄 짐작했을 것이다. 미야는 결국 예전의 활기 없던 결혼 생활로 돌아가게 되었다.

일본어로 뭐라고 표현해야 할지 몰랐지만, 미야는 이를 영어로 'routine'이라고 부르며 자신의 잿빛 운명을 의식했다.

사상

미야의 마음이 허무함으로 가득 찬 것도 이때 즈음이었다.

허무함은 그곳에 아무것도 없다는 뜻인데 그것으로 가득 차 있다니, 웃기지도 않은 표현이리라. 하지만 미야의 통찰은 머지 않아 이 표현이 맞다는 것을 보여주었다.

법률, 도덕, 미야는 마음속에 그 흔적을 모조리 지워 버렸다.

하지만 이는 허무라는 사상을 지향하겠다는 것이지, 현실 세계의 모든 것이 허무하다는 것을 의미하는 것이 절대로 아니었다.

허무라는 사상 사이에서 방황하던 중 미야는 허무가 모든 로

맨틱 중 가장 낭만적인 사상이라는 것을 서서히 깨달았다. 그것은 감정보다 타이트한 사상이었고 이성처럼 정답이 정해져 있는 사상은 아니었다.

허무—가족도 생명도 법률과 도덕도, 이 세상과 역사 모조리 전부 다 허무했으면! 허무는 인간이 품을 수 있는 가장 크고 로맨틱한 사상이었다.

미야는 과거를 돌이켜보며 영혼의 자유와 권위를 인정한 예전 시대를 회상했다. 인간의 모든 고민과 기쁨, 아름다움을 인정했던 지난 시대를 회상했다. 그리고 그 사상에도 발전이 있다는 것을 비로소 깨달았다.

허무가 미야를 위로해 주었다.

남편을 진심으로 동정하게 되었다. 그리고 그녀의 일상생활이 수많은 허무 중에서도 가장 허무했기 때문에 살아갈 위안이 생겼다. 미야의 생애를 통틀어 가장 마음 편했던 시절이 바로 이때였을 것이다.

하지만 문학을 향한 미야의 관심은 전혀 사그라들 기미가 보이지 않았다.

남편의 직장이 도쿄로 옮겨지면서 그 사실을 새삼 깨닫게 되었다.

도쿄의 생활은 박봉으로 빡빡하기만 했다.

하지만 누구도 예상하지 못했던 순간, 미야의 사상적 전환에 헤아릴 수 없을 정도로 큰 영향을 미친 운명이 바로 이 도쿄에서 찾아왔다.

여덟 살이 된 미야의 외동딸이 갑자기 바뀐 도쿄 생활 때문인지, 신경질적 증상을 일으킨 것이다.

사람들에게 물어봤더니, 정신병인지도 모른다며 KK 대학 오코로치 선생에게 진찰을 받아 보라고 말했다. 그래서 미야는 준코를 데리고 KK 대학 정신과의 문을 두드렸다.

오래 기다리는 동안 미야는 딸의 증상을 어떻게 설명하면 좋을지 생각했다. 이윽고 안내를 받아 들어간 곳에 근엄한 얼굴을 한 선생이 있었다.

두 사람은 걱정스러운 표정으로 자리에 앉았다.

선생의 양 옆에 흰 가운을 입은 학사인가 학생이 약 열 명 정도 서 있었다.

선생은 예진 카드를 읽고 한동안 딸을 지긋이 바라보았다. 그런 다음, 어머니 미야의 얼굴을 가만히 보았다.

"이 예진은 누가 했나?"

선생이 의사 쪽을 보며 말하자, 흰 가운을 입은 사람 중 한 명이 "네"라고 대답하며 선생의 왼쪽 옆으로 나왔다.

"이 예진 카드, 자네가 정리해서 쓴 건가? 아니면 이 환자의 어머니가 말씀하신 대로 기재한 것인가?"

"네. 전부 어머니가 대답하신 그대로입니다."

"흠. 자네는 어머니의 답변을 작성하면서 특이한 점이 있다는 것을 알아차렸나?"

"아니오. 모르겠습니까?"

"예를 들어 이 부분이네. 아침 식사 때 토마토를 전병처럼 먹었다고 써 있네. 이것은 관념군이 반사를 위한 수용의 형식까지 변화시키는 것을 묘사한 것이지. 읽어 보면 알겠지만, 이 문장은 설명이 아니야. 전부 다 구체적인 묘사로 가득 차 있네. 이런 답변은 일류문학가(schriftsteller)가 아니고서야 불가능하네."

오코로치 선생은 천천히 미야 쪽으로 고개를 돌렸다.

"가와사키 씨. 따님은 바로 나을 것입니다. 실례일지 모르겠는데, 저는 따님의 증상에 관해 작성하신 문장에 반했습니다. 참고로 묻겠습니다. 혹시 문학을 하시는 분인가요?"

"아니오. 그저 예전에 좋아했었지요."

"아니, 좋아하는 정도로 끝날 실력이 아니에요. 당신은 자연을 관찰하거나 사람에 관한 글을 쓸 때, 있는 그대로 구체적으로 묘사하는 능력이 있습니다. 이것은 소설을 쓰는 사람이 아니고서야 할 수 없는 일이지요. 게다가 요즘 한창 인기 있는 여류 작가들도 따라가지 못할 정도의 실력이십니다."

미야의 눈동자가 빛났다.

태어나서 처음 자신의 마음이 움직일 만한 말을 들은 것이다.

"혹시 병이 나기 이전부터 따님의 상태에 관해 쓰신 글이 있다면 보내 주시겠습니까? 그렇게 해주신다면 진찰하는 데에 분명 좋은 참고가 될 것 같습니다."

오코로치 선생은 그렇게 말하고 의료진을 바라보았다.

"자네들은 구체적인 표현, 즉 묘사를 잘해야 하네. 환자 각각에 관해서는 묘사가 가장 중요해. 얄팍한 설명 같은 것을 배울 필요는 없네. 꼭 묘사에 신경을 써야 해. 그것이 소재가 되어 자연 과학이 축적되는 것이니까. 자연과 학을 확립하려면 충분한 묘사라는 소재와 신뢰할 수 있는 구체성을 제출하는 것이 필요하네. 그렇기 때문에 이 분이 쓰신 답변은 연구할 가치가 충분하지."

미야는 딸을 데리고 집에 돌아가면서 오코로치 선생이 의료진에게 가르친 구체적 표현, 즉 묘사라는 것에 관해 생각했다. 그리고 자신의 생애를 이끌어주는 사상이 여기에 있다고 생각했다. 이렇게 해서 미야는 허무에서 벗어나 유물적인 사상을 향해 서서히 걸어 다.

표절

딸에 관해 기록해 놓은 것은 없었지만 그날 밤 미야는 오랜만에 책상에 앉아 오코로치 선생에게 보낼 문장을 써 보기로 했다.

아아, 깊은 밤 등잔 밑에서 원고지를 펼칠 때의 즐거움이 또다시 미야의 가슴을 벅차게 했다.

미야는 태어나서 다른 재미 따위 전혀 모르고 살아온 것처럼, 새삼스럽게 그 즐거움을 생각했다.

미야는 그날 밤에 쓴 글과 예전에 써 두었던 소설 중 경험을 있는 그대로 쓴 것 한 편을 골라 오코로치 선생의 의국에 보냈다.

그리고 열흘 정도 지나서 미야는 오코로치 선생에게 한 통의 편지를 받았다. 미야는 편지를 읽으면서 몸을 격렬히 떨었다. 너무 심하게 떨어서 손에 쥔 편지까지 떨릴 정도였다.

…… 따님을 치료하면서 당신이 소설가가 되고 싶어 한다는 것을 알았습니다. 지난번에 보내 주신 두 편의 글을 읽고, 감히 그 자격을 충분히 갖추셨다고 생각했습니다. 하지만 저는 문학을 전공한 사람이 아니기 때문에 제 친구인 소설가 마루야마 슈 군에게 당신의 글을 보내 놓았습니다. 괜찮다면 당신을 만나서 당신의 소원을 들어 달라고 그에게 부탁해 두었습니다. 이를 두고 제가 괜한 아는 체를 했다고 생각하지 말아 주십시오. 묻혀 있던 금은 언젠가 햇빛을 받아 빛나게 되어 있습니다.

미야는 이 편지를 읽고 감동했지만 남편에게 보여 주었더니 왜인지 얼굴을 찌푸렸다.

"마루야마 슈라는 그 좌익 소설가 말이야? 수상한 소문도 많던데."

"하지만 그 사람의 사생활과 문학은 별개예요. 당신에게 모두 보고할 테니, 이번에는 오코로치 선생님의 호의를 받아들일 수 있도록 허락해 주세요. 네?"

"내가 허락하지 않아도 당신은 마음 먹은 일은 꼭 하는 성격이잖아."

남편은 허락을 한 것도 안 한 것도 아닌 애매한 대답을 했다. 미야는 벌써 스물여덟 살이 되어 있었다.

젊을 때 화장도 배우지 않은 데다가 가난과 병 때문에 얼굴이 많이 수척해 보였다. 그리고 문학에 대한 무한한 동경 때문인지, 그녀의 얼굴에서는, 말하자면 기품 있는 발랄함이 짙게 감돌고 있었다.

문단의 대가인 마루야마 슈 씨를 만나러 갈 때만은 미야도 역시 차려입고 싶어졌다.

마루야마 씨는 미야를 반갑게 맞이해 주었다.

마침 신문 소설을 막 집필한 후인지 삽화를 그리는 사람이 원고를 읽고 도안에 관해 의논을 하려던 참이었다.

"가와사키 씨, 오코로치 박사에게 보내신 원고, 상당히 재미있게 읽었소. 그 정도의 작품을 바로 문단에 소개하기는 어렵겠지만, 당신이 예전에 쓴 글이 있다면 가장 잘 쓴 것, 가능하면 원고지 670장에서 100장 분량의 원고를 가져와 보세요. 만일 쓰신 글이 없다면 1, 2주 정도 시간을 드릴 테니 써 보시고요. 나도 다음 달 XX 잡지에 글을 실어야 하는데 집필하기 전에 읽을 수 있다면 편집자와 함께 얘기해 보겠습니다."

마루야마 씨의 자신감 넘치는 말투에 미야는 용기가 솟았다.

그 자리를 뜬 뒤 집에 돌아와서도 마루야마 씨의 풍모와 말씨가 하나하나 기억에 남아 있었다. 남편이 물어봤지만 장황하게 이야기할 마음이 아니었다. 오로지 새로 집필해야 하는 자신의 소설 구상에 정신이 팔려 있었다.

소설을 집필하던 중 마루야마 씨에게 보고도 할 겸, 두 번 정도 편지를 보내 지도를 부탁했다.

그때마다 마루야마 씨로부터 간결하지만 진정이 묻어나는 격려의 편지가 왔다. 미야의 마음은 창작의 기쁨으로 넘쳤고 마루야마 씨에게 용기를 얻어 집필은 순조롭게 진행되었다. 일주일째 되던 날 80장 정도의 소설을 써서 마루야마 씨에게 서둘러 가져갔다.

원고를 넘긴 다음 날, 마루야마 씨에게 편지가 왔다.

'우선 한번 읽어봤습니다. 상당한 역작이네요. 세세한 비평은 나중에 만나서 천천히 말씀드리겠습니다. 잡지 편집자에게는 그 후에나 소개할 수 있을 것 같습니다.'라는 내용이었다. 그 편지에는 '지금까지 쓴 소설 중 이번 것처럼 힘 있는 작품이 있다면 보내 주시기 바랍니다'라는 말도 덧붙여 있었다. 미야는 지금까지 쓰다가 만 작품을 이틀에 걸쳐 정리했고 그중 마음에 들었던 작품 세 편 정도를 보냈다.

이 세 편의 소설 중에는 나중에 문제가 된 「파충(爬蟲)」이라는 작품도 포함되어 있었다. 이는 숲 속에 사는 파충류의 성적 생활을 그린, 햇빛 아래의 성욕을 주제로 한 기이한 중편 소설이었다.

젊은 남녀가 그 파충류의 생활을 관찰하면서 자신도 모르게 자신에게 파충류 같은 단단한 껍질이 있다고 믿게 되고, 결국 그들의 연애가 기이한 형태로 변해 간다는 소설이었다.

고독한, 갑옷으로 무장한 외로움이 청렬한 햇빛 아래에 그대로 모습을 드러낸 작품이었다.

마루야마 씨는 집필하느라 바쁜지, 이 세 편의 소설을 받고 그저 잘 받았다는 보고만 보내 주었다.

미야는 상세한 비평을 들을 수 있는 날이 오기를 기다렸고 기

다리는 동안 마루야마 씨의 이전 작품을 사 모아서 경건한 마음으로 탐독했다. 그리고 이 작가의 위대함과 똑똑함에 대해 깨달으면서 새삼 애착과 경의를 느꼈다.

이 숨길 수 없는 마음을 편지에 써서 두세 번 보내 보기는 했지만 미야는 지난날을 회상하며 이는 절대로 연애 감정 따위가 아니라고 되뇌었다. 그렇기에 편지에 그런 의미는 절대로 없을 거라는 확신이 있었다.

마루야마 씨의 소설이 실린, 그리고 그가 미야의 소설을 소개해 주겠다고 말한 그 일류 잡지가 발행되었다. 미야는 매월 그 잡지를 기다렸다.

19일 아침이었다.

무심코 신문 광고란을 본 미야는 경악했고, 순식간에 아주 깊은, 뭐라 설명할 수 없는 감정에 빠졌다.

그 지면에 큼지막한 글씨로 「파충」이라는 제목이 쓰여 있었다. 그리고 그 작품의 작가가 마루야마 슈로 되어 있었다. 표제 아래에 주석이 달려 있었는데, '마루야마 근래 최고의 역작, 작가의 완벽한 새로운 출발'이라고 쓰여 있었다.

미야는 뛰어나가서 그 잡지를 샀고 집으로 돌아오는 동안, 참지 못하고 길 한가운데에 서서 잡지를 펼쳐 보았다. 미야는 순간 멈춰 섰다. 이것은 틀림없는 나의 작품이었다. 거의 한 글자도 다르지 않았다. 게다가 이 소설의 작가는 분명 마루야마 슈로 되어 있었다.

미야의 마음은 순식간에 의혹과 울분으로 넘쳐났고, 이내 그것은 경멸이 되었으며, 끝내 절망으로 바뀌었다.

이는 변명할 여지도 없는 표절이었다.

그러나 이 작품을 미야 본인이 썼다는 것을 증명할 증인도, 증거도, 그 어떠한 것도 없다. 남편에게도 숨기며 몰래 정진해 온 자신의 노력을 단 한 명도 알지 못하는 것이다. 마루야마 씨가 지금처럼 이 작품을 자신이 썼다고 주장하면 모두 당연히 받아들일 것이다.

미야는 마루야마 씨를 경애했기에 그 격분과 절망이 더욱 컸다. 그리고 만일 이후 자신이 그와 비슷한 작품을 발표한다고 해도 마루야마 씨를 모방했다는 말만 들을 것이다. 미야가 한평생 가지고 있던 희망하고 바라고 고심해 온 것들이 이로써 완전히 물거품이 되었다.

미야는 혹시나 하는 마음에 남편에 이야기해 보았다. 하지만 남편의 대답은 미야의 짐작을 확신으로 바꿔 버렸다.

"이게 당신이 쓴 거라고? 당신, 마루야마 씨를 만나더니 준코처럼 신경 쇠약에 걸린 거야. 오코로치 선생에게 진찰을 받아야 하는 건 준코가 아니라 당신이었던 거라고."

미야는 남편의 말을 듣고 자신이 정말로 버림받았다는 것을 깨달았다.

이런 암흑 속에서 미야를 비추던 단 한 줄기의 작은 빛이 있었다. 그것은 바로 오코로치라는 이름이었다. 미야는 잡지를 손에 쥐고 자신의 소설이 실린 부분을 집중해 읽었다.

그러다 보니 어느새 마루야마 씨에 대한 분노가 사라지고 희한하게도 「파충」이라는 소설이 세상에 나와 행복하다는 생각이 들었다. 「파충」은 한 편의 소설로서 홀로서기 할 수 있는 작품이었던 것이다.

작가를 떠나, 마루야마라는 이름을 떠나 이 작품은 홀로 세상을 활보할 수 있는 작품이었다. 미야는 자신의 작품이 그녀를 떠나 자립했다는 생각에 기분이 좋아졌다. 미야는 마치 아이를 믿는 것처럼, 자신의 작품을 믿는다는 것이 어떤 것인지 난생처음 깨달았다. 그리고 예술이 가진 신비로운 힘에 충격을 받지 않을 수 없었다.

한편, 미야가 다시 격분하게 된 이유는 마루야마 씨가 뜬금없이 삼백칠십 엔이라는 돈을 보내왔기 때문이었다. 원고료라든지, 돈에 대한 설명은 전혀 없고 어떤 편지 한 장 없이 그저 삼백칠십 엔이라는 돈만 보내왔다.

미야는 이 돈을 받고 진심으로 분노했다. 그리고 지금 당장 달려가서 이 돈을 마루야마 씨의 얼굴에다가 던져 버리고 싶었다.

특히 미야의 집안 사정이 넉넉하지 않다는 점을 이용한 마루야마 씨의 야비함에 뼛속 깊이 분노가 사무쳤다.

감옥

남편은 마루야마 씨가 보낸 은행 어음 370엔을 보고 매우 기뻐했다.

"이 돈은 돌려줘야 해요. 아니, 아무리 힘들어도 이 돈을 받을 수는 없어요. 난 지금 마루야마 씨에게 어떻게 돌려줘야 하나, 그 생각뿐이라고요."

미야는 남편에게 자신의 의지가 굳건하다는 사실을 강조했다. 남편은 잠자코 듣고만 있었다.

어떻게 해야 할지 걱정만 하다가 다음 날이 왔다.

돌려 보낼 거라면 적어도 사흘 안에 보내야 한다는 것을 알았지만, 이렇게 날짜가 지나는 사이 난처한 일이 발생했다. 일을 보고 돌아왔더니 어느새 어음이 사라지고 없어진 것이다. 미야는 직감했다. 분명 남편이 들고 나가서 돈으로 바꿨을 것이다. 돌려줘야 하는 돈인데 어떡하지. 미야의 심장이 미친 듯이 날뛰었다.

이윽고 저녁이 되자 남편이 술에 취해 집으로 돌아왔다.

"미야, 그 소설, 네가 쓴 작품이라고 인정할게. 그러니까 원고료가 들어온 거라고 치자. 네 돈은 내가 가지기로 했어. 그럼 네 고민도 내가 해결해 주는 셈이야. 이것 봐, 여기 삼백오십 엔이 있어. 이십 엔은 내가 써 버렸고 나머지 돈도 너에게 주지 않을 거야."

남편은 그렇게 말하더니 미야에게 돈을 한번 보여주고 다시 그것을 숨겼다.

미야는 화가 나서 남편을 노려봤지만, 이내 눈빛이 온화해지더니

"그럼 오늘 밤에는 술을 조금 더 드세요. 내가 사다 줄 테니까"

라고 말하고 집을 나섰다.

미야는 술을 조금 샀다.

그리고 약국에 들어가서

"메틸 알코올 한 병 주세요."

라고 말했다.

"메틸 알코올은 어디다 쓰시게요?"

미야는 가슴이 철렁했지만

"날벌레도 잡고 알코올램프에도 쓰려고요"라고 대답했다.

약국 점원은 안으로 들어가 의외로 순순히 병 하나를 가지고 나왔다. 미야는 돈을 건네고 그것을 받았다.

집에 돌아와 미야는 남편이 마실 술에 메틸 알코올을 듬뿍 섞은 뒤, 이미 거나하게 취해 미각을 상실한 남편에게 건네 쭉 들이키게 했다.

결국 미야는 남편이 고통스러워하는 모습을 잔인한 눈빛으로 바라보았다. 시간 가는 줄 모르고 반짝거리는 눈으로 바라봤다.

이성의 눈 하나가 잠에서 깨어나 자신의 나쁜 욕망이 어떻게 분출되는지를 바라보듯이, 미야는 떨림 없는 눈빛으로 남편의 종언을 바라보았다. 그러고 나서 바로 전당포로 달려가 자신의 옷을 맡기고 나머지 이십 엔을 만들었다. 현금 370엔을 꼼꼼히 포장한 뒤 포장지에 '마루야마 슈 님'이라고 받는 사람의 이름을 썼다.

미야는 아직 자고 있던 준코를 깨웠다.

"준코, 잘 들어. 아버지도 자고 계시지? 엄마가 볼일이 생겼거든. 그러니까 엄마가 나가면 앞문 열쇠를 잠가야 해. 두 시간 정도 나갔다 올 테니까 그때 다시 문을 열어주렴. 잠깐만 일어나서 문을 잠그고 바로 다시 코 하면 돼요."

"혼자 있는 거 싫어."

"왜 싫어. 취해서 자고 계시지만 아빠가 있으니까 괜찮아. 엄마가 오늘 밤에 꼭 해야 할 일이 있거든."

미야는 준코를 설득한 뒤 집을 나섰다. 마루야마의 집 앞으로 갔지만 아무래도 만나 달라는 부탁을 할 기분이 들지 않았다. 그 이유는 분명 경멸과 오욕을 느꼈기 때문이리라. 결국 미야는 가져온 돈을 우편함 안에 던져 넣고 다시 집으로 돌아왔다.

집에는 이미 경찰이 와 있었다.

준코는 엄마가 집을 나가고 혼자 있는 것이 무서워 울다가 아버지가 주무시는 방에 가보고 아버지가 싸늘한 시체가 되어 있다는 것을 발견했다. 깜짝 놀란 준코가 옆집에 가서 도움을 요청했고 바로 경찰이 온 것이다.

미야는 경찰을 보았다.

그 순간, 잊고 있던 미야의 기억이 갑자기 되살아났다.

"아아, 맞아요. 제 아버지는 9년 전, 제가 오늘 남편을 죽인 방법과 같은 방법으로 살해당하셨어요. 어서 저를 잡아가세요. 그리고 제 아버지를 죽인 사람도 잡아 주세요."

감옥 안의 미야는 가련했다.

「파충」이 인쇄된 부분을 늘 지니고 있었고 몸은 근심과 슬픔으로 가득찼다. 유방은 오그라들었고 어깨뼈가 튀어나와 있었다. 그러나 그녀의 분노와 그녀의 죄에도 더럽혀지지 않은 유일한 한 가지는 바로 문학에 대한 미야의 열정이었다.

미야가 어째서 남편을 죽이는 데에까지 이르렀는지, 그 내막에 대한 조사가 이루어졌고 결국 마루야마 슈가 표절을 했다는 사실이 신문에 실렸다. 이 문제는 사회 전반에 커다란 파문을 일으켰고 오로지 감옥에 있는 미야에게로 동정이 돌아갔다. XX 잡지 사장과 편집장은 마루야마 슈 씨의 의견을 참고로 하여 결국 「파충」을 다시 인쇄하기로 했다. 그리고 마루야마 슈 씨와 XX 잡지 편집장은 본인의 이름으로 이에 대한 성명을 발표했다. 이 작품이 마루야마 씨의 이름으로 발표된 것은, 편집부와 마루야마 씨 간의 연락에 착오가 있었기 때문이다. 마루야마 씨는 저자의 재능을 알아보고 XX 잡지에 소개하기 위해 원고를 보냈으나 편집부가 기다리고 있던 마루야마 씨의 원고로 오해를 한 것이 모든 문제의 원인이라는 내용이었다.

미야의 이름은 순식간에 유명해져서 편집부에 독자들의 투서가 산적할 정도였다. 감옥에 있던 미야가 이 사실을 전해 듣고 쓴웃음을 지었던 날, 그녀는 아침부터 가슴 통증을 느끼다가 결국 저녁 무렵 각혈을 했다.

미야는 바로 병원으로 옮겨졌고 조사는 모두 병상에서 진행하기로 했다.

남편은 미야가 생각하는 메틸알코올로 인한 사망이 아니었다. 약국 측 증언을 통해 약사가 판매한 것이 알코올램프용, 공업용 알코올이었다는 사실이 드러났기 때문이다. 따라서 남편의 죽음은 단순 급성 알코올중독 때문이라는 결과가 나왔다. 한편, 미야가 밝혀 달라고 요청한 9년 전 아버지의 죽음에 관해서는 계모와 정부 기우치라는 변호사를 체포해 취조한 결과, 메틸 알코올로 살해했다는 자백을 받아냈다.

미야는 갈수록 쇠약해졌지만 그녀의 평생 소원이던 작가의 길이 운명처럼 열렸다. 모든 잡지가 원고를 청탁해 왔기 때문에, 미야가 쓴 여덟 편의 작품이 한 번에 게재될 수 있는 기회가 온 것이다. 잡지뿐만 아니었다. 그녀의 작품들을 편집해 단행본으로 내고 싶다며 연락해 온 출판사도 있었다.

하지만 그때 이미 미야는 가슴뿐만 아니라 다리뼈에도 종양이 생겨서 골막 통증으로 고통받고 있었다.

그리고 이미 목숨이 절망과 가까워지고 있다는 사실을 미야 스스로 서서히 느끼게 되었다.

문학

"뼈를 깎는다는 말이 있지요. 뼈가 아프다는 것이 무엇인지 알게 되었어요. 그 말의 의미를 이해하게 됐고요."

미야는 낮은 목소리로 통증을 참아 내며 말을 이었다.

미야의 병상 곁에 오코로치 박사가 가만히 서 있었다.

미야는 박사의 얼굴을 바라보았다. 그리고 오랫동안 마음속에서 북받치던 감정이 이 사람을 향한 것이라는 사실을 느꼈고,

그렇게 믿었다.

"보통 사람은 참기 힘든 통증인데 아주 잘 참고 계시네요."

"선생님. 통증 따위는 아무것도 아니에요. 처음으로 살고 싶다는 희망이 타오르는 것 같아요. 예술이라는 것이 제 인생을 고통스럽게 했고 저를 괴롭혔지만, 그것 때문에 제 인생을 사랑했어요. 문학이라는 것은……. 뭐랄까……. 사람에게 고통을 주고 가슴을 마구 찢지만, 그럼에도 불구하고 목숨 깊이 파고들어 절대로 지울 수 없는 것이에요. 하지만 저는 태어나서 이미 일곱 번이나 문학의 고통을 맛봤습니다. 저는 뼛속 깊이 문학소녀예요, 선생님."

오코로치 박사는 끄덕였다. 오코로치 박사는 미야의 간청으로 미야가 외롭게 죽어 가던 곳에서 그녀의 임종을 지키던 준코의 보호자가 되어 주었다.

전국의 독자가 보낸 석별의 전보는 산처럼 쌓였고 방 안에 꽃다발이 넘쳐났지만, 한없이 외로운 방에서 죽고 싶다는 미야의 부탁 때문에 꽃다발을 모두 치웠다.

"준코야. 엄마의 마음을 완전히 사로잡은 것은 연애도 명성도 아니었단다. 그것은 바로 한밤중에 책상에 앉아 원고지를 마주했을 때 느꼈던 문학에 대한 사모, 문학에 대한 고뇌였어. 세상을 살면서 이렇게 깊이 사모할 수 있고, 이렇게 깊이 고뇌할 수 있는 무언가가 있다는 사실을 엄마는 온몸으로 경험했다. 그 고통, 그 슬픔, 그리고 그 고뇌에도 불구하고 엄마가 이런 이야기를 하는 것은 문학을 못하게 하기 위해서가 아니라는 것을 기억해 주렴."

그리고 미야는 갑자기 선생을 불렀다.

"선생님. 선생님을 볼 수 있도록 가까이 와 주세요. 부탁이 하나 있어요. 저는 다시 태어나 꼭 문학을 할 거예요. 그때도 저를 발견해 주실 거죠?"

그리고 미야는 눈물을 뚝뚝 떨궜다.

"선생님. 저는 문학으로 고뇌하던 사람은 그것을 발견해 준 사람에게 평생 최고의 감사를 드려야 한다는 것을 깨달았습니다. 제 마음속에서 선생님께 입맞춤할 수 있도록 허락해 주세요."

미야는 깡마른 손을 들었다. 선생님을 자기 곁으로 부르려는 것이 아니라 다가오는 선생님을 오지 못하도록 막기 위해서였다.

〈신청년〉 쇼와 11년 10월호 발표

이색 이력의 탐정소설가와 그들 작품의 매력

정신병리나 변태심리 등 불건전한 소재를 다룬 소설이 쏟아져 나와 탐정소설에 대한 우려의 목소리가 높았던 1920년대 말이 지나고, 이러한 한계를 돌파하고자 작가들이 힘을 모으면서 탐정소설은 1930년대에 다시 한번 전성기를 맞이한다.

일본 추리소설 시리즈 7권에서는 책에서는 일본 탐정소설 문단의 제2 전성기라고 할 수 있는 1930년대에 활약한 하마오 시로(浜尾四郎)와 기기 다카타로(木々高太郎)의 단편을 소개한다. 이 두 작가는 활동 시기가 겹치지는 않지만 몇 가지 공통점이 존재한다. 두 작가 모두 소설가가 되기 전 법조계와 의료계라는 전문 분야에서 활동하였다는 점, 그리고 훗날 자신의 소설에 그 전문 지식을 적극적으로 활용했다는 점이 그렇다. 나아가, 이들의 작품은 흥미 위주에 통속성이 짙다는 탐정소설의 고정관념과 달리 문학성을 내포한 것이 특징이었다. 예를 들어 에도가와 란포(江戸川乱歩)는 하마오 시로의 단편 작품들을 탐정소설이 아닌 문제 소설, 순문학이라고 규정한 바 있고, 기기 다카타로는 소설가로 데뷔한 지 얼마 되지 않아 '탐정소설 예술론(探偵小説芸術論)'을 주장할 정도로 탐정소설의 예술성을 중시했다.

그렇다고 해서 먼저 활동한 하마오 시로가 기기 다카타로의 작품 세계에 두드러진 영향을 미친 것은 아니다. 하지만 '하마오 시로 작품이 지닌 예술성이 기기 다카타로의 '탐정소설 예술론'의 자극으로서 큰 인자(因子)를 차지하고 있'*었던 만큼, 이 시리즈 안에서 두 작가를 함께 읽어 보는 것도 그 나름의 의미와 흥미를 느끼리라 생각한다.

법이 미처 파악하지 못한 '심층'을 파헤친 작품으로 주목받아

먼저, 하마오 시로는 귀족 집안에서 태어나 도쿄대학 법학부를 졸업했다. 명문가에서 태어난 법학도 하마오 시로가 법조계에 몸담게 된 것은 지극히 자연스러운 일이었지만, 그는 어린 시절부터 순문학을 탐독하고 직접 시를 쓰기도 한 문학 소년이기도 했다. 그런 문학적 취향의 이끌림으로 하마오 시로는 검사가 된 이후 범죄 에세이를 집필하기 시작했다. 「범죄인으로서의 맥베스와 맥베스 부인(犯罪人としてのマクベス及マクベス夫人)」, 「범죄 심리학으로 보는 게르하르트 하우프트만의 사람들(犯罪心理

---

* 野崎六助, 「浜尾四郎における昭和十年代前期」, 『日本探偵小説論』, 水声社, 2010

学より観たるゲルハルト・ハウプトマンの人々)」,「가부키극에 나타나는 악인 연구(歌舞伎劇に現れたる悪人の研究)」등 제목만으로도 흥미를 불러일으키는 이 에세이들은 발표되자마자 세간의 주목을 받았고, 그는 자연스럽게 탐정소설을 집필하게 된다.

하마오 시로는 유독 체질이 허약하여 서른여섯 해에 생을 마감했는데, 살아 있는 동안 총 네 편의 장편소설과 열다섯 편의 단편소설을 남겼다. 네 편의 장편소설은 각각 『박사 저택의 괴사건(博士邸の怪事件)』(1931년), 『살인귀(殺人鬼)』(1932년), 『쇠사슬 살인 사건(金鎖殺人事件)』(1933년), 『헤이케 살인 사건(平家殺人事件)』(미완)인데, 『헤이케 살인 사건』은 미완성이었고 『박사 저택의 괴사건』은 라디오 드라마 원작이었기 때문에, 엄연히 따지면 총 두 편의 장편소설을 남겼다고 볼 수 있다. 그의 대표적 장편소설 『살인귀』와 『쇠사슬 살인 사건』은 두 작품 모두 미국의 추리소설가 반 다인(S. S Van Dine)의 『그린 살인 사건(The Green Murder Case)』(1928년)의 영향을 농후하게 받은 본격 탐정소설로, 연쇄살인을 일으키는 범인과 명탐정 간의 쟁투를 박진감 넘치게 그린 명작이라 평가받는다.

하마오 시로의 단편소설은 그 높은 작품성 때문에 주로 '그의 장편소설보다 뛰어나다'*, '하마오 시로의 작품적 정수는 단편에 있다'**라는 평가를 받는다. 하마오 시로 단편소설의 특징은 그의 법률적 지식을 작품 안에 충분히 살렸다는 것인데, 에도가와

---

* 權田萬治, 『日本探偵作家論』, 1977
** 野崎六助, 「浜尾四郎における昭和十年代前期」, 『日本探偵小説論』, 2010

란포는 그런 그의 단편소설을 '법률적 탐정소설'이라고 규정한다. 그렇다면 '법률적 탐정소설'이란 무엇일까.

……작가가 법률가 출신이거나 혹은 법률에 관심이 깊기 때문에, 탐정소설 중 재판소, 경찰 관계의 묘사가 정확·세밀할 뿐만 아니라 때때로 법률의 의의 같은 문제 탐정소설 등을 쓰는 경우, 그것이 아니더라도 소설 속 어딘가에 법률에 관한 비판적 필치가 보이는 작품을 의미하며……(중략)[*]

에도가와 란포의 말처럼 하마오 시로는 단편소설 안에 자신의 법률적 지식과 그에 관한 문제의식을 가감 없이 드러내며 법률을 다룬 여느 탐정소설보다도 그것을 무겁게 다루었는데, 그러한 작품적 성향 덕분에 그의 단편소설들은 문단으로부터 탐정소설이 아닌 순문학, 문제 소설이라는 주장이 나오기도 했다.

그의 첫 단편소설 「그 남자가 죽였을까(彼が殺したか)」는 변호사인 화자가 오다 세이조(小田清三)라는 청년 실업가와 그의 아내 미치코(道子)가 그들의 별장에서 참살당한 사건을 소개하는 장면으로 시작된다. 검찰은 오다 세이조가 죽기 전 고데라 이치로(小寺一郎)를 언급했다는 이유로 그를 범인으로 지목하고, 고데라는 자신이 진범이 아님에도 불구하고 사형 판결에 이의를 제기하지 않은 채 죽음을 받아들인다. 사건은 언뜻 단순해 보이

---

[*] 権田萬治, 「"法律的探偵小說"の先駆者」, 『日本探偵小說全集 5 浜尾四郎集』, 1985

지만, 결백한 고데라가 왜 사형을 받아들였는가에 대한 문제에 접근하면서 새로운 국면을 맞이한다. 결국 고데라가 생전에 법률에 대한 반감과 회의를 가지고 있었고, 사법 체계에 대한 반항 때문에 사형을 받아들였다는 것이 이 사건의 진상으로 밝혀지는데, 이러한 반전을 통해 작가는 법률의 한계와 회의라는 문제 의식을 드러낸다.

이러한 법률에 대한 회의는 두 번째 단편 「무고하게 죽은 덴이치보(殺された天一坊)」에서 좀 더 무겁게 드러난다. 공정한 재판으로 사회적 존경을 받던 부교(奉行)는 얼마 전 자신이 내린 판결에 오류가 있었다는 것을 깨닫고 괴로워한다. 하지만 사실을 그대로 인정하고 공정성을 찾기보다는 자신의 양심을 버리고 법의 권위를 지키기로 결심하면서 그는 다시 법관으로서의 자신감을 회복한다. 그러던 어느 날, 부교는 국가의 안위와 질서라는 명목으로 진짜 구보(公方)의 자식 덴이치보를 가짜로 판결해야 하는 기로에 놓이게 되고, 고심한 끝에 그는 결국 덴이치보를 가짜로 판결해 처형하기로 한다. 이 작품에서 작가는 부교의 죄를 고발함으로써 인간이 인간을 재판한다는 것의 위험성을 폭로하고, 나아가 재판관의 책임과 이른바 명판결이라는 것의 비합리성을 날카롭게 공격한다.

「그는 누구를 죽였는가(彼は誰を殺したか)」는 나카조 나오카즈(中条直一)가 아내 아야코(綾子)와 친하게 지내던 사촌 동생 요시다 도요(吉田豊)를 질투한 끝에 살해하기로 결심하는 것으로 시작된다. 나카조는 완전범죄를 꿈꾸며 요시다를 낭떠러지로 유인

하고 결국 요시다는 그 낭떠러지에서 떨어져 사망한다. 그리고 얼마 후, 한적한 도로를 걸어가던 나카조가 갑작스레 차에 치여 사망하는 사건이 발생하는데, 그에 대한 수사가 진행되지만 마땅한 증거를 찾지 못한 채 사건은 검사국으로 넘어간다. 이 사건의 담당 검사인 오타니(大谷)는 그 당시 운전자였던 호소야마 히로시(細山宏)가 죽은 요시다 도요의 친형이라는 것을 근거로 들며 이 사건이 호소야마가 나카조에게 복수하기 위해 꾸민 살인 사건이 아닌지 의심한다. 오타니의 추리를 들으면 언뜻 그가 합리적 의심을 하는 것처럼 보이지만, 결국 이야기는 두 사건 모두 우발적 사고로 인한 사망이었다는 반전을 선사한다. 이를 통해 작가는 법의 무력함과 나아가 인간의 힘으로 어쩔 수 없는 자연의 영역이 있음을 이야기한다.

하마오 시로의 단편소설에는 일관되게 흐르는 유형이 있다. 그것은 바로 법의 테두리 안에서는 가해자가 명백했던 사건을 법의 테두리 밖에서 접근해 법이 미처 파악하지 못했던 '심층'을 파헤친다는 점이다. 고가 사부로(甲賀三郎), 야마모토 노기타로(山本禾太郎) 등 하마오 시로와 동시대에 법정 탐정소설을 집필한 작가들은 많이 있었지만, 법의 가장 근본적인 문제를 다뤘다는 점에 하마오 시로의 단편소설은 그 의의가 클 것이다.

작품성을 갖추면서도 서스센스 느낄 수 있는 탐정소설 지향

이 책의 두 번째 작가인 기기 다카타로는 게이오기주쿠 대학(慶應義塾大学) 의학부에서 생리학을 전공했다. 졸업 후 러시아 유학길에 올라 당시 레닌그라드 실험의학 연구소에 있던 파블로프 아래에서 조건반사를 연구했고, 귀국 후 니혼대학(日本大学)에서 학생들에게 의학을 가르치기 시작한다. 이 정도 이력만 보면 그 또한 문학과 거리가 먼 인물처럼 보이지만, 기기 다카타로는 어린 시절부터 문학을 가까이한 것으로 알려져 있고, 특히 탐정소설이 세간에 읽히기 시작하면서부터는 엄청난 탐정소설 마니아였던 것으로도 유명하다.

그는 유학 후, 본업과 병행하면서 신문과 라디오 등을 통해 의학 수필가로 활동하였고, 소설가 운노 주조(海野十三)의 추천으로 탐정소설을 집필하였다. 등단 이후, 기기 다카타로는 소설 집필뿐만 아니라 오구리 무시타로(小栗虫太郎) 등의 동인들과 함께 잡지를 창간하고 탐정소설이라는 장르 문학의 정체성에 관해 깊게 탐구하는 등 침체기에 있던 탐정소설 문단을 리드하는 핵심 인물로서 영향력을 미친다.

기기 다카타로의 문학적 자취를 파악하는 데에 있어서 '탐정소설 예술론'을 언급하지 않을 수 없을 것이다. '탐정소설 예술론'은 1936년에 있었던 고가 사부로와 기기 다카타로 사이의 논쟁을 말하는데, 이는 소설가 고가 사부로가 「탐정소설 강화(探偵小説講話)」*라는 글을 통해 본격 탐정소설과 변격 탐정소설의 차이에 관해 언급한 것을 기기 다카타로가 반박하면서 비롯되었다.

고가 사부로는 본격 탐정소설(本格探偵小説)을 '범죄 수사 소

---

* 고가 사부로가 잡지 『프로필(ぷろふいる)』(1935년 1월호~12월호)에 총 열두 회에 걸쳐 연재한 글로, 탐정소설 독자를 대상으로 한 소설 작법에 관한 강좌이다.

설(犯罪搜査小説)이고 거기에 적당한 수수께끼(謎)와 트릭(トリック)을 배치해 독자로 하여금 추리를 즐기도록 하는 것'이라고 정의하는 반면, '변격 탐정소설(変格探偵小説)'은 '탐정 취미를 다분히 품고 있기만 하면 되기 때문에 취재 자유, 트릭의 유무는 문제가 되지 않아 좀 더 문학적으로 표현할 수 있'는 소설이라고 정의한다. 그의 논지는 이 두 장르는 엄연히 다르고 '변격 탐정소설'은 '본격 탐정소설'로부터 구별되어야 한다는 것이었는데, 기기 다카타로가 이를 반박한 것이다. 그는 「탐정소설 2년생(探偵小説二年生)」*이라는 글을 통해 탐정소설을 '특별한 형식**을 가진 소설이다. 그저 형식이 특별할 뿐이지, 표현되는 것, 그 내용은 곧 문학이고 소설이며, 넓은 의미에서는 예술이다.'라고 말한다. 말하자면, '탐정소설은 특별한 형식을 가진 소설이지만, 그 형식을 통해 표현되는 것(내용)은 순문학, 희곡과 마찬가지로 예술'이라는 것이다.***

그의 논조에서도 볼 수 있듯이 기기 다카타로는 탐정소설 안에 자신이 가진 문학적 예술성을 담아내고자 노력했다. 말하자면, 순문학과 같은 작품성을 갖추면서 탐정소설 고유의 서스펜스까지 느낄 수 있는 소설을 끊임없이 지향한 것이다. 1936년, 기기는 그에 대한 시도로 장편소설 『인생의 바보』(1936년)를 발

---

* 잡지 『프로필』(1936년 1월호)에 게재되었다.
** 기기 다카타로가 말하는 특별한 형식이란 탐정소설의 3요소인 '수수께끼', '논리적 사색(추리)', '수수께끼의 해결'을 말한다.
*** 鄕原宏, 「探偵小説芸術論争」, 『日本推理小説論争史』, 2013

표하는데, 이 작품을 통해 당시 탐정소설 문단에서는 이례적으로 나오키상을 받았다. 그가 주장한 '탐정소설 예술론'이 자신의 작품 속에서 성공적으로 구현되었는지는 아직 평가가 분분하지만, 기기 다카타로의 영향을 받은 마쓰모토 세이초가 후대 추리소설 문단에 끼친 영향이나 현재 일본 추리소설의 작품성과 저력을 생각했을 때 그와 그의 작품이 탐정소설계에 끼친 영향력은 막대하리라 생각한다.

그의 첫 단편소설 「망막맥시증(網膜脈視症)」은 정신과 의사 오코로치(小心地) 선생이 프로이트의 정신분석학을 기반으로 하여 소년의 신경증을 진단하고 그 원인이 된 범죄를 추리한다는 내용이다. 지금이야 정신분석학을 다룬 소설이라 하면 새로울 것이 없이 느껴지지만, 이 소설이 발표되었을 당시만 해도 전문적인 의학 지식과 탐정소설적 박진감을 모두 갖추었다는 점에서 높은 평가를 받았다. 이를테면 당시 대표적인 탐정소설 잡지 『신청년』의 편집장 미즈타니는 이 작품에 대해서 '제재는 물론이거니와 그 행문에서 이제까지 탐정소설 작가에게 없던 일종의 '팽팽함(はり)' 같은 것이 있었고 그것이 읽는 사람을 쭉쭉 끌어당겼다'*라고 회상한 바 있다.

두 번째 작품 「잠자는 인형(睡り人形)」은 명망 있는 의학박사 니시자와(西沢) 선생의 아내가 알 수 없는 원인으로 깊은 잠에 빠졌다가 사망하는 것으로 시작된다. 선생은 아내의 죽음 앞에

---

* 紀田順一郎, 「思慕と憧憬の文学」, 『日本探偵小説全集 7 木々高太郎集』, 1985

서 다소 특이한 행동을 보이는데, 이후 스무 살 어린 간호사와 재혼하면서 그 행동이 도를 넘어 경악스러운 지경까지 이른다. 결국 학문적 연구를 명분으로 한 변태행위 끝에 니시자와 선생은 파멸로 인생을 마무리한다. 담담한 문체와 의학 용어가 난무하지만 그 내용이 매우 선정적이고 그로테스크한 소설이다.

세 번째 작품 「취면의식(就眠儀式)」은 「망막맥시증」과 마찬가지로 정신분석을 다룬 탐정소설로, 기기 다카타로 월드의 탐정 캐릭터인 오코로치 선생이 다시 등장한다. 이 소설은 오코로치 선생이 취면의식을 하지 않으면 잠들지 못하는 소녀의 신경증을 진단하는 것으로 시작된다. 소녀의 신경증이 아버지가 해를 당하지 않을까 하는 걱정에서 비롯됐다는 것을 추리해 낸 오코로치 선생은 결국 아버지에게 닥칠 사건을 예측해 범죄를 예방한다. 사건의 내막은 매우 단순하지만, 신경증의 각 증상이라는 단서만을 가지고 범죄를 추측하는 오코로치 선생의 명탐정다운 면모가 매우 이색적이고 극의 재미를 더한다.

마지막 작품인 「문학소녀(文學少女)」는 오코로치 선생이 등장하기는 하지만, 앞의 세 작품과 완전히 결이 다른 소설이다. 이 소설은 일본의 혼란한 사회적 분위기 속 문학을 사랑하는 여성 미야의 파란만장한 삶을 그린다. 내용 자체는 매우 통속적이지만 어떠한 상황에서도 문학을 놓지 않으려고 하는 미야의 의지가 굵고 힘 있게 드러난 역작이라고 할 수 있다.

이 소설은 발표 당시 작품 속에 수수께끼나 트릭이 존재하지 않는다는 이유로 탐정소설이 아니라는 평이 나오기도 했다. 하지만 탐정소설이 아니라고 비판한 평론가까지도 결국 호평을 할 정도로 높은 작품성이 주목을 받았는데, 예를 들어, 에도가와 란포는 이 소설에 대한 평론을 통해 기기 다카타로가 '단순한 정신분석 작가가 아니'며, '문학에 대한 열정으로는 탐정소설계에 그를 능가할 사람도 없을 정도'라며 극찬한 바 있다. 그는 이어서 '여주인공 미야가 오코로치 선생에게 자신의 인생에 대해 토로하며 자신이 문학소녀임을 선언하는 장면이 마치 기기 다카타로의 절규이기라도 한 듯 착각을 불러일으켰고 상쾌한 전율을 금할 수 없었다'*라고 평하기도 했다. 그의 말대로 기기 다카타로는 이 작품을 통해 자신의 소설을 의학자의 부업 정도로 여기던 사람들에게 문학에 대한 열정과 자존심을 표출하면서 문단에 자신의 문학자로서의 존재감을 강하게 남겼다.

이 책에 실린 하마오 시로와 기기 다카타로의 작품은 디테일한 묘사와 예술성으로 일본 법정 추리소설과 의학 추리소설의 고전으로 여겨진다. 전문 지식과 예술성이 충분히 녹아든 작품들을 통해 흥미 위주의 탐정소설에서 한 단계 더 나아간 문학적 재미를 느껴 보시기 바란다.

---

* 江戸川乱歩, 「「文学少女」を読む」, 『柳桜集』, 1937

하마오 시로(浜尾四郎, 1896~1935)

1896년　(1세) 도쿄시(東京市)에서 남작이자 의학박사인 아버지 데루마로(照麿)와 어머니 쓰네(津禰)의 4남으로 출생한다.

1914년　(18세) 도쿄고등사범학교 부속중학교를 졸업하고, 6월에 제1고등학교에 입학한다.

1918년　(22세) 6월 제1고등학교를 졸업하고, 7월 도쿄제국대학 법학부 독일법학과에 입학한다. 12월에 하마오 아라타(浜尾新)의 딸과 혼인하면서 하마오 가문의 양자로 입적한다.

1919년　(23세) 1월부터 다음 해 9월까지 요양을 위해 휴학한다.

1923년　(27세) 3월에 도쿄제국대학을 졸업한다. 12월에 사법관 시보로 임명, 도쿄지방재판소 및 검사국과 도쿄구재판소 및 검사국에서 사무수습으로 일한다. 「복수극에 관한 일고찰(復讐劇についての一考察)」, 「범죄로서의 맥베스와 맥베스 부인(犯罪としてのマクベス及びマクベス夫人)」을 발표한다.

1924년　(28세) 11월에 도쿄구재판소 검사 대리로 임명된다.

1925년　(29세) 11월에 작위를 물려받고, 같은 달에 검사 임명을 받아 도쿄지방재판소 겸 도쿄구재판소 검사국에서 근무한다.

1927년　(31세) 「라쿠고와 범죄(落語と犯罪)」를 발표한다.

1928년   (33세) 8월에 검사직을 내려놓고 변호사 개업을 한다. 「범죄라쿠고 고(犯罪落語考)」를 발표한다.

1929년   (33세) 1월 첫 단편소설 「그 남자가 죽였을까(彼が殺したか)」를 발표 하고, 「악마의 제자(悪魔の弟子)」, 「황혼의 고백(黄昏の告白)」, 「꿈의 살인(夢の殺人)」, 「무고하게 죽은 덴이치보(殺された天一坊)」 등을 잇 따라 발표한다. 12월 「하마오 시로집(浜尾四郎集)」(『일본탐정소설전집 (日本探偵小説全集)』 제16권)을 가이조샤(改造社)에서 간행한다.

1930년   (34세) 「정의(正義)」, 「그는 누구를 죽였는가(彼は誰を殺したか)」, 「육 친의 살인(肉親の殺人)」, 「허실(虚実)」, 「시마하라에마키(島原絵巻)」 등의 소설 외에 「변태 살인고(変態殺人考)」, 「범죄문학과 탐정물(犯罪 文学と探偵物)」 등의 에세이를 발표한다. 11월에는 『살인소설집(殺人 小説集)』을 세키로카쿠쇼보(赤炉閣書房)에서 간행한다.

1931년   (35세) 4월부터 『살인귀(殺人鬼)』를 『나고야신문(名古屋新聞)』에 연재 한다. 『박사 저택의 괴사건(博士邸の怪事件)』을 NHK 나고야 라디오 프로그램에서 방송하고, 「마담의 살인(マダムの殺人)」, 「불행한 사람 들」 등을 발표한다. 9월에는 『박사 저택의 괴사건』을 신초샤(新潮社) 에서 간행한다.

1932년   (36세) 1월에 「신선탐정소설집(新選探偵小説集)」(『대중문학전집(大衆文 学全集)』 전 18권)을 헤이본샤(平凡社)에서 간행한다. 6월 『살인귀』 전·후편(춘요도문고(春陽堂文庫))을 춘요도에서 간행한다.

1933년   (37세) 3월에 장편소설 『쇠사슬 살인 사건』을 신초샤에서 간행한다. 6월에는 귀족원 의원으로 당선된다.

1934년   (38세) 11월부터 『헤이케 살인 사건』의 연재를 시작하지만 잡지 폐 간으로 중단된다.

1935년   (39세) 8월 『방법과학전집』의 「강력범 편」을 주오코론샤(中央公論社) 에서 간행한다. 10월 29일 뇌출혈로 사망한다.

기기 다카타로(木々高太郎, 1897~1969)

1897년   (1세) 6월 6일 야마나시 현에서 6대째 의사인 아버지 구마오(熊男)와 어머 니 다가노(多賀能) 사이의 장남으로 출생한다. 본명은 하야시 다카시이다.

1910년 (13세) 야마나시현립 고후중학교(山梨県立甲府中学校)에 입학한다.

1915년 (18세) 중학교를 졸업하고 장래를 고민하던 중 상경해 시인 후쿠시
고지로(福士幸治郎)에게 사사하며 시작(詩作)을 시작한다.

1918년 (21세) 게이오기주쿠대학(慶應義塾大学) 의학부 예과에 입학한다. 재
학 중 습작「가출(家出)」등을 집필한다.

1924년 (27세) 3월 게이오기주쿠대학 의학부를 졸업한다. 4월 동 학부 생리
학 교실 조수가 되고 가토 모토이치 박사 밑에서 공부한다.

1927년 (30세) 1월 의학부 강사로서 생리학 강의를 담당한다. 2월에 의학박
사 학위를 받는다.

1929년 (32세) 5월 의학부 조교수가 된다.

1932년 (35세) 1월 게이오기주쿠대학 외국 유학생 자격으로 유럽 유학길에
오른다. 9월부터 레닌그라드 실험의학연구소의 파블로프 밑에서 조
건반사학 연구에 종사한다.

1933년 (36세) 5월에 귀국해 9월부터 니혼대학(日本大学) 전문학부 치과 강
사가 된다.

1934년 (37세) 5월 사단법인 과학지식보급회(현재 일본과학협회) 평의원이
된다. 마찬가지로 평의원이던 운노 주자(海野十三)에게 탐정소설 집
필을 권유받는다. 11월 첫 번째 탐정소설「망막맥시증(網膜脈視症)」
을『신청년(新青年)』에 발표한다. 나아가 수필, 라디오 프로그램 등
을 통해 과학, 의학 평론가로 활약한다.

1935년 (38세) 3월 니혼대학 전문부 교수가 된다.「잠자는 인형(睡り人形)」,
「청색공막(青色胸膜)」,「연모(恋慕)」,「수면의식(睡眠儀式)」,「유령수병
(幽霊水兵)」,「결투(決闘)」등을 발표한다. 4월『잠자는 인형』을, 12월
『수면의식』을 간행한다.

1936년 (39세) 1월부터 첫 번째 장편『인생의 바보(人生の阿保)』를 연재한다.
3월에 잡지『프로필(ぷろふいる)』지면을 통해 탐정소설 예술론을 제
창하면서 고가 사부로(甲賀三郎)와 논쟁을 시작한다.「인도대마(印
度大麻)」,「달단의 규칙(韃靼の掟)」,「푸른 눈(緑の目)」,「눈 먼 달(盲い
月)」,「문학소녀(文学少女)」,「이중살인(二重殺人)」등을 발표한다. 7월
에는『인생의 바보』를, 10월에는『결투의 상대』,『망막맥시증』(슌요
도 문고)을 간행한다.

1937년 (40세) 1월부터 장편『오레요시(折蘆)』를 연재한다. 2월에는『인생의

바보』로 제4회 나오키상을 받는다. 「밤의 날개」, 「벚나무의 한 줄기 벚꽃」, 「와우의 다리(蝸牛の足)」, 「봉건성(封建性)」, 「풍수환(風水渙)」, 「베니스의 계산광(ヴェニスの計算狂)」, 「추야귀(秋夜鬼)」, 「백치미(白痴美)」 등을 발표한다. 3월에는 『야나기사쿠라슈(柳桜集)』, 그 외에 『밤의 날개(夜の翼)』, 『오레요시(折蘆)』, 『신예 대중소설전집(新鋭大衆小説全集)』 제14권(벚나무의 한 줄기 벚꽃, 와우의 다리)을 간행한다.

1938년　(41세) 장편소설 『피리 부는 사람(笛吹)』을 가쿠게쓰신샤(学芸通信社)를 통해 지방신문에 연재한다. 「제4의 유혹(第4の誘惑)」, 「어떤 광선(ある光線)」, 「여자의 정치(女の政治)」, 「종우당야화(柊雨堂夜話)」, 「영원의 죄수(永遠の女囚)」 등을 발표한다. 9월 『어느 광선(或る光線)』을, 8월부터 1939년 9월에 걸쳐 『기기 걸작선집(木々傑作撰集)』 전 6권을 간행한다.

1939년　(42세) 「사자의 얼굴(死者の顔)」, 「개옥잠화와 돌담(擬宝珠と石垣)」, 「결혼문답(結婚問答)」, 「야도리기 소위와 그 여동생(寄生木少尉とその妹)」, 「죄의 황혼(罪の黄昏)」, 「의학생의 최면술(医学生の催眠術)」 등을 발표한다.

1940년　(43세) 「물레방아가 있는 집(水車のある家)」, 장편소설 『해마(海馬)』, 장편소설 『이 잔혹한 것(此の残酷なもの)』, 「베토벤 제10교향곡 (ベートヴェン第十交響曲)」, 「스트린드 베르히와의 이별(ストリンドベルヒとの別離)」, 「낙화(落花)」, 「여면사자(女面獅子)」 등을 발표한다.

1941년　(44세) 대학 재직 중 연구원으로 동원돼 임시 연구원 자격으로 육군 과학연구소에 촉탁된다. 「신기록의 비밀(新記録の秘密)」, 「저녁에 죽다(夕に死す)」, 「동방광(東方光)」, 장편소설 『해광(海光)』을 발표한다. 3월에 『새벽의 촉각(暁の触覚)』을, 4월에 『해마』를 간행한다.

1942년　(45세) 「료마이문(龍馬異聞)」, 「포도(葡萄)」를 발표한다. 7월에 『동방광』을 간행한다.

1943년　(46세) 「연구 여학생(研究女生)」, 「벽안양녀(碧眼洋女)」를 발표한다. 게이오기주쿠대학 부속 의학전문부가 창설되어 교수가 된다.

1945년　(48세) 4월 하야시 연구소를 개설하고 소장이 된다.

1946년　(49세) 5월에 게이오기주쿠대학 의학부 교수가 된다. 7월에 『추리소설총서(推理小説叢書)』를 감수해 유케이샤(雄鶏社)에서 간행, 「推理小説」을 제창한다. 「주박(呪縛)」, 「신월(新月)」, 「시와 암호(詩と暗号)」,

「앵두 8호(桜桃八号)」, 「월식(月蝕)」 등을 발표한다. 9월에 『결투(決鬪)』와 『살인회의(殺人会議)』를, 11월에 『문학소녀 그 외(文学少女その他)』를, 12월에 『신월(新月)』을 간행한다.

1947년 (50세) 『삼면경의 공포(三面鏡の恐怖)』가 다이에이(大映)를 통해 영화화된다. 또한, 탐정소설의 문학성을 둘러싸고 에도가와 란포와 잡지 『락(ロック)』에서 논쟁한다. 「무화과(無花果)」, 장편소설 『꽃피리(鼻笛)』, 「수국의 파랑(紫陽花の青)」, 「무음악보(無音音譜)」, 장편소설 『양녀(養女)』, 장편소설 『삼면경의 공포』 등을 발표한다. 1월에 『앵초(桜草)』를, 2월에 『정신맹(精神盲)』을, 3월에 『낙화』를, 6월에 『시와 암호』를, 7월에 「이그조틱한 단편(エキゾチックな短編)」과 『잠자는 인형』(『살인회의』 개정본)을, 9월에 『포도와 무화과(葡萄と無花果)』를, 10월에 『이중살인』을, 11월에 『은행의 열매(銀杏の実)』와 『신기록의 비밀』을, 12월에 『수국의 파랑』을 간행한다.

1948년 (51세) 2월 「신월」로 제1회 탐정작가클럽상 단편상을 수상한다. 「겨울의 월광(冬の月光)」, 「아버지의 환영(父の幻影)」, 「서랍 속의 침묵자(押し入れの中の沈黙者)」, 「他人のそら似」, 「AD 2000의 살인(AD 2000の殺人)」 등을 발표한다.

1월에 『푸른 눈』을, 2월에 『무음악보』를, 3월에 『오레요시』와 『피리 부는 사람』을, 6월에는 『양녀』를, 7월에는 『삼면경의 공포』를, 11월에는 『겨울의 월광』을 간행한다.

1949년 (52세) 4월 니혼대학 치학부 교수를 겸임한다. 「노인과 간호하는 딸(老人と看護の娘)」, 장편소설 『청춘의 다짐(青春の誓い)』, 「여자가 위였다(女が上だった)」, 장편소설 『우리 여학생 시대의 범죄(わが女学生時代の犯罪)』, 「그림자 없는 살인(影なき殺人)」, 「병 든 달(痛んでいる月)」, 「쌍양금(双洋琴)」, 「잠 못 드는 밤의 생각(眠られぬ夜の思い)」 등을 발표한다.

1950년 (53세) 1월부터 장편소설 『미의 비극(美の悲劇)』을 『신청년』에 연재했지만, 잡지가 폐간되면서 중단된다. 그 후 『보석(宝石)』에 1953년 3월부터 1954년 1월까지 연재하지만 또다시 중단된다. 「악마는 꼬리를 가지고 있는가(悪魔は尾を持っているか)」, 「그가 원하는 그림자(彼の求める影)」, 「스피노자의 돌(スピノ—ザの石)」, 「소녀의 뒤에서 절하는 남자(少女の臀に礼する男)」, 「간호부 살인 사건(看護婦殺人事件)」

등을 발표한다.

1951년 (54세) 4월에 복간한 『미타문학(三田文学)』의 편집 간사가 된다. 「후카이리(深入り)」, 「심안(心眼)」, 「정사가 있는 카즈스(情死のあるカ__ズス)」 등을 발표한다.

1952년 (55세) 「야광(夜光)」, 장편소설 『열두 가지 상처 이야기(十二の傷の物語)』, 「환상곡(幻想曲)」, 「휘파람 계보(口笛系譜)」를 발표했다.

1953년 (56세) 「X 중량(X重量)」, 「어쩐지 섬뜩한 막간교겐(不気味な幕間狂言)」, 「홍매 근심 있으니(紅梅愁いあり)」, 「살해당해도 즐거워(殺ろされるも愉し)」 등을 발표한다. 11월에 『우리 여학생 시대의 죄 등 2편』(일본탐정소설전집(日本探偵小説全集))을 간행한다. 에도가와 란포, 오시타 우다지(大下宇陀児), 쓰노다 기쿠오(角田喜久雄) 등과 함께 『보석』에 연재 중이던 『기형의 선녀(畸形の天女)』의 종결편을 발표하고 나서 단행본으로 간행한다. 7월에 탐정작가 클럽(현재 일본추리작가협회)의 제3대 회장이 된 이후 1960년까지 역임한다. 「로쿠조 집념(六条執念)」, 「천식과 보라(喘息とむらさき)」, 「어의 탈무드의 유서(侍医タルムドの遺書)」, 「민들레가 자란 토장(タンポポの生えた土蔵)」, 「춘초몽(春草夢)」 등을 발표한다.

1955년 (58세) 「센구사의 노래(千草の曲)」, 「사연(死恋)」, 「장미의 가시(バラのトゲ)」 등을 발표한다. 5월에 『어의 탈무드의 유서』를 간행한다.

1956년 (59세) 7월 재정난으로 하야시 연구소를 폐소한다. 장편소설 『환영의 거리(幻影の町)』, 「시인의 죽음(詩人の死)」, 「올림포스 산(オリムポスの山)」, 「유영혈흔(柳影血痕)」 등을 발표한다. 1월 『빛과 그 그림자(光とその影)』(가키오로시 장편탐정소설전집(書き下ろし長編探偵小説全集))을, 9월 『열두 가지 상처 이야기』(장편탐정소설전집)을 간행한다.

1957년 (60세) 11월 환갑 축하회가 개최된다. 「이안심(異安心)」, 장편소설 『유쾌한 복수(快き復讐)』를 발표한다. 12월 「의매(義妹)」와 그 외 단편소설을 모아서 『그가 바라는 그림자(彼の求める影)』라는 제목의 장편소설을 「기기 다카타로 독본」(별책보석)에 발표한다.

1958년 (61세) 「죽음을 견딘 여자들(死に絶える女たち)」, 「인간의 죽음은 전부 타살(人間の死はすべて他殺)」, 「멸족한 집에 소년 혼자 남다(死に絶えた家に少年ひとり残る)」 등을 발표한다. 9월 『오코로치 선생의 사건부(大心池先生の事件簿)』를 간행한다.

1959년   (62세)「살인 이혼 사건(殺人離婚事件)」,「나쁜 가계(悪い家系)」등을 발표한다.

1960년   (63세)「절망의 서(絶望の書)」등을 발표한다. 5월『얼룩조릿대에 숨어서(熊笹に隠れて)』(가키오로시 추리소설전집)을 간행한다.

1961년   (64세)「꽃잎을 물어뜯는 자(花弁を撓るもの)」,「환상의 문(幻の門)」을 발표한다.

1962년   (65세)「은의 십자가(銀の十字架)」,「기사 출발하다(騎士出発す)」를 발표한다.

1963년   (66세)「아씨시의 여자(アッシジの女)」를 발표한다. 2월 문예잡지『소설과 시와 평론(小説と詩と評論)』을 창간해 주재한다.

1965년   (68세) 3월 게이오기주쿠대학을 정년 퇴직하고 명예교수가 된다. 니혼대학 치학부 연구소 교수, 가나가와 치과대학 교수가 된다.

1967년   (70세)「실종(失踪)」을 발표한다. 5월 시집『시부쓰라(渋面)』를 간행한다.

1968년   (71세)「환멸(幻滅)」을 발표한다.

1969년   (72세) 3월 두 번째 시집『월광과 나방(月光と蛾)』을 간행한다. 4월 23일 갑작스러운 하복부 통증으로 세이루카 국제병원에 입원, 통증이 일시적으로 소강되었으나 10월 31일 심근경색으로 사망한다. 11월『시론 자유시의 리듬(詩論・自由詩のリズム)』을 간행한다.

⊙ 옮긴이 **조찬희**

고려대학교 대학원 중일어문학과에서 일본 문학을 공부했다. 출판사 근무를 거쳐 현재는 일본어 번역가로 활동하고 있다. 옮긴 책으로『여자는 허벅지』『주부의 휴가』『저도 중년은 처음입니다』『남아 있는 날들의 일기』『어른의 맛』『손때 묻은 나의 부엌』『침대의 목적』『아내와 함께한 마지막 열흘』『사실은 외로워서 그랬던 거야』등이 있다.

그 남자가 죽였을까

초판 1쇄 인쇄 2019년 8월 7일
초판 1쇄 발행 2019년 8월 14일

지은이 하마오 시로 • 기기 다카타로
옮긴이 조찬희
펴낸이 이상규
주간 주승연
디자인 엄혜리
마케팅 임형오

펴낸곳 이상미디어
출판신고 제307-2008-40호(2008년 9월 29일)
주소 (우)02708 서울시 성북구 정릉로 165 고려중앙빌딩 4층
전화 02-913-8888, 02-909-8887
팩스 02-913-7711
이메일 lesangbooks@naver.com

ISBN 979-11-5893-091-2 04830
      979-11-5893-073-8 (세트)